【臺灣現當代作家
研究資料彙編】114

林　泠

國立台灣文學館
出版

部長序

　　十二月，是豐收的季節。在此時刻，國立臺灣文學館執行已十年的
「臺灣現當代作家研究資料彙編」計畫，再次推出十位重量級作家研究
彙編：吳漫沙、隱地、岩上、林泠、席慕蓉、吳晟、張系國、李渝、季
季、施叔青，為叢書再添基石。

　　文化是國家的靈魂，文學如同承載這靈魂的容器，舉凡生活日常、
思想智慧，或是歲月淬鍊的情感、慣習，點滴匯為龐大的「文化共同
體」，莫不需要作家之眼、文學之筆，將之一一描摹留存，讓後世得以
記憶，並了解自身之所來。

　　文化部近年來致力保存全民歷史記憶，透過「重建臺灣藝術史」計
畫，找回屬於我們的記憶、我們的靈魂，承繼各個時代、各個領域的藝
術家們為我們銘刻留下的時代精神。「臺灣現當代作家研究資料彙編」
的出版，恰與此呼應：藉由重要作家與作品研究的系統化整理，從檔案
史料提煉出臺灣文化多元、豐富的史觀，並透過回顧作家生平、查找文

學夥伴的往來互動及社團軌跡，再加上諸多研究者的評述，讓讀者不僅能與作家的生命路徑同行，更能由此進入臺灣特有、深邃的文學世界。我相信，當我們對於臺灣文學的認識越深入，對於這塊土地的情感也將更踏實，文化的創發也會更活潑光燦。

是故，欣見臺灣文學館將計畫第九階段的編選成果呈現出來。名單不乏讀者耳熟能詳的文學大家，但更有意義的，是讓許多逐漸為讀者甚至研究者遺忘的作家，再度重登文學舞臺，有重新被更多人閱讀、討論的機會，這正是我們重建文學史價值之所在。在此向讀者推介這一套兼具深度與廣度的文學工具書，提供國內外研究或關心臺灣文學發展者，期待我們能持續點亮臺灣文學的光芒。

文化部部長

館長序

　　臺灣文學的範圍，遠比想像的長遠寬廣。以文字方式留存的文學、年代至少已三百有餘，原住民口語形式的傳統，歷史更是深厚而靈動。可以說，文學聚攏了我們一整個社會的集體記憶。然而文學不只有創作的努力，作者完成的工作，其實也經由文學的「研究」而散發更多意義。

　　國立臺灣文學館的使命，既是保存臺灣的文學創作史，也就必須借助文學的研究力。雖然臺灣曾有一段時期因為政治情境的壓制，致使臺灣文學科系在 1990 年代後才陸續成立，從而更加辛勤在重建我們應該集體記得的「文學史」。

　　針對作家和作品的評介和賞析，固是文學研究的明確入口，然而閱讀者的回應甚至反擊，其實也是隱含文思交鋒的珍奇素材，很值得系統性的保存、便於未來世代可以補足先人的思想圖譜。臺灣文學館因而開啟「臺灣現當代作家研究資料彙編」的編纂計畫，自 2010 年委託臺灣文學發展基金會執行，以「現當代」文學作家為界，蒐羅散布各處、詮釋多元的研究評論資料，以勾勒臺灣文學的整體面貌。

　　「彙編」由最早預定出版三個階段、50 冊的計畫，在各界期許中幾度擴編，至今已是第九階段，累積出版已達 120 冊。這一段現當代的範圍，始自 1920 年代臺灣的新文學世代，並融接戰後由中國大陸跨海而來的創作社群。第九階段彙編計畫包含吳漫沙、隱地、岩上、林泠、席慕蓉、吳晟、張系國、李渝、季季、施叔青十位作家的研究資料，探討了含括不同族群、性別、階層而匯聚在臺灣文學的歷程。

　　「彙編」計畫選定 1945 年以前出生的世代，為的是在勾勒他們共同經歷的特殊史跡——那個寫作相對艱辛、資料相對散佚、意識型態也格外沉重的時期。當然，部落社會的無名遊吟者、清末古典文學的漢詩人、以及在各個時代留下痕跡的文學家們，都同樣是高度值得尊崇的文學瑰寶。臺灣文學館的「彙編」期待能夠是一個窗口，引我們看見臺灣短短歷史撞擊出的這麼多種各異的文學互動，也寄望未來的資料科技協助我們將更多文學史料呈現給臺灣。

國立臺灣文學館館長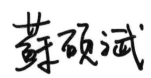

編序

◎封德屏

緣起

　　1995 年 10 月 25 日，在臺灣師範大學教育大樓的 201 室，一場以「面對臺灣文學」為題的座談會，在座諸位學者分別就臺灣文學的定義、發展、研究，以及文學史的寫法等，提出宏文高論，而時任國家圖書館編纂張錦郎的「臺灣文學需要什麼樣的工具書」，輕鬆幽默的言詞，鞭辟入裡的思維，更贏得在座者的共鳴。

　　張先生以一個圖書館工作人員自謙，認真專業地為臺灣這幾十年來究竟出版了多少有關臺灣文學的工具書，做地毯式的調查和多方面的訪問。同時條理分明地針對研究者、學生，列出了十項工具書的類型，哪些是現在亟需的，哪些是現在就可以做的，哪些是未來一步一步累積可以達成的，分別做了專業的建議及討論。

　　當時的文建會二處科長游淑靜，參與了整個座談會，會後她劍及履及的開始了文學工具書的委託工作，從 1996 年的《臺灣文學年鑑》起始，一年一本的編下去，一直到現在，保存延續了臺灣文學發展的基本樣貌。接著是《中華民國作家作品目錄》的新編，《臺灣文壇大事紀要》的續編，補助國家圖書館「當代文學史料影像全文系統」的建置，這些工具書、資料庫的接續完成，至少在當時對臺灣文學的研究，做到一些輔助的功能。

　　2003 年 10 月，籌備多年的「臺灣文學館」正式開幕運轉。同年五月《文訊》改隸「財團法人台灣文學發展基金會」，為了發揮更大的動能，開

始更積極、更有效率地將過去累積至今持續在做的文學史料整理出來，讓豐厚的文藝資源與更多人共享。

於是再次的請教張錦郎先生，張先生認為文學書目、作家作品目錄、文學年鑑、文學辭典皆已完成或正在進行，現在重點應該放在有關「臺灣現當代作家評論資料目錄」的編輯工作上。

很幸運的，這個計畫的發想得到當時臺灣文學館林瑞明館長的支持，於是緊鑼密鼓的展開一切準備工作：籌組編輯團隊、召開顧問會議、擬定工作手冊、撰寫計畫書等等。

張錦郎先生花了許多時間編訂工作手冊，每一位作家的評論資料目錄分為：

（一）生平資料：可分作者自述，旁人論述及訪談，文學獎的紀錄。

（二）作品評論資料：可分作品綜論，單行本作品評論，其他作品（包括單篇作品）評論，與其他作家比較等。

此外，對重要評論加以摘要解說，譬如專書、專輯、學術會議論文集或學位論文等，凡臺灣以外地區之報刊及出版社，於書名或報刊後加註，如中國大陸、香港、新加坡等。此外，資料蒐集範圍除臺灣外，也兼及中國大陸、香港、新加坡、日本、韓國及歐美等地資料，除利用國內蒐集管道外，同時委託當地學者或研究者，擔任資料蒐集工作。

清楚記得，時任顧問的學者專家們，都十分高興這個專案的啟動，但確定收錄哪些作家名單時，也有不同的思考及看法。經過充分的討論後，終於取得基本的共識：除以一般的「文學成就」為觀察及考量作家的標準外，並以研究的迫切性與資料獲得之難易度為綜合考量。譬如說，在第一階段時，作家的選擇除文學成就外，先考量迫切性及研究性，迫切性是指已故又是日治時期臺籍作家為優先，研究性是指作品已出土或已譯成中文為優先。若是作品不少而評論少，或作品評論皆少，可暫時不考慮。此外，還要稍微顧及文類的均衡等等。基本的共識達成後，顧問群共同挑選出 310 位作家，從鄭坤五、賴和、陳虛谷以降，一直到吳錦發、陳黎、蘇

偉貞，共分三個階段進行。

　　「臺灣現當代作家評論資料目錄」專案計畫，自 2004 年 4 月開始，至 2009 年 10 月結束，分三個階段歷時五年六個月，共發現、搜尋、記錄了十餘萬筆作家評論資料。共經歷了三位專職研究助理，近三十位兼任研究助理。這些研究助理從開始熟悉體例，到學習如何尋找資料，是一條漫長卻實用的學習過程。

接續

　　「臺灣現當代作家評論資料目錄」的專案完成，當代重要作家的研究，更可以在這個基礎上，開出亮麗的花朵。於是就有了「臺灣現當代作家研究資料彙編暨資料庫建置計畫」的誕生。為了便於查詢與應用，資料庫的完成勢在必行，而除了資料庫的建置外，這個計畫再從 310 位作家中精選 50 位，每人彙編一本研究資料，內容有作家圖片集，包括生平重要影像、文學活動照片、手稿及文物，小傳、作品目錄及提要、文學年表。另外每本書分別聘請一位最適當的學者或研究者負責編選，除了負責撰寫八千至一萬字的作家研究綜述外，再從龐雜的評論資料中挑選具有代表性的評論文章，平均 12～14 萬字，最後再附該作家的評論資料目錄，以期完整呈現該作家的生平、創作、研究概況，其歷史地位與影響。

　　第一部分除資料庫的建置外，50 位作家 50 本資料彙編（平均頁數 400～500 頁），分三個階段完成，自 2010 年 3 月開始至 2013 年 12 月，共費時 3 年 9 個月。因為內容充實，體例完整，各界反應俱佳，第二部分的 50 位作家，分四階段進行，自 2014 年 1 月開始至 2017 年 12 月，共費時 4 年，並於 2017 年 12 月出版《百冊提要》，摘要百冊精華，也讓研究者有清晰的索引可循。2018 年 1 月，舉行百冊成果發表會，長年的灌溉結果獲文化部支持，得以延續百冊碩果，於 2018 年 1 月啟動第三部分 20 位作家的資料彙編，為期兩年。2019 年 12 月結束費時十年，120 本的文學工具書之旅。

成果

　　雖然過程是如此艱辛，如此一言難盡，可是終究看到豐美的成果。每位編選者雖然忙碌，但面對自己負責的作家資料彙編，卻是一貫地認真堅持。他們每人必須面對上千或數百筆作家評論資料，挑選重要或關鍵性的評論文章，全面閱讀，然後依照編選原則，挑選評論文章。助理們此時不僅提供老師們所需要的支援，統計字數，最重要的是得找到各篇選文作者，取得同意轉載的授權。在起初進度流程初估時，我們錯估了此項工作的難度，因為許多評論文章，發表至今已有數十年的光景，部分作者行蹤難查，還得輾轉透過出版社、學校、服務單位，尋得蛛絲馬跡，再鍥而不捨地追蹤。有了前面的血淚教訓，日後關於授權方面，我們更是如臨深淵、如履薄冰，希望不要重蹈覆轍，在面對授權作業時更是戰戰兢兢，不敢懈怠。

　　除了挑選評論文章煞費苦心外，每個作家生平重要照片，我們也是採高標準的方式去蒐集，過世作家家屬、友人、研究者或是當初出版著作的出版社，都是我們徵詢的對象。認真誠懇而禮貌的態度，讓我們獲得許多從未出土的資料及照片，也贏得了許多珍貴的友誼。許多作家都協助提供照片手稿等相關資料，已不在世的作家，其家屬及友人在編輯過程中，也給予我們許多協助及鼓勵，藉由這個機會，與他們一起回憶、欣賞他們親人或父祖、前輩，可敬可愛的文學人生。此外，還有許多作家及研究者，熱心地幫忙我們尋找難以聯繫的授權者，辨識因年代久遠而難以記錄年代、地點、事件的作家照片，釐清文學年表資料及作家作品的版本問題，我們從他們身上學習到更多史料研究可貴的精神及經驗。

　　但如何在規定的時間內，完成每個階段資料彙編的編輯出版工作，對工作小組來說，確實是一大考驗。每一冊的主編老師，都是目前國內現當代臺灣文學教學及研究的重要人物，因此都十分忙碌。每一本的責任編輯，必須在這一年的時間內，與他們所負責資料彙編的主角——傳主及主編老師，共生共榮。從作家作品的收集及整理開始，必須要掌握該作家所

有出版的作品，以及盡量收集不同出版社的版本；整理作家年表，除了作家、研究者已撰述好的年表外，也必須再從訪談、自傳、評論目錄，從作品出版等線索，再作比對及增刪。再來就是緊盯每位把「研究綜述」放在所有進度最後一關的主編們，每隔一段時間提醒他們，或順便把新增的評論目錄寄給他們（每隔一段時間就有新的相關論文或學位論文出現），讓他們隨時與他們所主編的這本書，產生聯想，希望有助於「研究綜述」撰寫的進度。

在每個艱辛漫長的歲月中，因等待、因其他人力無法抗拒的因素，衍伸出來的問題，層出不窮，更有許多是始料未及的。譬如，每本書的選文，主編老師本來已經選好了，也經過授權了，為了抓緊時間，負責編輯的助理們甚至連順序、頁碼都排好了，就等主編老師的大作了，這時主編突然發現有新的文章、新的資料產生：再增加兩三篇選文吧！為了達到更好更完備的目標，工作小組當然全力以赴，聯絡，授權，打字，校對，重編順序等等工作，再度展開。

此次第三部分第二階段共需完成的 10 位作家研究資料彙編，年齡層與活動地區分布較廣，步履遍布海內外各地，創作類型也更為豐富多元。出生年代較早的作者，在年表事件的求證以及早年著作的取得上，饒有難度。以出生年代較近的作者而言，許多疑難雜症不刃而解，有些連主編或研究者都不太清楚的部分，作家本人及家屬絕對是一個最好的諮詢對象，對解決某些問題來說，這是一個好的線索，但既然看了，關心了，參與了，就可能有不同的看法，對於選文、年表、照片，甚至是我們整本書的體例，也會有更多想法，於是又是一場翻天覆地的大更動，對整本書的品質來說，應該是好的，但對經過多次琢磨、修改已進入完稿階段的編輯團隊來說，這不啻是一大挑戰。

1990 年開始，各地縣市文化中心（文化局），對在地作家作品集的整理出版，以及臺灣文學館成立後對日治時期作家以迄當代重要作家全集的編纂，對臺灣文學之作家研究，也有了很好的促進作用。如《楊逵全

集》、《林亨泰全集》、《鍾肇政全集》、《張文環全集》、《呂赫若日記》、《張秀亞全集》、《葉石濤全集》、《龍瑛宗全集》、《葉笛全集》、《鍾理和全集》、《錦連全集》、《楊雲萍全集》、《鍾鐵民全集》等，如雨後春筍般持續展開。

　　經過近二十年的努力，臺灣文學的研究與出版，也到了可以驗收或檢討成果的階段。這個說法，當然不是要停下腳步，而是可以從「臺灣現當代作家評論資料目錄」所呈現的 310 位作家、11 萬筆資料中去檢視。檢視的標的，除了從作家作品的質量、時代意義及代表性去衡量外，也可以從作家的世代、性別、文類中，去挖掘有待開墾及努力之處。因此這套「臺灣現當代作家研究資料彙編」，大部分的編選者除了概述作家的研究面向外，均有些觀察與建議。希望就已然的研究成果中，去發現不足與缺憾，研究者可以在這些不足與缺憾之處下功夫，而盡量避免在相同議題上重複。當然這都需要經過一段時間去發現、去彌補、去重建，因此，有關臺灣文學的調查、研究與論述，就格外顯得重要了。

期待

　　感謝臺灣文學館持續推動這兩個專案的進行。「臺灣現當代作家評論資料目錄」的完成，呈現的是臺灣文學研究的總體成果；「臺灣現當代作家研究資料彙編」的出版，則是呈現成果中最精華最優質的一面，同時對未來臺灣文學的研究面向與路徑，作最好的建議。我們可以很清楚的體會，這是一條綿長優美的臺灣文學接力賽，經過長時間的耕耘灌溉、風搖雨濡，百年臺灣文學大樹卓然而立，跨越時代並馳而行，120 冊作家研究資料彙編得千位作家及學者之力，我們十分榮幸能參與其中，更珍惜在傳承接力的過程，與我們相遇的每一個人，每一件讓我們真心感動的事。我們更期待這個接力賽，能有更多人加入。誠如張恆豪所說「從高音獨唱到多元交響」，這是每一個人所期待的。

編輯體例

一、本書編選之目的，為呈現林泠生平、著作及研究成果，以作為臺灣文
學相關研究、教學之參考資料。

二、全書共五輯，各輯內容及體例說明如下：

　　輯一：圖片集。選刊作家各個時期的生活或參與文學活動的照片、著
　　　　　作書影、手稿（包括創作、日記、書信）、文物。

　　輯二：生平及作品，包括三部分：

　　　　　1.小傳：主要內容包括作家本名、重要筆名，生卒年月日，籍
　　　　　　貫，及創作風格、文學成就等。

　　　　　2.作品目錄及提要：依照作品文類（論述、詩、散文、小說、
　　　　　　劇本、報導文學、傳記、日記、書信、兒童文學、合集）及
　　　　　　出版順序，並撰寫提要。不收錄作家翻譯或編選之作品。

　　　　　3.文學年表：考訂作家生平所進行的文學創作、文學活動相關
　　　　　　之記要，依年月順序繫之。

　　輯三：研究綜述。綜論作家作品研究的概況，並展現研究成果與價值
　　　　　的論文。

　　輯四：重要文章選刊。選收作家自述、訪談紀錄以及國內外具代表性
　　　　　的相關研究論文及報導。

　　輯五：研究評論資料目錄。收錄至 2019 年 11 月底止，有關研究、論
　　　　　述臺灣現當代作家生平和作品評論文獻。語文以中文為主，兼
　　　　　及日文和英文資料。所收文獻資料，以臺灣出版為主，酌收中
　　　　　國大陸、香港、日本和歐美國家的出版品。內容包含三部分：

　　　　　1.「作家生平、作品評論專書與學位論文」下分為專書與學位
　　　　　　論文。

　　　　　2.「作家生平資料篇目」下分為「自述」、「他述」、「訪談」、
　　　　　　「年表」、「其他」。

　　　　　3.「作品評論篇目」下分為「綜論」、「分論」、「作品評論目
　　　　　　錄、索引」、「其他」。

目次

【輯五】研究評論資料目錄

輯一◎圖片集

影像◎手稿◎文物

1955年，寫〈不繫之舟〉時的
林泠，時年17歲。（翻攝自
《現代詩》復刊第20期）

1955年8月，刊登於《現代詩》第11期的中國文藝協會「四十四
年度詩人節新詩獎六得獎作者近影」，二排右側為林泠。（林泠
提供）

*本輯圖片文字由林泠撰寫。

1958年8月，林泠到達美國的第二天，攝於舊金山大橋上。（林泠提供）

1960年代初期，9月林泠留影於佛吉尼亞大學。當時佛吉尼亞大學校園已落金遍地。樹後的一排矮屋，是著名小說家佛克納（William Faulkner，1897～1962；1949諾貝爾文學獎得主）的臨時寓所，當年他是駐校作家。林泠有幸與他寒暄，並曾請他在落葉上簽名。（林泠提供）

1960年代初期，林泠留影於佛吉尼亞大學的有機化學實驗室。那幾年，佛大的有機化學實驗室，幾乎是林泠整個存在的空間。（林泠提供）

1960年代後期，林泠與至友也是散文家的林霏（林楚倩）（左）歡聚，合影於舊金山。（林泠提供）

1960年代後期，林泠留影於屏東鵝鑾鼻。林泠學業告一段落，遂有返臺省親之行。十年去國，臺灣的變遷與欣榮有如隔世，驚喜而不驚詫。（林泠提供）

1960年代後期，林泠與丈夫翁中軍（左）、長子翁哲明（前）合影於西北大學校園中。當時翁中軍學業已就，即將離開。（林泠提供）

1967年夏，林泠遊經愛荷華城，走訪瘂弦（左）及黃用（右），攝於轟華苓寓所前。（翻攝自《現代詩》復刊第3期）

1969年，林泠留影於高雄左營五里亭。林泠曾有一詩題名為「南方啊！」詩中的南方就是林泠背後的南方。（林泠提供）

1970 年代初期，林泠與女兒翁哲菲（前）合影。翁哲菲在新澤西州出世。林泠則同年投入工業界致力於新藥的研發，此為林泠一生重要的轉捩點。（林泠提供）

1970 年代後期，林泠與母親石季玉校長合影於新澤西家中。林泠母親退休前曾任臺北市立中山女子高級中學校長達17年之久，可說是桃李遍臺灣。前排左起：翁哲明、林泠、石季玉、翁哲菲；後排：翁中軍。（林泠提供）

1980 年代初期，林泠長子翁哲明自麻省理工學院畢業。全家赴劍橋為他祝賀。左起：翁中軍、林泠、翁哲菲、翁哲明。（林泠提供）

1980年，林泠藉開會之便，走訪詩壇先驅紀弦先生（左），於舊金山灣區合影。昔年的「老朋友」及「小朋友」得以在四分之一世紀之後相聚。當年被邀為「現代派」的九位創始人之一，是林泠畢生最大的榮譽。（林泠提供）

1981年6月，林泠返臺，與《創世紀》詩人於臺北衡陽路陸羽茶室小聚。前排左起：張默、辛鬱、劉菲、管管；後排左起：季紅、洛夫、林泠、瘂弦、碧果。（林泠提供）

1981年6月，林泠返臺，與《創世紀》詩人於臺北衡陽路陸羽茶室小聚。左起：管管、林泠、羊令野、瘂弦、羅門。（林泠提供）

1981年6月，林泠返臺，與文友聚會合影。左起：陳瓊芳、鍾玲、林泠、洛夫。（林泠提供）

1981年6月27日,林泠與詩友相聚,合影於臺北瘂弦寓所。前排左起:張橋橋(瘂弦夫人)、瘂弦、張默、羅行、管管、辛鬱(前)、羊令野、羅門(前)、商禽(後);後排左起:敻虹、陳南妤(敻虹長女)、張拓蕪(立者)、李紅、林泠、佚名(前)、羅英、蓉子、陸秉川(張默夫人)、陳瓊芳(洛夫夫人)、張孝惠(辛鬱夫人)。(林泠提供)

1983年,林泠與張信剛夫婦一家人合影於華府郊區林泠寓所前。右起:林泠、周敏民、張信剛(後)。林泠的丈夫翁中軍進入西北大學攻讀博士,結識當時「同窗」的張信剛及夫人周敏民。張氏夫婦才華卓著,對大時代的脈搏更有敏銳的聞盪。張信剛往後成為舉世聞名的生物工程專家、教育家及作家。周敏民也被奉為華文界的資訊權威。林泠的至友們對林泠在文學、科學雙方面均影響至深。(林泠提供)

1980年代中期,林泠與瘂弦(右)、張橋橋(左)相聚,合影於臺北。(林泠提供)

1980年代中期，林泠與梅新（左）、商禽（右），合影於臺北梅新寓所，享受小菜（梅新夫人張素貞）調理的美食。（林泠提供）

1980年代中期，林泠與文友聚會。前排右起：林泠、零雨、張橋橋；後排右起：張孝惠、陳瓊芳。（林泠提供）

1980年代中期，林泠與文友聚會，合影於臺北梅新寓所。前排右起：張素貞、林泠、張香華；後排右起：章公彥、章光齊。這兩位是梅新的兒女，也是林泠的乾寶貝。（林泠提供）

1985年6月，林泠與詩友們同遊，合影於淡水。左起：羅行夫婦、林泠、商禽、趙玉明、辛鬱。（林泠提供）

1985年6月，林泠與詩友們同遊，合影於淡水。左起：羅行夫人、零雨、林泠、蓉子、胡品清、張素貞。（林泠提供）

1980 年代後期，林泠與楚戈結伴，參觀張大千故居（今張大千紀念館），並與大師蠟像合影。當時此館甫修建完成，尚未對外開放。時值張大千120年壽辰，感觸更深。（林泠提供）

1980年代後期，林泠與楚戈（左）、羅英（右）合影於張大千故居灌木叢前。（林泠提供）

1980年代後期，林泠與至友小茱（梅新夫人張素貞教授）同訪故宮，合影於張大千故居。（林泠提供）

1990年代初期，二十多年的工業界生涯，一如在高速軌道上運行。這期間，詩心隱去如黑暗中的胚胎（艾略特語），偶爾也散放幽微的閃爍。這幀照片顯示出林泠某些隱藏的無奈。（林泠提供）

1990年代初期，時代的潮流推倒為冷戰而築的柏林牆。當年，林泠與友人遠赴東德作為歷史的目擊者。柏林歷經滄桑，但仍不失都城之姿。詩作〈逃亡列車〉即完稿於彼時。圖中的林泠閒逛於昔日的十里洋場。（林泠提供）

1990年代中期，林泠重遊威尼斯。「林泠的名字寫在水上」。（林泠提供）

1990年代後期，林泠隨「紐約自然歷史博物館」團隊縱行蒙古，之後橫越西伯利亞，終站是聖彼得堡。攝於戈壁大沙漠的紅土峽谷，為當年考古家Roy Chapman Andrews尋獲恐龍蛋化石的遺址。（林泠提供）

1990年代後期，林泠繞道阿拉斯加進入北極圈。從那時起，鋪天蓋地的冰雪，便永遠融入林泠內在的風景，將「空」與「白」注入日後的書寫之中。攝於北極Yukon河畔。（林泠提供）

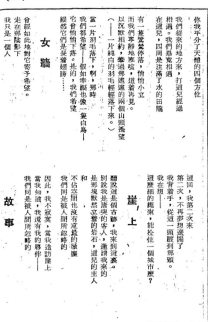

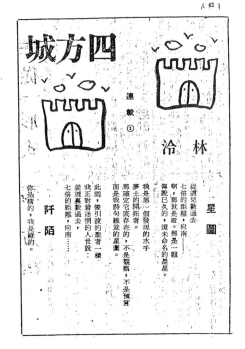

（42）

城方四（四方城）

連載①

林泠

星圖

你是橫的，我是縱的。

阡陌

從這兒數過去
七倍的距離，向南——
啊，那就是囉
傾醉已久的，啞
愛打著赤腳走路的人
我是那一個發現的水手
夢士的開拓者：
那確定它底存在的，不是觀察，不是預言
而是瞬句纖就的星圖

此刻，像月渡的聖者一樣
我正對著迷惘的人世說：
從這裏數過去，向南
七倍的距離，同南……

（44）

在黑黝黝的山路上走著
一個故事開始了，開始在窗外草原上的小溪邊。

你輕輕躍上去，不要回頭
我看得見你的影子。

真奇怪啊，爲甚麼多天竟會不冷
爲苦麼，一份聯想永不能被分割
繞然那懸着紅燈的車已駛來，載你離開
而我的歸途上，開落着
有人竪起大衣的領子……

月亮還這樣好，今夜
在天國，聽說一切美好的都完整了
而我們是平凡的人，只想到一個
發生在久久以前的故事和一隻不復完全記憶的歌

咦，就鳳是故事和歌罷。
我多希望你突然沉默，不再糾纏
（雖則我喜歡你的聲音）
好讓美麗的故事永遠沒有結束……

送行

那掛上紅燈籠來的
是最後的一班車

編者贅言

林泠的「四方城」，從本期起
開始連載。無數的讀者喜愛的作品
當然用不着編者再爲她捧了，不過
這裏有塊空白，必須加以填補，在
編輯技術上，實際編者……故以六盤字
略贅數言：
預定的計劃是：一俟連載完畢
就要給她印單行本，列入「現代詩叢」
。這裏必是預約者所樂聞的。那麼，
這便算是一個出版的預告了。

（43）

女牆

曾經如此地對它寄予希望。
走在那陵影下
我只是一個人

女牆

故事

你我平分了天體的四個方位
我們從來的地方來，打這兒經過
相遇。我們瀏覽相遇
在這兒，四周是注滿了水的田疇
有一隻鷥鷥停落，悄悄小立
而我們寧靜地塞喧，道著再見。
以沉默相約，攀過那遙遠的兩個山頭遙望
（一片純白的羽毛輕輕落下來。）

崖上

這回，我第二次來
第二次，不再夢想遠開了
我背着手，從這一頭跋到那頭。
我在想……
這歷細的繩索，能拴住一個城市麼？

崖上、

別說道這是個古蹟，我來到這裏
是那塊獸然立著的岩石，邀請我來的
我們都希罕它，假如幸福也像一隻白鳥
它會悄悄下落。是的，我們希望
繞然它們是長着翅膀

因此，我不寂寞，當我造訪崖上
當我知道，我還有我的影子——
我們同是被人間所忽略的

1956年4月，林泠以「四方城」為題，發表詩作
〈星圖〉、〈阡陌〉、〈女牆〉、〈崖上〉、
〈故事〉、〈送行〉於《現代詩》第14期之內
頁。（林泠提供）

嚴邁泠林

「京吧」，美國的「意像」運動雙璧、「數冠羣倫的詩人」，即是艾略特、龐德，圍繞其身的H.D.、卡勒士、國葉士 William Corbes Williams。在天河畔的小圓，時代沾光。

在那些文藝小圈子兼善默蒙涵泳了蕭的許沖浄，十年間即以其真樸的代謝，自陳霧的「四方城」，以「四方城」時，亦即承同十五年實際耕作生存的「同代的，在臺灣一些時流，駄即思索摩的時候，木橋子人的「製詩糸化最路的初構，來開的之時，大之素文不一中有敏遠的種子，如以把無餘時更讓其發為與事有的的數，一個的漢的和子生，便在其代奥羣的事實根前的羣力，而且又之種羣的時中的詩的羣翻譯的的

兼外，林泠的散文也在時代表現詩衰微的人人，共鬼詩之特別的的「的詩的時間」的詩代物印象的深寫印象物生的主的「的異光交國」上的數文作品。碼管羣動一時，說同年來抽烈然後直至現在不為而能而。其使的詩人都不一中全種知羣翻識寫下去。與中國詩增遠論一屆現象那，眞間際的時方誡。

Patents by Inventor Helen H. Ong

Helen H. Ong has filed for patents to protect the following inventions. This listing includes patent applications that are pending as well as patents that have already been granted by the United States Patent and Trademark Office (USPTO).

Aminoalkylthiodibenzothiepins
Patent number: 4775672
Abstract: Novel aminoalkylthiodibenzothiepins and related compounds, physiologically tolerable acid addition salts thereof, a method of preparing same, pharmaceutical and veterinary preparations including same and methods of treating by administering same are disclosed. These compounds are useful as antidepressant, analgetic, and anticonvulsant agents.
Type: Grant
Filed: February 13, 1987
Date of Patent: October 4, 1988
Assignee: Hoechst-Roussel Pharmaceuticals Inc.
Inventors: Helen H. Ong, Vernon B. Anderson, James A. Profitt

1961年1月，林泠詩作〈星圖〉等12首收入張默、瘂弦主編的《六十年代詩選》之內頁，圖為作者介紹與林泠畫像。（林泠提供）

1974～1995年，在這段悠長的空白中，林泠究竟做了什麼？隨便說幾句吧：除了幾十篇學術論文和一冊醫藥化學的專集之外，就是相當數量的發明專利。以上網頁記錄了一部分。（林泠提供）

Lin Ling　285

Lin Ling
(1935–)
TAIWAN

Lin Ling is also known as Li Chi. Both are pseudonyms used by Hu Yun-shang, a native Taiwanese poet. After she left Taiwan for the United States to do graduate work she stopped writing poetry, but her verse is considered important for its imagery and rhythm.

FOOTPATHS CROSS IN THE RICE FIELD

You are horizontal.
I am vertical.
We divide the heavenly bodies
And the four directions between us.
We come from the place of becoming,
Pass by here,
And encounter each other
In this final meeting
In a flooded rice field.
An egret descends on still wings.
We quietly chat about the weather,
And say, 'I'll see you again.'
Quietly make an appointment,
Climb two far apart hillsides,
And look back from the summits.
A pure white feather floats down.
As the feather floats down,
Oh, at that moment
We both hope that happiness
May also be like a white bird,
Quietly descending
We hope —
Even though birds
Are creatures with wings.

(translated from Chinese by Kenneth Rexroth
and Ling Chung)

1978年，林泠詩作〈阡陌〉收入Carol Cosman、Joan Keefe、Kathleen Weaver 主編的The Penguin Book of Women Poets之內頁。（林泠提供）

1993年6月24日，林泠〈藏經塔及塔外〉發表於《中國時報・人間副刊》27版之剪報。（林泠提供）

LIN LENG   *LIN LENG*

eigtl. *Hu* Yuntang, geb. 1938 in der Provinz Guangdong.
1958 Abschluß als Chemikerin an der Universität Taiwan
in Taibei. Weitere Studien in den USA, wo sie nun lehrt.
Schon mit 15 Jahren veröffentlichte sie als Schülerin ihr
erstes Gedicht. 1956 war sie eine der neun Initiatoren der
Dichtergruppe ‚Die Moderne'. Ihre über 100 Gedichte,
die großteils in den 50er Jahren entstanden, sind gefühl-
voll, jedoch nicht gekünstelt. Natur, Leben und Liebe
sind Themen, die sie bevorzugt.

Am Feldrain

Du verläufst von Ost nach West, ich von Süd nach Nord.
Wir teilen die vier Himmelsrichtungen in gleiche Teile auf.

Ein jeder kommt aus seiner Gegend hier vorbei.
Hier finden wir uns ein,
wo rings die Furchen voller Wasser stehen.

Ein Seidenreiher läßt sich nieder, hält ein wenig still,
ruhig plaudern wir, und einer sagt dem andern
                                                ‚Lebewohl'.
Wir kommen schweigend überein, über die beiden fernen
                              Gipfel hin uns anzusehen.
(Eine blütenweiße Feder schwebt herab.)

Schwebt eine Feder herab, oh, so wünschen wir,
wäre doch das Glück ein weißer Vogel,
der sich heimlich bei uns niederließe – das ist
                                    unsere Hoffnung,
auch wenn er weiterflöge, allsogleich.

1996年，林泠詩作〈阡陌〉收入Herausgegeben von Katrina Pangritz、Gu Zhengxiang主編的
Ich lebe östlich des Ozeans: Chinesische Lyrik des 20之內頁。（林泠提供）

輯二◎生平及作品

小傳◎作品◎年表

小傳

林泠（1938～）

　　林泠，女，本名胡雲裳，筆名李薺、若瀾，籍貫廣東開平，1938 年 6
月 27 日生於四川江津，1940 年移居西安，1945 年回南京定居，1949 年隨
家人來臺。

　　臺灣大學化學系畢業後，隨即赴美國佛吉尼亞大學攻讀有機化學，
1962 年取得碩士學位，1965 年取得博士學位。曾於 Hoechst AG 擔任醫藥
研發主管，主持藥物合成研究，1994 年自 Hoechst AG 子公司 Celanese 退
休後，仍任顧問多年。現旅居美國紐約。1956 年加入紀弦發起的「現代
派」，並擔任現代派的籌備委員；同年再與葉泥、羅行、鄭愁予等人發起創
辦《商工日報・南北笛旬刊》。1982 年亦從旁協助《現代詩》之復刊。自
1992 年起，曾多次擔任《中國時報》文學獎新詩獎、《聯合報》文學獎新
詩獎的評審。1955 年獲得中國文藝協會詩人節獎。詩集《在植物與幽靈之
間》入選《聯合報・讀書人》2003 年度最佳書獎文學類推薦書單。

　　林泠的創作文類以詩為主。早期詩作偏重個人內心世界的探索，擅長
以風格婉約的文字呈現少女對於情感和生命的想像，同時注重意象的組合
與象徵的圓融，營造朦朧的氛圍，並透過聲調的自然流動來強化情感的深
度。如《林泠詩集》的〈不繫之舟〉、〈阡陌〉、〈菩提樹〉，恰如瘂弦所言：
「林泠是不同凡響的，她是我們這年代最秀美的詩人。她的詩之特徵在於
能以流利之筆觸，將她對宇宙萬事萬物所呈現的和諧的情態，很輕逸地表

達了出來，同時更處處充滿對自然、生命與愛情的玄想。」

　　1958 年赴美求學、工作後，林泠長期沉寂詩壇，直到 1980 年代以後，才又重拾詩筆。其創作題材與早期作品有所轉變，由內在心靈延伸至外在世界的人際互動、兩性關係、社會事件等。優柔矜持的詩風也逐漸消退，轉而以知性的筆調顯現理性思維，如《在植物與幽靈之間》的〈烏托邦的變奏〉和〈單性論──向達爾文質疑〉。

　　除此之外，林泠對於譯詩亦是不遺餘力，自 1982 年起陸續譯介波赫士、辛波絲卡和夏默斯・亨泥等外國詩人的重要詩作，開闊臺灣讀者的閱讀視野。透過這些翻譯詩作，亦顯現林泠所推崇的詩境。在〈索藍・安切夫斯基詩抄〉中，林泠指出索藍・安切夫斯基語言精簡、含蘊，卻能有效地依循縱與橫的雙軸，延伸出歷史的深度以及巴爾幹文化的繁複，這樣的特色實與林泠晚期詩作有異曲同工之妙。

　　回顧林泠的創作軌跡，早年以清澈的抒情詩廣受好評，意象有機伸展，聲響勻稱動人。能在看似冷峻的語調下，營造若隱若現的故事。復出以後，又開發了許多新的詩意與詩材，情思飽滿，結構謹飾，將知性美學推向高峰。誠如陳芳明所言，「詩作數量有限，但散發出來的能量卻是無窮無盡。」

作品目錄及提要

【詩】

洪範書店 1982

洪範書店 1998

林泠詩集

臺北：洪範書店
1982 年 5 月，32 開，179 頁
洪範文學叢書 83

臺北：洪範書店
1998 年 9 月，25 開，191 頁
洪範文學叢書 83

本書為林泠第一本詩集，集結作者 1955～1981 年發表於報紙的作品，其中多首在出版前經過修改。全書分「叩關的人」、「四方城」、「雪地上」、「常夜燈」、「非現代的抒情」、「建築」六輯，收錄〈不繫之舟〉、〈雲的自剖〉、〈散場以後〉、〈撞鐘人〉、〈紫色與紫色的〉等 51 首。正文前有楊牧〈林泠的詩〉。
1998 年洪範版：正文與 1982 年洪範版同。正文後新增馬莊穆（John McLellan）〈現代的抒情——兼評詩人林泠〉。

在植物與幽靈之間

臺北：洪範書店
2003 年 1 月，25 開，155 頁
洪範文學叢書 312

本書為林泠相隔 21 年後再度出版的第二本詩集。全書分「Ⅰ」、「Ⅱ」、「Ⅲ」、「Ⅳ」四部分，收錄〈與頑石鑄情〉、〈給林羚——一九九一法蘭克福客棧〉、〈20/20 之逝——致一眼科醫生‧在手術之前〉、〈搖籃——寫在母親的周年〉等 30 首。正文後有林泠〈後記〉。

與頑石鑄情——林泠詩選

北京：三聯書店
2005 年 1 月，25 開，211 頁
「三地葵」文學系列 柒

本書收錄《林泠詩集》、《在植物與幽靈之間》部分作品。全書分「不繫之舟」、「四方城」、「雪地上」、「非現代的抒情」、「無花果（散文詩）」、「與頑石鑄情」、「烏托邦的變奏」、「在（無定的）途中」八輯，收錄〈不繫之舟〉、〈雲的自剖〉、〈紫色與紫色的〉、〈撞鐘人〉、〈常夜燈〉等 65 首。正文前有作者相片、〈林泠小傳〉、「三地葵」文學系列主編群〈總序〉、林泠〈斷層的延續——代序〉，正文後附錄楊牧〈林泠的詩〉、馬莊穆（John McLellan）〈現代的抒情——兼評詩人林泠〉、古繼堂〈晶瑩的冰山〉、楊照〈傷心書寫——讀林泠詩集《在植物與幽靈之間》〉。

文學年表

1938 年　　6 月　　27 日，生於四川江津，籍貫廣東開平。本名胡雲裳，父親胡天冊，母親石季玉。家中排行第三，上有二兄，下有一妹。

1940 年　　本年　　跟隨家人移居西安。

1945 年　　本年　　二次世界大戰結束，舉家回南京定居。

1949 年　　本年　　跟隨家人一同來臺。
　　　　　　　　　就讀師範學院附屬中學（今臺灣師範大學附屬高級中學）初中部二年級。

1951 年　　9 月　　就讀臺北第一女子中學（今臺北第一女子高級中學）。

1952 年　　6 月　　詩作〈流浪人〉以筆名「若瀾」發表於《野風》第 32 期。

1953 年　　1 月　　19 日，詩作〈古廟〉、〈歸帆〉以筆名「林泠」發表於《自立晚報‧新詩週刊》3 版，之後多以此筆名進行發表。

　　　　　　2 月　　2 日，詩作〈杜鵑〉、〈子夜的歌〉發表於《自立晚報‧新詩週刊》3 版。
　　　　　　　　　9 日，詩作〈煙圈〉發表於《自立晚報‧新詩週刊》3 版。
　　　　　　　　　23 日，詩作〈偶然〉發表於《自立晚報‧新詩週刊》3 版。

　　　　　　3 月　　2 日，詩作〈我為你而歌〉發表於《自立晚報‧新詩週刊》3 版。
　　　　　　　　　3 日，以「二月詩輯」為題，詩作〈靜〉、〈軌道〉發表於《公論報‧藍星週刊》6 版。
　　　　　　　　　16 日，詩作〈卜者〉發表於《自立晚報‧新詩週刊》3 版。

　　　　　　4 月　　27 日，詩作〈贈歌〉、〈雨中吟〉發表於《自立晚報‧新詩

週刊》2 版。

以「鐘聲及其他」為題，詩作〈鐘聲〉、〈賭〉、〈我在霧中歸來〉發表於《野風》第 54 期。

5 月　4 日，詩作〈古廟〉發表於《自立晚報・新詩週刊》2 版。

18 日，詩作〈無題〉發表於《自立晚報・新詩週刊》2 版。

25 日，詩作〈影子〉發表於《自立晚報・新詩週刊》2 版。

詩作〈無題〉發表於《現代詩》第 2 期。

6 月　1 日，詩作〈石子〉發表於《自立晚報・新詩週刊》2 版。

8 日，詩作〈故事〉發表於《自立晚報・新詩週刊》2 版。

15 日，詩作〈悟〉發表於《自立晚報・新詩週刊》2 版。

22 日，詩作〈無定河的說傳──太陽的故事〉發表於《自立晚報・新詩週刊》2 版。

29 日，詩作〈生辰的禮物〉發表於《自立晚報・新詩週刊》2 版。

7 月　6 日，詩作〈貝殼與沙〉發表於《自立晚報・新詩週刊》2 版。

12 日，以「邊塞組曲」為題，詩作〈野店〉、〈駝鈴〉、〈馬上的姑娘〉發表於《自立晚報・新詩週刊》2 版。

27 日，以「靜夜草」為題，詩作〈落葬的行列〉、〈鄉愁〉、〈古廟〉、〈時鐘的旋律〉、〈靜夜草〉發表於《自立晚報・新詩週刊》2 版。

8 月　3 日，詩作〈詩〉發表於《自立晚報・新詩週刊》2 版。

17 日，詩作〈秋天的試筆〉發表於《自立晚報・新詩週刊》2 版。

24 日，詩作〈拾青〉發表於《自立晚報・新詩週刊》2 版。

以「海的四重奏四首」為題，詩作〈貝殼與沙〉、〈童話〉、

〈星‧歸航〉、〈水上的伙伴〉發表於《現代詩》第 3 期。

以「落葬的行列‧外一章」為題，詩作〈落葬的行列〉、〈風雨篇〉發表於《野風》第 59 期。

	12 月	詩作〈詩的簷滴〉發表於《現代詩》第 4 期。
1954 年	9 月	就讀臺灣大學化學系。
1955 年	夏	詩作〈相遇〉、〈離〉發表於《現代詩》第 10 期。
	3 月	24 日，詩作〈相遇〉發表於《公論報‧藍星週刊》6 版。
	6 月	獲得中國文藝協會詩人節新詩獎。
		2 日，詩作〈不繫之舟〉發表於《公論報‧藍星週刊》6 版。
	7 月	21 日，以「西河輯」（一）為題，詩作〈生辰〉、〈渴〉、〈古老的山歌——寄給山靈〉發表於《公論報‧藍星週刊》6 版。
	8 月	4 日，以「西河輯」（二）為題，詩作〈散場以後〉、〈觀念〉發表於《公論報‧藍星週刊》6 版。
	9 月	9 日，詩作〈彎度〉發表於《公論報‧藍星週刊》6 版。
	秋	以「風雨篇」為題，詩作〈懷念——寄 Y‧H〉、〈陰與晴〉、〈靜〉、〈生辰的禮物〉、〈墓銘〉發表於《現代詩》第 11 期。
1956 年	1 月	13 日，加入紀弦組成的「現代派」，其後與紀弦、葉泥、鄭愁予、羅行、楊允達、小英、季紅、林亨泰共同擔任籌備委員。
		15 日，出席現代派於臺北市民眾團體活動中心舉辦的「現代派詩人第一屆年會」。
	2 月	10 日，以「水上詩」為題，詩作〈堤〉、〈陰影〉、〈現在〉發表於《公論報‧藍星週刊》6 版。
	3 月	2 日，詩作〈兩地草〉發表於《公論報‧藍星週刊》6 版。
		詩作〈冬的結雨〉發表於《創世紀》第 5 期。
	4 月	1 日，與葉泥、羅行、鄭愁予等於臺北發起創辦《商工日

報‧南北笛旬刊》，羊令野於嘉義主持編務。

11 日，詩作〈潮來的時候〉發表於《商工日報‧南北笛旬刊》6 版。

13 日，詩作〈紫藤〉發表於《公論報‧藍星週刊》6 版。

21 日，詩作〈實驗室〉發表於《商工日報‧南北笛旬刊》6 版。

以「四方城」（一）為題，詩作〈星圖〉、〈阡陌〉、〈女牆〉、〈崖上〉、〈故事〉、〈送行〉發表於《現代詩》第 14 期。

5 月　3 日，詩作〈告白〉、〈憩息〉發表於《商工日報‧南北笛旬刊》6 版。

11 日，以「西河輯」（三）為題，詩作〈五月弦〉發表於《公論報‧藍星週刊》6 版。

11 日，詩作〈叩關的人〉、〈斷流〉發表於《商工日報‧南北笛旬刊》6 版。

6 月　8 日，詩作〈日記〉發表於《公論報‧藍星週刊》6 版。

7 月　20 日，以「西河輯」（四）為題，詩作〈鏡〉、〈海港的秋天〉發表於《公論報‧藍星週刊》6 版。

21 日，以「忘川（第一輯）」為題，〈疊〉、〈素居〉、〈圓和月〉，發表於《商工日報‧南北笛旬刊》6 版。

8 月　1 日，以「忘川（第二輯）」為題，〈廢址〉、〈生之序曲〉發表於《商工日報‧南北笛旬刊》6 版。

21 日，以「未知的上帝‧外五章」為題，詩作〈常夜燈〉、〈撞鐘人〉、〈夜記〉、〈林蔭道〉、〈造訪〉發表於《商工日報‧南北笛旬刊》6 版。

9 月　2 日，詩作〈給填海者〉發表於《商工日報‧南北笛旬刊》6 版。

28 日，詩作〈晨霧〉發表於《公論報・藍星週刊》6 版。

詩作〈雪地上〉發表於《創世紀》第 7 期。

10 月　以「四方城」（二）為題，詩作〈菩提樹〉、〈三月夜〉、〈未竟之渡〉發表於《現代詩》第 15 期。

1957 年　3 月　詩作「無花果・外二章」以筆名「李薺」發表於《復興文藝》第 4 期。

5 月　以「四方城」（三）為題，詩作〈微悟──為一個賭徒而寫〉、〈題畫──瓦稜希亞之春〉、〈春之祭〉發表於《現代詩》第 18 期。

8 月　以「四方城」（四）為題，詩作〈狄卡馬龍夜譚〉、〈火曜日〉、〈七重天〉發表於《現代詩》第 19 期。

1958 年　1 月　27 日，詩作〈建築〉以筆名「李薺」發表於《南北笛週刊》6 版。

4 月　詩作〈從人誕生的蜘蛛〉發表於《創世紀》第 10 期。

6 月　臺灣大學化學系畢業。

9 月　赴美國佛吉尼亞大學攻讀有機化學碩士。

1959 年　本年　與翁中軍結婚。

1961 年　1 月　詩作〈星圖〉、〈阡陌〉、〈女牆〉、〈崖上〉、〈故事〉、〈送行〉、〈狄卡馬隆夜譚〉、〈火曜日〉、〈七重天〉、〈菩提樹〉、〈未竟之渡〉、〈微悟〉收錄於張默、瘂弦主編的《六十年代詩選》，由高雄大業書店出版。

1962 年　本年　取得佛吉尼亞大學有機化學碩士學位，繼續攻讀有機化學博士。

1965 年　本年　取得佛吉尼亞大學有機化學博士學位，之後於伊利諾州西北大學擔任博士後研究員。

1967 年　3 月　以「新作四章」為題，詩作〈夜營之一〉、〈夜營之二〉、〈南行〉、〈清晨的訪客〉發表於《南北笛季刊》創刊號。

1968 年　本年　受聘於美國國家衛生總署擔任研究員。

1972 年　本年　離開華盛頓哥倫比亞特區，遷居新澤西州，進入跨國企業赫斯美國分公司（Hoechst AG）發展新藥。

1978 年　本年　詩作〈阡陌〉（Footpaths Cross in the Rice Field）由 Kenneth Rexroth、Ling Chung 翻譯，收錄於 Carol Cosman、Joan Keefe、Kathleen Weaver 主編的 *The Penguin Book of Women Poets*，由倫敦 Penguin Books 出版。

1981 年　11 月　10 日，詩作〈非現代的抒情〉發表於《聯合報·副刊》8 版。

23 日，詩作〈彩衣〉、〈南京東路微醒〉發表於《聯合報·副刊》8 版。

1982 年　5 月　詩集《林泠詩集》由臺北洪範書店出版。

6 月　與梅新、鄭愁予等共同協助《現代詩》復刊；詩作〈黑森林憑古──夜經萊茵寺院墓園畔葡萄園〉發表於《現代詩》復刊第 1 期。

7 月　19 日，翻譯波赫士（Jorge Luis Borges）詩作〈懺悔〉、〈海〉於《聯合報·副刊》8 版。

8 月　7 日，翻譯波赫士詩作〈艾奧莎〉於《聯合報·副刊》8 版。

9 日，翻譯波赫士詩作〈愛的預想〉於《聯合報·副刊》8 版。

21 日，翻譯波赫士詩作〈劍橋〉於《聯合報·副刊》8 版。

27 日，翻譯波赫士詩作〈棋 I/II〉、〈愛倫坡〉、〈約翰·勃拉姆斯〉於《聯合報·副刊》8 版。

9 月　18 日，現代詩社於臺北太陽飯店九樓星星餐廳舉辦「詩句織就的星圖──林泠作品討論」，由瘂弦主持，與會者有羅行、季紅、商禽、林亨泰、辛鬱、羅門、張默、羊令野、張

漢良、梅新、碧果、向明、葉步榮等。會後紀錄刊載於《現代詩》復刊第 2 期。

1983 年　1 月　2 日，翻譯馬格麗・艾特吾（Margaret Atwood）詩作〈安大略皇家博物館之一夜〉、〈夜詩〉於《聯合報・副刊》8 版。

3 日，翻譯馬格麗・艾特吾詩作〈兩棲動物的前身〉、〈變形者之歌──豬歌〉、〈變形者之歌──牛歌〉於《聯合報・副刊》8 版。

4 日，翻譯馬格麗・艾特吾詩作〈新聞傳真：某人與槍決小組〉、〈變形者之歌──鼠歌〉於《聯合報・副刊》8 版。

3 月　以「啊，廣東！」為題，詩作〈魚家──經勿街魚肆認鄉親未果〉、〈南婦吟〉發表於《現代詩》復刊第 3 期。

7 月　於《現代詩》復刊第 4 期，具名擔任委員。

12 月　20 日，翻譯辛波絲卡（Wisława Szymborska）詩作〈感謝〉、〈在 JAZLO 餓俘營〉、〈我太近了〉於《聯合報・副刊》8 版。

1984 年　6 月　12 日，翻譯雷琪（Adrienne Rich）詩作〈旅人與城〉、〈中年的人們〉於《聯合報・副刊》8 版。

14 日，翻譯雷琪詩作〈戀歌〉（第 11 首）、〈威力〉於《聯合報・副刊》8 版。

1989 年　11 月　4 日，翻譯馬格麗・艾特吾詩作〈年邁女詩人獨坐於廊下〉、〈年邁女詩人洗滌的一日〉於《中央日報・副刊》16 版。

1990 年　8 月　1 日，翻譯馬格麗・艾特吾詩作〈在下弦與上弦之間〉、〈強盜新郎〉於《中央日報・副刊》16 版。

12 月　於《現代詩》復刊第 16 期，具名擔任社務委員，至 1997 年《現代詩》復刊第 30、31 期合刊本。

1992 年　3 月　26 日，翻譯保羅・安格爾（Paul Engle）詩作〈字句與詩

人〉於《中央日報・副刊》16 版。

10 月　擔任第 15 屆《中國時報》文學獎新詩組評審。

1993 年　6 月　24 日，〈藏經塔及塔外〉發表於《中國時報・人間副刊》27 版。

8 月　27 日，主持《現代詩》於誠品書店敦南店藝文空間舉辦的「面對詩人：零雨、鴻鴻、陳克華」座談會。

1994 年　本年　自 Hoechst Celanese 公司退休。

1995 年　6 月　出席牛津大學伍斯特學院（Worcester College, University of Oxford）於牛津大學舉辦的 20 世紀英詩研習會。

10 月　6 日，翻譯夏默斯・亨泥（Seamus Heaney）詩作〈一個自然主義者之死〉、〈我個人的神山〉於《聯合報・副刊》26 版。

7 日，〈構成靈魂的……是幽微的閃爍：簡介詩人夏默斯・亨泥（上）〉，翻譯夏默斯・亨泥詩作〈格羅貝爾人〉、〈沼澤地帶〉於《聯合報・副刊》37 版。

17 日，翻譯夏默斯・亨泥詩作〈傷亡〉、〈牡蠣〉、〈合約〉於《聯合報・副刊》37 版。

17 日～19 日，〈構成靈魂的……是幽微的閃爍：簡介詩人夏默斯・亨泥（下）〉連載於《聯合報・副刊》37 版。

18 日，翻譯夏默斯・亨泥詩作〈山楂果燈籠〉於《聯合報・副刊》37 版。

19 日，翻譯夏默斯・亨泥詩作〈男人與男孩〉於《聯合報・副刊》37 版。

1996 年　本年　詩作〈阡陌〉（Am Feldrain）收錄於 Katrina Pangritz、Gu Zhengxiang 主編的 *Ich lebe östlich des Ozeans: Chinesische Lyrik des 20*，由柏林 Oberbaum Verlag 出版。

1998 年　2 月　25 日，詩作〈詩釣與海戍：寫在新紀元之前・給我們集體

的童年〉發表於《中國時報‧人間副刊》27 版。

9 月　　10 日,詩作〈20/20 之逝:致一眼科醫生‧在手術之前〉發表於《聯合報‧副刊》37 版。

詩集《林泠詩集》由臺北洪範書店出版。

10 月　　21 日,詩作〈移居〉發表於《中國時報‧人間副刊》37 版。

1999 年　9 月　擔任第 21 屆《聯合報》文學獎新詩獎決審委員。

2000 年　6 月　23 日,詩作〈給女兒的詩之一:一九八二〉發表於《聯合報‧副刊》37 版。

2001 年　5 月　23 日,詩作〈搖籃〉發表於《聯合報‧副刊》37 版。

6 月　　28 日,詩作〈逃亡列車——致一陌生的旅伴　波蘭一九九〇年〉發表於《中國時報‧人間副刊》23 版。

9 月　　擔任第 23 屆《聯合報》文學獎新詩獎決審委員。

2002 年　3 月　8 日,詩作〈史前的事件〉發表於《聯合報‧副刊》37 版。

16 日,詩作〈巨蟹座非歌——有贈〉發表於《中國時報‧人間副刊》39 版。

5 月　　21 日,詩作〈烏托邦的變奏〉發表於《聯合報‧副刊》39 版。

8 月　　12 日,詩作〈我有的是時間:貓的日記〉發表於《中國時報‧人間副刊》39 版。

2003 年　1 月　7 日,詩作〈科學——懷念朱明綸師〉發表於《聯合報‧副刊》39 版。

詩集《在植物與幽靈之間》由臺北洪範書店出版。

3 月　　8 日,詩作〈在(無定線的)途中——龍泉街的童年〉發表於《中國時報‧人間副刊》39 版。

9 月　　擔任第 25 屆《聯合報》文學獎新詩獎決審委員。

10 月　　擔任第 26 屆《中國時報》文學獎新詩獎評審。

　　　　　12 月　14 日，詩集《在植物與幽靈之間》入選《聯合報‧讀書
　　　　　　　　人》2003 年度最佳書獎文學類推薦書單。

2004 年　10 月　26～27 日，〈林泠談詩──斷層的延續〉連載於《聯合報‧
　　　　　　　　副刊》E7 版。

　　　　　9 月　擔任第 26 屆《聯合報》文學獎新詩獎決審委員。

2005 年　1 月　詩集《與頑石鑄情──林泠詩選》由北京三聯書店出版。

2006 年　10 月　27 日，翻譯索藍‧安切夫斯基（Zoran Anchevski）詩作
　　　　　　　　〈離〉、〈生存〉於《聯合報‧副刊》E7 版。

2008 年　11 月　詩作〈科學──懷念臺大的日子　敬致朱明綸老師〉收錄於
　　　　　　　　柯慶明主編的《臺大八十，我的青春夢》，由臺灣大學出版
　　　　　　　　中心出版。

參考資料：

‧封德屏主編，《2007 臺灣作家作品目錄》，臺南：國立臺灣文學館，2008 年 7 月，頁
　434。

‧吳姵萱，〈林泠詩研究〉，清華大學中國文學系碩士論文，2008 年。

‧黃于真，〈抒情與現代：林泠現代詩研究〉，臺灣大學臺灣文學研究所碩士論文，
　2010 年。

‧網站：詩路──臺灣現代詩網路聯盟。最後瀏覽日期：2019 年 11 月 7 日
　http://faculty.ndhu.edu.tw/~e-poem/poemroad/lin-leng

輯三◎
研究綜述

拔尖與斷層的奏鳴曲
林泠研究綜述

◎劉正忠

一、四方城傳奇

　　文學運動的開展，需要鮮明的主張，亦需有明星作家或傑出作品以為支撐。紀弦領導的現代派運動，為戰後臺灣文學史的大事。其人熱情而富於魅力，又挾帶著上海時期的文藝體驗；加上外有覃子豪等人的競爭（與呼應），內有方思、林亨泰、鄭愁予、林泠等人之輔翼，終能引發一波詩歌創作的大潮。

　　那是流離、滯悶而貧窮的年代：一方面，中文取代日語重新成為主導語言，使本地寫作者發聲困難而備感挫折；另一方面，戰亂所造成的跨海大遷移，使大批失鄉者匯聚於斯，成為 1950 年代的文學主力。在這群人當中，生於 1938 年的林泠以少女之姿，深刻參與了當時的詩史創造，更是近乎奇蹟。

　　早在《新詩週刊》、《野風》時期，林泠即展現敏銳的詩才；稍後，則活躍於覃子豪主導的《藍星週刊》與紀弦創辦的《現代詩》季刊，風格逐漸明朗。1955 年 6 月，她與白萩、吹黑明等人，同獲中國文藝協會詩人節新詩獎，聲名益彰。覃子豪曾介紹《藍星》優秀的新作者（依照登場先後），林泠名列首位：

　　　　她是一個天才，她發表作品最多的是在《新詩週刊》的時期，當時則
　　　　被一般讀者公認為有天才的詩人。她有她自己獨特的風格，純乃自

然，毫無造作的痕跡，詩句像提煉過了的口語，內容深刻，情感凝
鑄，甚至帶一點兒冷峻。[1]

對於年輕作者而言，這是很高的讚譽了。此後四年（1955～1958），林泠
佳作迭出，進入第一個創作高峰。其間，現代派於 1956 年 1 月宣告成
立，紀弦提出震動一時的六大信條，對於當時的年輕詩人具有顯著的啟
迪作用。

　　從《現代詩》14 期（1956 年 4 月）到 19 期（1957 年 8 月）開始，
林泠以「四方城」為總題，發表了十餘首精品。紀弦特地加上了一段補
白：

林泠的「四方城」，從本期起，開始連載。無數的讀者喜愛她的作品，
當然用不著讀者再為推薦了……預定的計畫是：一俟連載完畢，就要
給她印單行本，列入「現代詩叢」。這想必是讀者所樂聞的。那麼，這
便算是一個出版的預告了。[2]

這組詩的發表，宣告著林泠正式登上一流創作者之列，但「預告中」的
《四方城》並沒有出版。最主要的原因，在於林泠旋即出國留學而脫離
了詩壇，而以紀弦為核心的現代詩社也開始略顯疲態。以創作質量而
言，20 歲的林泠已發表了百餘篇作品，其中至少有五十首閃耀著輝光，
絕對足以構成一本經典詩集。惟純以發展脈絡而言，詩人風鵬正舉，詩
意方興未艾，確實還沒到達斷代結集的必然時刻。

　　林泠受到現代派信條的啟迪，著意於「知性」的節制美學，宜為事
實。不過，除了「現代派宣告成立」這類戲劇性的文學事件之外，我們

---

[1]覃子豪，〈群星光耀詩壇——為本刊週年而作〉，《公論報・藍星週刊》第 53 期，1955 年 6 月
17 日，6 版。
[2]紀弦，〈編者贅言〉，《現代詩》第 14 期（1956 年 4 月），頁 44。

不能忽略更為從容而日常的「浸潤」。林泠的幾篇回憶性文字,〈藏經塔及塔外〉以及〈斷層的延續〉,提供了極為珍貴的史料,同時也是一流的散文。現代派諸子之中,紀弦是「老朋友」,林泠是「小朋友」,中間層各路好漢相聚,以詩取暖,這本是我們所熟悉的。林泠的回顧,特異處在於重構了「漳州街支部」的往事,同時深入地描述並闡釋了 1950 年代詩人的精神動向。

現代詩運動的重心,在 1958 年以後,逐漸由《現代詩》轉到《創世紀》。除了詩刊之外,創世紀諸子所主導的數種選本,也發揮了點將錄一般的效用。其中《六十年代詩選》(1961)又為重要的起點,收錄 26 家詩人,頗能反映 1950 年代的充滿朝氣的詩壇樣貌及其創作成就。此書選了林泠的 12 首詩,呈現「四方城」之精華,使其詩名持續傳頌於當時。惟編者按語較著重於「童話般的語言與溫柔的旋律」[3],大約仍是就表層閱讀感受而言,尚未述及林泠內涵的知性美學的面向。

1967 年 3 月,《南北笛季刊》創刊號出版,刊有林泠「新作四章」,應係去國多年之後,首次有新作與讀者見面。按《南北笛季刊》發行人羅行為「紀門四傑」之一,在臺大求學的時間與林泠相近,又曾共同參與漳洲街的文藝聚會,對於她早期文藝生涯知之最詳。1969 年 7 月,林泠回國省親,羅行發表〈林泠和她的詩〉一文,較全面地介紹林泠的詩。此文至少具有兩方面的貢獻:首先,提供了詳實的傳記資料與原始文獻,重建了林泠在 1950 年代詩壇的活動狀況。其次,基於一種來自歷史現場的詩學觀察,率先全面描述了林泠的詩歌特質,初步給予詩史的定位。

大約同時,周伯乃也發表了一篇〈「四方城」外的林泠〉,較為細緻地解讀林泠的詩句,並對其整體風格提出闡釋。有趣的是,此文引述的五首詩,有兩首不見於定本《林泠詩集》(可見早期詩人、詩論家的林泠

---

[3]張默、瘂弦主編,《六十年代詩選》(高雄:大業書店,1961 年),頁 36。

印象，不盡同於今日）。其中提到：

> 林泠的詩是用現代的技巧所表現的；屬於她的那種愛的告示。她不是
> 在努力給出意義，而是展出一種曖昧的魅力，它是獨立存在於意義以
> 外的一種展示。她以她那少女特有的溫婉唱出愛的頌歌。[4]

所謂「意義以外」的成分，用今天的話來講，或許便是氛圍或韻味吧。
林泠的現代技巧不僅敘述著「什麼」，還把注意力集中在「敘述著」的情
態，因而奧妙獨多，這一點應有持續探索的空間。

　　眾所期待的《林泠詩集》，延遲到 1982 年 5 月才出版，距離她去國
已 24 年了。包含 5 首散文詩在內，此集共收錄作品 51 首。絕大多數完
成於 20 歲以前，特別是 16 歲到 20 歲之間（1955～1958）。我們只要稍
稍對照於原始材料，便可以發現，這本詩集的存真性極高。也就是說，
林泠最多僅微幅修改其少作，因而 1980 年代出版的詩集很能精確反應
1950 年代在報刊上發表的詩藝水準。

　　楊牧為詩集寫的序文〈林泠的詩〉，堪稱是一篇典範級的批評文字。
首先，此文細讀林泠的〈三月夜〉（1956），檢驗其藝術性，進而帶領讀
者理解 1950 年代生機勃發、創意無窮的詩壇。除了展現深刻的詩史視域
之外，還涉及「抒情詩」美學：

> 林泠的抒情詩具有一套完整的意象系統，紛紜組合，探向內心的精神
> 世界。所謂意象，紛紜不免容易，組合成為系統便需要慧心才具。讀
> 林泠詩，我們不難看出她於詩的格律排比並不刻意經營，概以有機形
> 式詠歎進行，臻於完成；然而她於意象的發展，譬喻的相關性，和象
> 徵技巧的圓融，卻永遠孜孜緊扣，一絲不苟。[5]

---

[4] 周伯乃，〈「四方城」外的林泠〉，《自由青年》第 42 卷第 2 期（1969 年 8 月），頁 79。
[5] 楊牧，〈林泠的詩〉，《林泠詩集》（臺北：洪範書店，1982 年），頁 13～14。按此文原刊《聯合

　　楊牧以林泠為臺灣現代抒情詩的重要範式之一，此意頗為昭朗。因
為她的詩，情感深刻而自然，在表現上又深知節制之美，能夠「沖淡於
藝術的精巧鍛鍊之中」。具體來講，便是意象的有機布置，聲音的精巧跌
宕，以及兩者之間的完美結合。楊牧還拈出「私我神話」一語，指涉
「詩人作品中經常出現的小故事，微妙而帶著反覆不太變化的細節，然
而截頭去尾，點到為止，這是林泠詩中相當重要的一環。」[6]這段話很能
切中林泠特有的矜持含蓄的語調，並解釋她那玄祕幽微的風格是如何形
成的。

　　大約是在整理舊作的過程中，觸動詩情，林泠在 1981 年完成了〈南
京東路微醒〉及〈非現代的抒情〉兩首新作。不久，翻譯家馬莊穆
（John McLellan）教授即寫了一篇〈現代的抒情〉，從〈阡陌〉入選《企
鵝世界女詩人選集》談起，推定「她的文學生涯已開始復甦，而她的震
撼力也正重新被認定。」[7]此文雖僅討論一首新作，一首舊作，但能夠深
入掘發詩裡「表面上對文學的評議」以及「潛在自我的陳述」，論點頗為
珍貴。

　　此外，季紅〈林泠對生命的探索和她的語言運作〉，雖略帶詩學隨筆
的性質，但亦時有卓見。比方說林泠明明常以情感為主題，為何堪稱知
性而現代？季紅認為：「詩表現情感與內在經驗，但不是立即的情感與經
驗；詩面對生命、探索生命，但不是立即的反應與答案。」[8]頗能說明林
泠抽離而抑斂的抒情姿態。

二、學院之眼

　　臺灣的「女性詩學」研究興起於 1980 年代，鍾玲的《現代中國繆

報‧副刊》，1982 年 5 月 2 日，8 版。
[6]楊牧，〈林泠的詩〉，《林泠詩集》，頁 9。
[7]馬莊穆，〈現代的抒情──兼評詩人林泠〉，附錄於《林泠詩集》，頁 183。
[8]季紅，〈林泠對生命的探索和她的語言運作〉，《現代詩》復刊第 2 期（1982 年 10 月），頁 2～
19。

司》具有開創之功。在「五十年代清越女高音」的這一章裡，她特別標
舉蓉子、林泠、敻虹的地位。其中論述林泠的部分，最初曾以〈無定河
的水聲〉為題獨立發表。[9]在楊牧開啟的論述基礎上，添加了女性詩學的
視野，益以個人獨特的詮解：

> 她的詩在表面上呈現溫婉的風格，其實骨子裡的主題常處理殘酷的人
> 際關係……林泠詩歌常用的柔美語調，純淨的意象，但內涵卻蘊藏激
> 情或殘酷的現實。正因有表裡之間的差距，形成張力，她的詩更加耐
> 讀；她的詩也不致流於濫情和傷感。[10]

表面上的溫婉為較常見的模式，而林泠詩的內部確實存在著一股不馴之
意，鍾玲的觀察應是可以成立的。除此之外，她對於城、少女、浪子等
意象的分析，亦頗值得參考。她認為林泠詩歌的韻律節奏，可能是臺灣
現代女詩人中控制得最好的一位，實為知味之言。惟說林泠詩是「中國
女性文學婉約派之正宗」，則似乎待斟酌。

　　1990 年代以後，學院中研究現當代文學的風氣日漸興盛，現代詩批
評亦常與之相結合，而以研討會或學術論文的形式出現。張健雖為學界
前輩，他的〈林泠情詩九式〉卻一反這種趨勢，刻意採用詩話的形式，
統整其閱讀經驗。他高度推崇林泠情詩的成就，並將他們劃分為九種模
式，各有案例分析。其中提及〈未竟之渡〉，竟列為私奔式之代表：

> 這一對私奔的情侶，離開了他們的「淺水碼頭」──容不下他們生命
> 幅度的故土，走了！但是，在這冒險的初旅中，男的比女的更憂戚，
> 女主角觀察他如一旁觀者，關心他如親人，卻又不解──不解的背後

---

[9]鍾玲，〈無定河的水聲──論林泠的詩〉，《中央日報‧副刊》，1988 年 8 月 22～23 日，16 版。
[10]鍾玲，《現代中國繆司──臺灣女詩人作品析論》（臺北：聯經出版公司，1989 年），頁 158～159。

也許是悵惘，是輕輕重重的失望。[11]

雖似有些臆測成分，但也頗能發揮想像，並使用優美文字去重建詩行背後的故事。從另一個側面，驗證了林泠詩裡善於布置閃爍而迷人的情節，可待讀者自行補綴。惟一首傑作有時可能繁用多重技巧，不只是兩招三式而已。

　　大約同時，正在攻讀博士的詩人何雅雯也寫了一篇〈小論林泠：抒情與現代〉的長文，其特色在於抒情詩美學的運用。她首先細究林泠詩中的說話主體「我」，進而彰顯其性格。接著又敏銳地描述她筆下出現的他人以及她對愛情與人情的關注。最後從時空經營的面向，觀察林泠怎樣拉出情感的距離並創造獨特的思維節奏。極為難得的是，這篇論文首度將《林泠詩集》與《在植物與幽靈之間》貫穿起來，就若干話題進行比較。由於兩本詩集相距較遠，風格的斷裂是可預期的；何雅雯率先掘發了兩者的發展關係，雖然留下一些縫隙，但也建構了詮釋脈絡。

　　洪淑苓的《思想的裙角》為女性詩學研究較新穎而全面的成果，其書名即取自林泠的詩句。其中論林泠的一章，專從異國想像與女性意識著題，連結了看似無甚關聯的兩個面向。她指出：

相對於中國、東方、古典的氛圍，她的取材與意象構思的「現代性」，較常運用西方的國度、都市與文化印象，使她的詩有著奇異的想像視野，可更精準地傳達作品主旨。因為有些情感的表現，是屬於現代社會的，難以用傳統的語彙來表達……這時就勢必得運用異國意象來達到目的。[12]

---

[11] 張健，〈林泠情詩九式〉，收錄於彰化師範大學國文系編，《臺灣前行代詩家論——第六屆現代詩學研討會論文集》（臺北：萬卷樓圖書公司，2003 年），頁 112。

[12] 洪淑苓，《思想的裙角——臺灣現代女詩人的自我銘刻與時空書寫》（臺北：臺灣大學出版中心，2014 年），頁 77。

這就有別於鍾玲根據第一詩集所描述出來的婉約感,而更注意到逸離的取向。早在羅行的文章裡,就曾指出林泠筆下的主角多為流浪人、賭徒、孤兒,但尚未加以開展,本文對異國想像的梳理恰可為補證。在講女性意識的部分,洪淑苓著重引述後期篇章,展示詩人思維發展的軌跡。

　　《在植物與幽靈之間》的出版,大幅擴充了「詩人林泠」的形象,同時也開啟了研究的新階段。先後有三本碩士論文,以林泠為主要研究對象,率能同時將兩本詩集納入視野。林佩菁建立專章,進行「前後期詩作的比較」;黃于真則在各章中兼涉兩集,隨議題開展。吳姵萱的論文,共有兩章專門處理《在植物與幽靈之間》,她指出:

> 詩人以「科學」的專業寫抒情詩,為由「感受」(sensation)滋衍的「感情」(emotion)開拓了另一表情途徑,使抒情詩不再只是「我」的自言自語,而與世界眾生產生連結。[13]

後期林泠具有敏銳而豐富的知識視野,如何與原有的抒情優勢相結合,是頗有意思的話題。難得的是,林泠在這些科學知識的展演之餘,其實寄託著深刻的人文關懷。除此之外,這本詩集既隱含著自我的「故事」,又能夠提升到「歷史」的層次;由自我抒情與內在幻想,演變為書寫他人與外在現實。同時,詩人對愛的理解更為深沉而多面向,又與緩慢的書寫基調相融合,遂形成迷人且耐讀的風格。

　　林泠早期名篇多完成於臺大,其學術專業之孕育亦始於此。前引諸多評論者如張健、洪淑苓、何雅雯,則皆出於臺大中文系。在建校 80 年之際,柯慶明主編《臺大八十,我的青春夢》,邀請校友作家供稿,林泠提供的正是〈科學〉一詩,其開頭云:

---

[13]吳姵萱,〈林泠詩研究〉,(清華大學中國文學系碩士論文,2009 年),頁 130。

　　「藝術」是「我」

　　「科學」是「我們」——

　　這麼嚴厲的

　　第一課；無翅的新鮮人[14]

　　在書前的序文裡，校長李嗣涔即舉這首詩來闡明臺大精神：每個人都有各自的「我」，風貌各異，卻共同見證了整體。[15]開頭這兩句話，似乎也說明了林泠雙重生涯的處境：在漫長的歲月裡，「我」被抑斂了，更多地展現為我們；直到她脫離職業的束縛，找到或者發明了一種「我」與「我們」兼容並蓄的詩。

　　關於這首詩，有待王道維以科學專業為背景的文學評論。這篇文章不僅進行了所謂詩與科學的對話，更深刻地探討了科學本身的詩意層面，堪稱林泠的知音。其間提出了這樣的判斷：

　　　　林泠在這首五十餘行的詩中，藉由大一微積分課程的開啟，尋尋覓覓於人性與科學間令人困惑的關係。她成功的營造出一種在困惑中試探前行，有所體會後卻又不禁猶疑再三的矛盾思緒。雖然無法反抗或挑戰科學的影響，甚至從內心喜悅其優美精確的形式，但發現它最多也只能計算著人世間的某些不足之處，而非指引出生命的方向。

難得的是，此文乃是經由詩行的語言分析（包含段落與句式）而逐步去重構其意旨。開掘出屬於詩的（相對於論說文字）獨特的表述方式——形象密布，指涉多重，充滿言外之旨。林泠這首詩，可以說是對於自己

---

[14]林泠，〈科學——懷念臺大的日子　敬致朱明綸老師〉，收錄於柯慶明主編《臺大八十，我的青春夢》（臺北：臺灣大學出版中心，2008年），頁72。

[15]李嗣涔，〈序〉，收錄於柯慶明主編《臺大八十，我的青春夢》，頁ii。

的世界觀與認識論的一種梳理，其思維是立體而恢弘的，既有識見之呈顯，亦有藝術的表現。

三、歸隊與復甦

　　活躍於 1950 年代的詩人，多有中斷創作者，不僅林泠而已——瘂弦從此不再寫詩，鄭愁予於去國十年後再創新猷，方思於 1980 年代復出後，未若早年之精悍。依照一般的理解，林泠有兩次小復甦，一次發生在 1967 年以後，一次發生在 1982 年詩集出版前夕。此後又告中止，直到世紀交替之際，乃發表諸多精品，結集為《在植物與幽靈之間》（2003）出版，是為一大復甦。

　　事實上，林泠之回歸詩壇，有個綿密而持續的歷程，並非猛然來去。馬莊穆前文所推測的「復甦」，果然成為事實，而且從我們的解讀角度來看，再也未嘗脫隊。惟其形式多元，非僅以創作的形式展現而已。首先，1982 年在林泠的創作生涯中頗為關鍵，首先是詩集的出版，其次是停刊達 18 年之久的《現代詩》季刊，終於在她與鄭愁予、羅行等人贊助下，在臺北復刊，並由梅新主司編務。此後，林泠不僅與舊友共事，更與新進詩人（如零雨、陳克華等）有了較緊密的接觸，重新燃起創作熱情。

　　1982 年 9 月 18 日，現代詩季刊社舉辦了一場「詩句織就的星圖——林泠作品討論」，展現同代人對林泠既往創作風格的分析，雖較零雜，亦多精譬之見。其中已有不少人看到她「近期」作品的變化，如羅行以〈非現代的抒情〉為例，指出：「現在她在美國的工業社會裡頭感受壓力非常強烈，她就抗議出來了。這就是過去與現在她的風格的差異。」[16]這裡提醒我們注意，美國高度競爭的生活環境不同於舊時臺灣的純樸與

---

[16]向明紀錄，〈詩句織就的星圖——林泠作品討論〉，《現代詩》復刊第 2 期（1982 年 10 月），頁20～26。

匱乏，因而也激生出詩藝變化的契機。

　　林泠不能也不願重複早年的句法與思維，她極為嚴謹地要求自己創造出新的風格。我們觀察她自 1980 年代以降的種種詩學活動，彷彿見證了一位「新」詩人的誕生與成長。重拾詩筆不算太難，自我突破才是實質性的復甦。這種求新求變的決心，正是「現代派精神」的延續。整個 1980 年代，林泠僅得詩四首，包含：1981 年寫的〈南京東路微醒〉、〈非現代的抒情〉，收進《林泠詩集》；1983 年寫的〈南婦吟〉、〈魚家——經勿街魚肆認鄉親未果〉，收進《在植物與幽靈之間》。它們帶有念舊或離散的意涵，但也展示了遲疑深思、斷句頻仍的特點。新的語言基調，大致已經煉成了，惟主題的動向似乎還不太明朗。

　　從 1982 年開始，她翻譯了波赫士（Jorge Luis Borges）的諸多詩篇，並為亨泥（Seamus Heaney）的重要譯介者。又曾別具慧眼地介紹馬格麗‧艾特吾（Margaret Atwood）的若干精品，較早將目光投向辛波絲卡（Wisława Szymborska）和雷琪（Adrienne Rich）等國內尚不熟悉的詩人。譯事既勤勉，品質亦精緻，實有待論者詳加檢視。此處僅舉艾特吾的〈年邁女詩人洗滌的一日〉為例：

　　　　我打點出我的臉，外出，迴避陽光

　　　　遠離那弧線——那兒

　　　　灼熱的路徑輕撫著天空。

　　　　無論　地球的中心的存在是何物

　　　　它遲早

　　　　會擒我而去。它早

　　　　而不是更遲，比我想像中的猜臆。

　　　　光蕊緊緊壓縮

　　　　隨後即封閉，密集如星子，像融化的

　　　　鏡子。暗紅又沉重。屠夫的砧板。

　　它已拖我下墜，讓我

　　以無盡的微小矮縮。

　　我的脛骨變粗──這是第一步──

　　如肌肉的抽搐。[17]

林泠還附加了一段後記，略謂：「艾特吾詩風淒迷淩厲；對生存狀態的無奈，施以戲謔，自嘲與反諷。也同時是絕對的抒情。其詩中形式與內涵的均衡，語言的收放與濃縮，已趨透明。」[18]這類文字展示了林泠認可或嚮往的詩境，雖片言隻語，卻也彌足珍貴。無論是討論女性意識或詩藝發展，這批譯品似乎都是極好的佐證材料。曾珍珍的憶述，似乎是迄今為止唯一討論到林泠譯事與晚期詩學動向的文章。其中引述林泠的若干回應，如謂：「Borges 對我的影響，不僅是文學的，也是哲學的。說它是一個無神論者的宗教也不為過。」對後續的研究者而言，應有頗佳的提示作用。[19]

　　事實上，對於「第二次的斷層」（1980 年代中期至 1990 年代末稍），林泠在兩篇序跋文字裡，分別做了深刻的自剖：

　　往往，我在詩中潛意識經營的，是一份不能、也不想使之具體的素質，相似於我對生命本體的感知。這樣的遲疑，蝟集久了，也多少解釋了我在詩的寫作上的斷層現象：長期的蟄伏以及飄忽不定的偶出。[20]

---

[17]艾特吾作；林泠譯，〈年邁女詩人洗滌的一日〉，《中央日報・副刊》，1989 年 11 月 4 日，16 版。原詩共 28 行，本文僅節錄詩的前半部。

[18]林泠，〈後記〉，《中央日報・副刊》，1989 年 11 月 4 日，16 版。

[19]曾珍珍，〈淚光──憶曼哈頓訪談林泠〉，《人社東華》第 5 期（2015 年），電子版見：http://journal.ndhu.edu.tw/e_paper/e_paper_c.php?SID=74。此文具有豐富的資訊，亦有諸多獨特的觀察；惟稍多情感上的渲染，訪談後因來不及經受訪者確認，因而在整體性質上可定位為評論者自行推衍的見解。

[20]林泠，〈後記〉，《在植物與幽靈之間》（臺北：洪範書店，2003 年），頁 153。

不止一次，我目擊了親人的永別。「非文學」的生涯，帶給我生命中難
以承受之輕。接下來便是我自身不知覺的，緩慢的死亡──就是波赫
士所謂的「委託的死亡」（death by proxy）……[21]

　　這裡我們隱約感受到一種基於性格與體驗的緣由，抑斂且深思，一
種徘徊於「說與不說」的繁複的心理歷程。早年雖創作勃發但總帶著
「矜持」，這時因「遲疑」而謹慎於言詮，實有一貫性可言，只是兩者的
「留白」技術與重點相異而已。

　　這 15 年的蟄伏，並非真正的沉默，而是詩的蓄積與盤整。1995 年
6 月，她特地到牛津大學參與 20 世紀英詩研習會，以亨泥詩作為主題，
而後並有豐美的譯介文字，見於《聯合報》副刊。林泠雖僅翻譯了幾位
詩人的數十首詩，其實透露了數倍於此的閱讀量。她就這樣，一方面持
續而密集地觀察當時的世界詩壇，去尋索自己認可的思維動向；一方面
趁著多次返臺擔任兩大報評審，多與崛起中的新銳密切交流。雖然遲至
1998 年方始發表新作，但其中若干思維與句式，可能萌生於這段蟄伏期
而久經琢磨的。

　　《在植物與幽靈之間》於 2002 年底整理完成，雖僅有 30 首詩，但
長度與深度兼具，其詩意涵量恐怕數倍於此。出版之後，果然為行家所
注目，被《聯合報‧讀書人》票選為 2003 年度最佳書獎之「文學類推薦
書」。楊佳嫻的〈剝離的美學〉是當時最早刊出的一篇書評，她發現：

林泠是自覺度相當高的詩人，從其創作自白中，可以歸納出諸如「現
代的」、「不裝飾　／不甜蜜」、「粗糙」等因子，脫離一般的耽美以及太
濃厚的感性，進入一種以「剝離」為尚、執「減法」為律的狀態，在

---

[21] 林泠，〈斷層的延續──代序〉，《與頑石鑄情──林泠詩選》（北京：三聯書店，2005 年），頁
7。

女詩人當中殊是少見。[22]

全文針對這個主軸，做了不少細緻的論證。林泠雖重篇章布置過於錘字鍊句，其字句實多精美之處；雖以減法為尚，但也時時閃耀著瑰麗。楊佳嫻此文能留意細微處，並討論到用典附註的問題，多具啟發性。

　　楊照以「傷心書寫」總括此集，並指出了諸多有意思的論斷，譬如說：「飄忽不定」不止是林泠的行止，也是她的詩的本體精神。又將〈20/20 之逝〉與早年的〈紫色與紫色的〉並讀，推出其詩學的核心價值：

> 一種刻意的迷濛效果，一種對於清晰視野、明白答案想法設法的主觀規避。換句話說，一種對於秩序與條理，對於文明意義的挑釁。林泠的「野性」、「不羈」不是來自否定與拒絕既有的文字與文明教條，不是來自對於某種想像的烏托邦的刻畫、追求，而是以慵懶不經意的姿態不斷設問騷擾：「是這樣嗎？」「可能這樣嗎？」「為什麼這樣？」[23]

　　他還進一步追索了刻意迷濛的緣由，進而發現詩行底層「留存傷心」的意涵，以及其間展示的新的策略與向度。楊照還指出：書中被林泠自由取用來的繁密典故，透顯著對於傷心主題的崇仰與禮讚。這使得傷心不僅為詩句，而是蕪雜中迸發出來的廣袤、巨大篇章整體力量。

四、餘話

　　林泠的詩人生涯，在當代漢語詩史上極為獨特且珍貴。她擁有「詩的」與「科學的」雙重視野，兩者皆高超而完備。前期作品既清揚出眾，共同形塑了臺灣現代抒情詩的基本風貌；後期作品則超越了以科學

---

[22] 楊佳嫻，〈剝離的美學──讀《在植物與幽靈之間》筆記〉，《自由時報‧副刊》，2003 年 3 月 27 日，43 版。

[23] 楊照，〈傷心書寫──讀林泠詩集《在植物與幽靈之間》〉，全文原載《PChome 電子報》，2003 年 4 月 21 日、29 日，後附錄於《與頑石鑄情──林泠詩選》，頁 205～211。引文見頁 208。

為賦詠「對象」的層次，發出來自深層的思維，提煉出形態新穎、知感兼備的詩意。單憑這兩項成就之其一，即足以耀眼於詩史，假如我們同意從詩的質地來看。

除此之外，林泠的創作歷程，明顯呈現出兩個拔尖的高峰，在短短數年內綻放輝光；又呈現出兩個漫長的斷層，彷彿隱退而沒有詩的消息。兩次拔尖相距四十餘年，而兩次斷層則分別持續二十年、十五年左右，中間有一座小山峰。這種經歷近乎「絕無僅有」，如同前文說的：復甦不難，難在她居然能夠再度走到詩隊伍的前沿。拔尖固然極為標緻，但若無曠谷之映襯乃至支援，亦難以見其美。何況林泠的「斷層」，其實是幽祕而暗含能量的。

在〈詩釣與海戍〉那首詩裡，林泠提出了「集體的童年」之概念，致予深刻的情思，頗能說明那個年代以詩取暖的創作處境。但她進入第二次詩藝狂飆時，同志們似乎已紛紛退出高強度創作的行列；然則這種「獨吟的老年」更帶著果決的氣息，同時也寄寓著深厚的感興。就短期內創造出精品而言，林泠有其迅捷的一面；惟它們來自長期的蓄積，因而又是緩慢的。

林泠有一首〈遲緩的禮讚〉，頗能說明她的美學自覺：

不　我將不再希冀
另一層次的智慧
高能量的突躍　宛若
曩昔：頻頻擲我於
全然陌生的軌道
運行……或是熄銷

我將不再希冀
那難以測量的速度　如今

　　是一種遲緩令我

　　神迷：那遽然而來

　　漸輕漸杳的

　　生命中的徐徐——[24]

這裡有深刻的人生思維，但也不妨看作語言技術。新來的讀者平時大約
不乏迅捷之美的體驗，如果想要進一步感應遲緩之力，那麼《在植物與
幽靈之間》將可提供最佳範式。假如不避諱簡單，我們可以說：抒情詩
指向過去，科學指向未來，而又真切含容並交會於現在。投入林泠的詩
篇，常能獲得時空壓縮、人際應答、領域橫越的詩意感受，我十分相
信，這是一種詩中之詩。[25]

---

[24]林泠，〈遲緩的禮讚〉，《在植物與幽靈之間》，頁 122～123。
[25]本集之匯整與籌備，實由陳義芝啟其功；惟他後來因有事在忙，乃託我接手以成其事。我在
　他奠立的良好基礎上，做了些許調整，並略說研讀林泠相關研究的體會如上。然則斯編之告
　成，不僅見證了他與我的論詩情緣，同時也銘刻了我們分別從林泠身上獲得的詩學啟迪。

輯四◎
重要評論文章選刊

《在植物與幽靈之間》後記

◎林泠

其實，想說而能說的，都放在詩的字句裡了，或是安置在行裡行外的空白地帶。往往，我在詩中潛意識經營的，是一份不能、也不想使之具體的素質，相似於我對生命本體的感知。這樣的遲疑，蝟集久了，也多少解釋了我在詩的寫作上的斷層現象：長期的蟄伏以及飄忽不定的偶出。對這不規則的文學行徑，我一直存有一份深切的自責與歉疚。

收在這個集子裡的 30 首詩，絕大部分是在最近三兩年落筆的。其中的幾首，許有較長的潛伏期，它們的緣起，應是根植在前一段悠長、無詩的歲月裡。如像艾略特所說，最初的詩想宛如一個隱約的胚胎，在陰暗的角落裡悄悄成形；1990 年代後期，當我終於擺脫科學和法人的限囿，便帶著淺不及半的一囊「胚胎」，在地球眾多的角隅和邊緣上遊走。我已記不清當時的設想是什麼。或許，我在找尋某種精神上的地雷，然後不經心地踩上去，讓突發的爆破將我隱密的成長釋放。無論如何，多年過去了，我的硬殼終被擊開，但引火的撚子和燃料卻溯源於我自己……當然，這都是後話了。

將 30 首無甚關聯的詩，分割成四輯無標題的詩組，似乎有「恣意」的嫌疑。但這樣做，卻也為這集子粗粗地捏就了一點兒風景：詩人，相對於其外象的定位，得以有序地展開：整個集子的浮雕也略略呈現出海拔和經緯。

四輯中的第一輯，收錄了與我自身最緊密的一組詩作。對於這部分作品，我執意拋棄了素有的嚴謹，容忍它們詩藝上可能的偏差和「非現代

的」抒情。在隨後的三輯裡，我的涉入逐漸拉開、拉遠、拉高，容許自己以更寬廣的角度來透視人文或自然的外界——無論是綿長縱向的透視，如 II、IV 兩輯所示；抑或浮光掠影的一瞥，像第 III 輯裡若干簡約的小詩。此外，明顯而易見的，是一份設計過的蕪雜：我蓄意讓這 30 首詩擁有最相異的面貌、主題或策略，甚至於感情的幅度和張力。循著一貫「篇章重於字句」的美學準則，我樂意拋棄了僅剩的裝飾音，以及所謂的甜意，企求換取更高度的透明和可塑性。在這卷詩裡，我也試著糅入不同程度的粗糙，讓詩的肌理——語言——得以忠實地摹擬它各自的產地，無論是實質或心靈的。

　　然則，這些相異的詩，卻是在相似的精神狀態下產生的——一種極不諧和的精神狀態，如像尼采加諸於我們的定義：「人，是植物和幽靈的合體……」

　　哲人已宣稱如是，我就不再說什麼。似乎，所有誠實的存在都有頡頏的痕跡，就讓這集子作為我謙卑的印證與附合。

2002 年 10 月

——選自林泠《在植物與幽靈之間》
臺北：洪範書店，2003 年 1 月

斷層的延續

◎林泠

　　對於一個不愛自我端詳的詩人，要他剖析自己的作品，且簡筆寫意地勾勒其精神形質，有時並不是件自然而順乎紋理的事。然則，在《與頑石鑄情——林泠詩選》付梓的前夕，這正是我不容回避的職責；或者，更準確地說，這是一份欣忭與榮耀。終於，我有一個絕好的機緣與相知卻未謀面的大陸讀者對語，而我詩的形骸——語言，以及縈繞的人文經緯——也終於回到它最初的母域。有了這樣的自白，我即不再戚戚於自剖的惶惑，而以誠、以謹向我的詩路歷程投注長久以來的第一次回顧。

　　20 世紀 50 年代初期的臺灣，有狂飆之後的寂靜。島上彌漫著生計的掙扎、破碎的憧憬、白色恐怖的陰霾，加上跨海東渡者們遷徙流離的悲情。那就是我邁入青澀歲月的年代。

　　1952 年，我在《野風》發表第一首作品〈流浪人〉。像多數的少作一樣，〈流浪人〉和往後二三年在《新詩週刊》、《藍星》發表的數十篇作品，絕大多數是直覺的、內省的、與「意識之我」相互的對語，近似我日後讀到的一首里爾克（Rainer Maria Rilke）署名〈鄰居〉的詩——一個寂寥的少年，每夜細細聆聽「另一端」傳來的細語、啜泣和無言。在末段結束之際，讀者驀然地驚覺，那「另一端」原是作者疏離的自己。從創作的過程來說，這樣的內涵就自然地決定了詩的形式：節奏的柔緩、語言肌理的纖細，以及音色的純一。收在第一輯裡面的八首詩，以及第三輯「雪地上」中部分的作品，都是從這批幼作中篩濾出的，也多少具有如斯的特質。其中〈雲的自剖〉和〈不繫之舟〉，在精神上可視為〈流浪人〉的延

續；在技巧上，似乎已著意於形式的經營，開始追求嚴謹和張力的控制，但仍保留了少作的迫切與敏感、音色意象的鮮活，和感染力的即時性。

以上對我「啟蒙時期」浮雕式的評注，當然都是後知之明。那時節，我還是個十來歲的學生，只憑自己的直覺寫詩，作為自我救贖的唯一方式。作品中的「我」，是未曾定位的自我——相對於宇宙、群體、歷史文化的經緯而言。倘若詩中間或有知性的攪和，也都是在下意識的層次進行的。

1956 年的春天，詩人紀弦創組「現代派」，我被邀為九位發起人之一。在當時，我敢說，沒人會預料「現代派」日後對臺灣文學、藝術深遠的影響；我之欣然參加也絕非是投奔一面美學的大纛作為依歸。事實上，我從未細細研讀過現代派成立的六大信條；到目前為止，我仍無法逐字道出宣言的每個細節。可是，那天我毫不遲疑地去了，知道當時我最景仰的兩位詩人——方思和鄭愁予——也在九人成員之列。作為當時最精銳的詩人，鄭、方兩位只不過二十出頭，卻已發表了大量日後被尊為經典的作品。方詩形而上的精緻，鄭詩涵蓋之深廣，以及音色、節奏、語境的氣象萬千，早已清晰地詮釋「現代派」的主要信條：知性、純粹、內容形式的不斷創新。

當時，我遙望他們；思量自己平面的幼作，在他們強烈的星輝之下，竟何失去原有的投影。我被同儕的詩人激勵著向前，也同時為他們的才情嚇阻。

1956 年的夏天，我在某種孤絕的狀況下寫成組詩「四方城」，後由《現代詩》季刊連載發表。稍早，那年的春天，拉拔我長大的外婆驟爾離世。我愛的人不辭而去。方才萌芽的科學生涯（那時我就讀臺大化學系二年級），則不斷地向我索取更多的冷澈和距離——「冷澈」和「距離」：對了，就是這些，以生命的溫熱換取的素質，如今已悄悄潛入我的下意識成為詩的筋骨。收在第二輯中「四方城」14 首，都是以最初的風貌呈現，未曾刪改或潤飾。輯中流傳最廣的一首許是〈阡陌〉；這首詩，約在 1980

年代初期，被選入英國企鵝版的《世界女詩人選集》（*The Penguin Book of Women Poets*），是唯一代表臺灣地區的詩作。其他入圍的中國近代女詩人有秋瑾、冰心、鄭敏和白薇，古代的則有蔡琰、朱淑真、李清照等六人。「四方城」裡其他的十來首，和第三輯「雪地上」的大部分作品，並不盡似〈阡陌〉的處理方式，後者顯然有更明確的時空定位與透視。〈微悟〉一詩，藉一些抽取的須臾事件，記錄了生命最初的燎原。〈菩提樹〉、〈雪地上〉和〈未竟之渡〉，則以斷面展示另一界域的幽微。這都是靈魂曾經寄寓的地方，有一些欲望、理念和夢想，曾在那兒相互地牽引、孳生或消亡。這應是個人，也是普世的經驗，作者執意提升的企圖是顯而易見的。以上提到的幾首詩，多已收入各重要詩選。兩岸三地的詩評家，包括詩史學者古繼堂，也都有過相異亦相合的解析；對這，我私心竊喜。讀者感受的多元性，往往是一份肯定與激勵，對於一個現代詩人來說，只要詩的感受力沒被妥協，詩境之繁複毋寧是「知性」的另一種詮釋。

　　值得一提的是第五輯裡的四首散文詩。〈建築〉、〈列車〉、〈無花果〉和〈西風〉最先發表在詩人黃仲琮主編的《南北笛》副刊，時間大約在 1957 年左右。仲琮是現代派的成員，因此我們樂意為他不支稿酬、稿源奇缺的副刊撰稿，並且經常都是墨跡未乾就被他搶去排版。當時的文學氣候只容許兩類散文書寫：一類是女作家的身邊瑣事，再者就是男作家的歌功頌德。〈建築〉這一類純粹的、濃縮的、抽象的散文，自然不會引起注意。令人驚奇的是，二十多年以後，這四篇作品同時被選入洪範版的《現代中國散文選》和《現代中國詩選》（楊牧、鄭樹森主編），與五四以降的文壇星宿同譜。我自覺這份雙料的榮燦肯定是逾越了，卻亦未能奮力與之頡頏。

　　1958 年秋，我自臺灣大學理學院畢業，旋即赴美入佛吉尼亞大學研究院，專修有機化學。半個世紀之後，我必須誠實地說，我已不復記憶這抉擇——科學抑或文學——背後的掙扎，假如真有的話。而我想是有的，只是它發生在精神的底層，像是地心的板塊在午夜無聲的撞擊。似乎並不例

外的，我是我們那時代的俘虜，屈臣於它單面、務實的價值觀。詩，畢竟太渺遠了——我的家人這麼說；我的朋友這麼說；整個社會都這麼說。我並不非議這字句，只是「渺遠」對我有不盡相同的意義。詩，就像最初的愛情，它偶現的高華與不可企及使我顫慄。這份自惑，加上不甚濃厚的使命感，使我暫時失去追求它的權利——我該說，這是一段相當悠長的暫時。

我的文學「第一斷層」就是這樣形成的。往後的 20 年，當板塊們持續它們底層的擠壓，我則蹲踞在科學的壑谷裡討生活。詩的莖葉消失了，不再有充足的水源、陽光和土壤；詩的根鬚，便像游絲一般伸向地層的深處。這段時期約莫是 1959 至 1981 年；其間，我完成了學業、進入工業界、欲罷不能地負責一個跨國公司的研發。我也有了家，成為兩個孩子的母親。這段時期，我的著作泰半是科學論文、專利或法人文案。詩，只無聲地蠢動在暗中、地下，一直到 1980 年代的開端，它才隨著一樁突發的個人事件而湧出地面。

1981 年，三首新作〈非現代的抒情〉、〈南婦吟〉、〈魚家〉，發表在以少作為主的《林泠詩集》（臺北：洪範書店）出版的前夕。這三首風格迴異的詩，連同第五輯裡其他的作品，粗略地勾勒出一列蛻變的過程——與其稱之為作品的蛻變，更準確的說法應是詩人自我定位的蛻變；這其中涵容了內省與外觀的蛻變，以及兩者相互激盪而觸發的「人文自我」之衍伸。特別針對〈非現代的抒情〉一詩，馬莊穆教授（John McLellan）在一篇評文中精準地指出此詩在情感、思維上的多重層次。他說：

> 詩人透過對文學技巧的評議，發抒了一己的感懷……造成詩中張力的兩股力量便清晰地呈現在雙重層面上。
>
> 這首詩的本身就是它欲表現內容的示範。在處理過程中，作者對抒情的渴念已藉一些文學與歷史的聯想而使之淨化、控制，並使之客觀。

　　我之不惜引述其細微，是為了指出〈非現代的抒情〉一詩，在美學的認知與處理的策略方面，實為我後期作品的雛形；而「後期作品」即是我在 1990 年代末梢、跨越 21 世紀門檻之後數年間的作品。這些與早期風格迥異的詩，最初交由臺北洪範書店於 2003 年元月出版，集名為《在植物與幽靈之間》。絕大多數收入後者的詩作，即成為三聯版《林泠詩選》中輯六、輯七、輯八的主要桁宗。出乎意料的是，《在植物與幽靈之間》獲得《聯合報‧讀書人》「2003 年度好書推薦書單」的榮譽，是唯一入選的詩集。我之採用「意外」兩字的原因是：詩歌，較之於小說或散文，畢竟是更凝縮、抽象、深邃的「小眾」文類。這樣的肯定是鮮見的。

　　也許我該略略提及，這隔離前後兩個創作時期的另一個斷層：自 1980 年代中期至 1990 年代末梢之間我詩音的沉寂。該怎麼說呢？──容我引用詩集《在植物與幽靈之間》後記中的一段自述：

> 想說而能說的都放在詩的字句裡了，或是安置在行裡的空白地帶。往往，我在詩中潛意識經營的，是一份不能也不欲使之全然具體的素質，相似於我對生命本體的感知。這樣的遲疑，蝟集久了，也多少解釋了我在詩的寫作上的斷層現象……

　　自 1980 年代中旬到 1990 年代末梢的 15 年間，不止一次，我目擊了親人的永別。「非文學」的生涯，帶給我生命中難以承受之輕。接下來便是我自身不知覺的，緩慢的死亡──就是波赫士所謂的「委託的死亡」（death by proxy），它啟始於我們親人或愛人的離去……在這跡近空白的 15 年裡，曾有兩隻慈悲的手讓我握住，是詩神和詩仙的；藉著它我終於掙出命運預設的泥淖。

　　曾經有論者云：我後期的詩，像是隱藏著一股暗流，在潛行中調弄著讀者思維和情感的律動。果真如此，那「暗流」與「潛行」必然溯源自前一段悠長、無詩的歲月裡；恰如詩人艾略特（T. S. Eliot）的名喻，最初的

詩想宛如一個隱約的胚胎，在陰暗的角落裡悄悄成形。在如許生態之下孕
育的詩作，想必亦能超越囂嘈與浮麗，顯示出一種「深邃而透明、寓機括
於無形」的書寫策略和文學形式。以上引用的是詩人楊牧寫在《在植物與
幽靈之間》扉頁的溢美之辭，也正是我潛心追求的美學至高境界。

　　然而我要寫的是屬於人間、寓於塵寰的詩。我要表現的是一個定位於
歷史與普世的「自我」──至少是一個粗略的定位。第七輯裡的六首長
詩，特別是〈逃亡列車〉、〈烏托邦的變奏〉、〈網絡共和國〉，清晰地
展現了這樣的企圖，以及我探入人文世界的眾多觸鬚。第八輯裡的十首作
品，無論在形式或內涵上，都有極大幅度的變異；其中有對邊緣存在的透
視（〈歸〉、〈在無定點的途中〉）、過往時空的捕捉（〈在無定線的途
中〉），也有一份嶄新的，與自然互動的語言和姿勢（〈四月〉、〈向達爾
文質疑〉）。即使在一些以親情為主題的詩中，例如第六輯的〈搖籃〉和
〈世紀風雨〉，有心的讀者不難體察那寓於深層的價值批判，縱然是異常
溫和而含蘊的。

　　從一個總觀的角度審視，形式的實驗性和主題的多元應是我後期詩作
的特質；另一個共同的調性則是它們「篇章重於字句」的美學準則。這樣
的結合需要設計一種高度韌性及透明的語言，然後藉由節奏、音色、語境
的控制，鑄成詩中主題所需求的文學形式。於此，我已全然摒棄了過往的
美聲唱法。

　　最後，容我藉用評論家楊照的話語來詮釋後期作品中「設計過的蕪
雜」。他是這麼寫的：

　　林泠這批新作裡有山石、有螳螂、有聖嬰、有人類始祖「露西」、有克
　　拉科與安達盧西亞、有老人木、有平頂頭、有大混沌、有赫拉克利特、
　　有拉菲爾的「雅典學派」、有遠在外蒙古的 Lake Hovsgol、有盧旺達與布
　　隆迪、有鮐鱈，還有古爾德（Stephen J. Gould）。似乎被林泠自由取用來
　　的典故意象，讓詩裡有意無意透顯著對於詩篇主題──傷心，經歷了真實

流離告別後的傷心──的崇仰與禮贊。傷心不再是、不應該是，人生中的瑣碎、拘執，而該有更巨大的意義、宏偉的能量。傷心不該只是生命中片段、零碎、一閃即逝的句子，傷心可以是、也應該是，蕪雜中迸發出來的廣袤、巨大篇章整體力量。

蕪雜中迸發出來的廣袤……且是在斷層與斷層之間的。還有比這更精準的描述麼？──對於生命，對於詩。

2004 年

──選自林泠《與頑石鑄情──林泠詩選》
北京：三聯書店，2005 年 1 月

群星光耀詩壇
為本刊週年紀念而作

◎覃子豪[*]

　　林泠，她這個名字，常常排錯，許多讀者，也常常叫錯，她是三點水的「泠」，不是兩點水的「冷」，她最初曾向讀者發過脾氣，她說她衣服穿得夠多了，一點兒也不冷，寫詩的朋友當中，她最年輕，雖然現在是大學生了，但今年還不到十八歲。她是一個天才，她發表作品最多的是在《新詩週刊》的初期，當時則被一般讀者公認為有天才的詩人。她有她自己獨特的風格，純乃自然，毫無造作的痕跡，詩句像提煉過了的口語，內容深刻，情感凝鑄，甚至帶一點兒冷峻。在本刊上所發表的〈靜〉、〈軌道〉、〈相遇〉，和〈不繫之舟〉，便有此感覺。好些讀者都以為作者快進入中年之境，想不到作者像小孩一般的年輕。

——選自《公論報‧藍星週刊》第 53 期，1955 年 6 月 16 日，6 版

---

*覃子豪（1912～1963），四川人。散文家、詩人，發表文章時為臺灣省糧食局督導。

六十年代詩選：林泠

◎瘂弦*

「來吧，美麗的雨，」她說，張開雙臂。「歡迎美麗的雨。」這是威廉・卡洛士・威廉士 William Carols Williams 在其自傳中描寫 H. D.的風貌時所說的幾句話。於此，讓我們很輕聲地把它轉贈給林泠吧。

在當代女詩人群中最能顯示出才華的林泠，十年前即以其幽雅的風姿，自詩神的門階前款步了出來。尤其是民國 45 年當她開始在《現代詩》上連載「四方城」時，所得的喝采和讚譽，實是她詩生命中最珍貴的黃金的時刻。她發表這些詩時，不僅予人以一種無休止的跳動的默想，而由其童話般的言語與溫柔的旋律中所散放出來的輕微的象徵美，猶之一本攤開在風中的少女之書。

林泠是不同凡響的，她是我們這年代最秀美的詩人。她的詩之特徵在於能以極流利之筆觸，將她對宇宙萬事萬物所呈現的和諧的情態，很輕逸地表達了出來，同時更處處充滿著對自然、生命與愛情的玄想。真是所謂萬物變形，而她的少女時代童稚的心卻永遠長青。讀林泠的詩，使我們從她幽美的憧憬上感知生命的可愛，她的一步一迴旋的淡淡的調子，她的敏感而又明澄的結晶體般的構成，和她那獨自放散著的特有的音響，使我們不禁隨著她自圍繞著世界之印象和反響中展開一闋曼妙的戀歌。

除詩外，林泠的散文也寫得非常出色，她曾以李薺筆名發表在葉泥主編的《復興文藝》上的散文作品，確曾轟動一時。近兩年來她突然沉默了，許是因為在美留學的關係，真使我們懷念不已！今後願她能夠繼續寫

---

*本名王慶麟，詩人、創世紀詩雜誌社創辦人之一，現已退休，旅居加拿大溫哥華。

下去，為中國詩壇塑造一座更玲瓏、更精緻、更透明的四方城。

——選自張默、瘂弦主編《六十年代詩選》
高雄：大業書店，1961 年 1 月

林泠和她的詩

◎羅行*

（一）

　　林泠，廣東開平人，民國 27 年生。民國 47 年畢業於臺大化學系，是年秋赴美留學，得博士學位後，在美任教。今夏回國省親，去國已整整十年了。

　　她的第一首詩〈流浪人〉，以「若瀾」為筆名，發表於 41 年 6 月出版的《野風》第 32 期，42 年元月開始在《新詩週刊》和《現代詩》季刊發表詩作，即以「林泠」為筆名，有時亦自號「雲子」。42 年 7 月，她的「靜夜草及其他」一輯五首在《新詩週刊》87 期刊出後，引起詩壇普遍的注意和稱譽。《新詩週刊》停刊後，她的作品先後散見於臺大《青潮》詩刊[1]、《藍星週刊》、《藍星詩選》、《創世紀》、《南北笛》旬刊等，就現在還能蒐集到的，有一百十餘篇。她發表作品的時候，往往好幾首詩一系列的完成，而賦予一個美麗的輯名，如〈詩的簷滴〉、「海的四重奏」、「西河輯」、「水上詩」、〈兩地草〉、〈芒刺〉、「忘川」、「風雨篇」，其中最為膾炙人口的，則為自《現代詩》14 期（45 年夏出版）起連載的「四方城」14 首，堪稱早期巔峰之作。這一年，她同時獲得了文協的詩人節獎和「現代詩」作者票選的現代獎。「四方城」之（四）發表在《現代詩》19 期（46 年 8 月出版），這是她去國前最後的作品。從

---

*詩人、律師、專利代理人。發表文章時為《南北笛》詩刊、《散文季刊》主編。
[1]編按：目前未見此刊物，尚待更多資料以做進一步確認。

此睽違八載，到 55 年春《南北笛》季刊創刊，才讀到她自美寄回來的新章。

（二）

　　早在 44 年間，詩人覃子豪批評她的詩「純任自然，毫無造作的痕跡，詩句像提煉過了的口語，內容深刻，情感凝鑄，甚至帶一點兒冷峻。」的確，林泠的詩，常給人一種純真質樸的感受，往往有如江上清風，山間明月那種清新雋永的意境和興味；筆底神馳，完全是自然的流露，文字的優雅流暢，絲毫沒有雕塑刀斧的跡象。可以說，有些人寫詩是先寫在紙上字斟句酌，一筆一畫的鐫刻捏塑！有些人寫詩則先在心中醞釀調勻，逐漸形成渾然的完整世界，像摘下成熟的果子一般，把心中的詩移到紙上來。林泠的詩，在我看來，應該是屬於後者。試看：

　　　　是我使它蒼老的，那株菩提。
　　　　我刻上十字，要自己記住
　　　　每一個，是一次回顧。

　　　　小徑的青苔像鏽，生在古老的劍鞘上；
　　　　而被我往復的足跡拂去，如拂去塵埃。
　　　　　　　　　　　　　　——〈菩提樹〉，《現代詩》15 期

　　　　叩關的人
　　　　沒有在城樓下停留
　　　　他是，永不落籍於任何所在的
　　　　馬蹄無聲。長長的鞭啊
　　　　——在他離去的時候——

竟使一向無霧的城池，滿佈了沙塵

——〈叩關的人〉，《南北笛》旬刊 5 期

可見文字是多麼的自然和圓熟，每個字句間都息息相關，天衣無縫。又如：

看哪，一個異端跪下了

匍匐在壇前的少女，深深地膜拜著

向未知的上帝

——〈未知的上帝〉

你必然驚異，異日的遊伴

將十年的冷漠

在你家的門環下搖落

——〈造訪〉，《南北笛》旬刊 15 期

因此，讀她的詩，就像面對面說話那樣的自在，意思明白，筆觸輕柔，有時娓娓道來，像是說一個故事那樣的動聽。而因其辭句流暢自然，同時就含蘊著節奏和旋律的美。朗朗誦讀之後，往往如高山流水，澗底清泉，泠泠有聲韻味無窮。

她的作品，可以說，沒有一句是詩，而沒有一首不是詩。因為，她使用的是通常的口語，散文的語言。拆開來，每一字都只是散文的辭彙，每一句都只是散文的句子。質樸平實，灑脫自然，既不作詩人狀，也沒有文藝腔。因為詩中所使用的是散文的辭彙，她的文字領域才能遼闊無限。不必故作驚人之筆，不必琢磨怪僻邪侈的字眼，她只像在行過的路邊，信手拈來，擷取平凡但真實的人生，便成佳作。在她，任何散文的字句都可以入詩，故能取之不盡用之不竭。因而，在她的詩中，很少讀到重複的意

象，每一首詩都在不斷的創出新意，開拓新的領域。

　　然則，那些散文的字句，平凡的概念，在她嚴密的結構和巧妙的安排下，都能緊守所表現的主題，去蕪存菁，形成一首很完整而純粹的詩篇。

　　　是誰安排我腳下的風景
　　　這平原的廣袤，丘陵的無垠
　　　哦，陽光鋪滿像荒草萋萋

　　　我只愛林蔭的小路
　　　我只愛迂迴幽曲和蔽天的覆蓋
　　　　詩是林蔭的小路罷
　　　回憶也是

　　　我常常流連，雖然
　　　也常厭倦

　　　　　　　　　　　　──〈林蔭道〉，《南北笛》旬刊 15 期

　　詩是林蔭的小路罷，回憶也是。她的詩確也常給人幽靜和諧的感覺，如像那有著林蔭道的風景。詩人寫詩，是否也該像安排腳下的風景，而不是修剪你廊下的盆栽，或穿插瓶裡的鮮花。

　　寫詩，固然要注意文字的推敲，句子的錘鍊，而更重要的，是融鑄渾然完美的詩篇。一首詩，不僅只是跳躍的形象，動人的句子，而是要和諧妥切的有生命的全貌。就如一幅風景，不僅是芳香濃豔的花，青翠碧綠的樹，而是用陽光鋪滿平原近處曲徑通幽的林蔭道。

　　新文學運動提倡白話文學，選用白話散文的辭句寫詩，理所當然。林泠因為擁有了廣大的散文的語言的海洋，不必再在新字僻辭中下功夫，便能不斷地充實個人的素養，開拓思維的新領域，而使詩在實質和內容上有

更豐富的內涵和嶄新的境界。

（三）

　　林泠在寫詩的朋友中露面，該是她進臺大以後的事了。那時，《現代詩》已進入第二年，奠定了基石，《藍星週刊》和《創世紀》也已先後創刊，詩壇掀起一股熱潮，可說是黃金時代。葉泥正在漳州街宿舍「掛單」，有個很大的客廳，而又百無禁忌，因此，年輕的詩人群常常到他那裡聊天、飲酒、讀詩，並且還開過一次小小的聯誼會。林泠的個子矮小，素衣黑裙，有時加一襲黑外套，兩束短髮貼在耳前，走起路來髮束一甩一甩的，煞是有趣。她的年紀小，模樣又袖珍，大家一致尊稱她「小朋友」。小朋友雖然平常沉默寡言，但她端莊寧靜的儀態，卻掩不住她玲瓏剔透的心靈，有一回，葉泥就曾開玩笑地說她「人小鬼大」。

　　誠然，她是造物者的寵兒，她有過人的智慧和冷靜的頭腦。她一面寫詩，一面在實驗室處理自然科學。她寫得好詩，也一直把自己的名字張貼在臺大特優學生的通報上。從她的詩裡，可以看出她早就讀過了許多的文學作品，她早期的作品，像〈鐘聲〉、〈貝殼與沙〉、〈童話〉、〈黃昏〉、〈靜夜草〉等都充滿了童話的意味。而且，她最初的作品，便以流浪人、賭徒、卜者為對象，表現出她對人生的默察和反省，冷靜地注視多變的現世相，而深切地體驗了生活的悲劇精神。

　　　　我悄悄拉開門
　　　　走出來了
　　　　迎向那寒冷的風
　　　　和向我召喚的靈魂
　　　　這是一條多麼漫長而崎嶇的路啊
　　　　通向遙遠的教堂門首

——〈睹〉，41 年作品

啊，我不知道

什麼時候我會突然倒了下來

在一個沒有墓碑與鮮花的土堆旁

像一片被遺忘的浮萍

——〈我在霧中歸來〉，41 年作品

　　寫這兩首詩時，她的人生才只踏入第十五個夏天，便充分顯示出她生命的感受，甚至死亡。這就是詩人覃子豪說她的冷峻，也是她往後保持自我的風格，而不迷失於「現代」的歧路的原因。

沒有什麼能使我停留

——除了目的

縱然路旁有玫瑰，有綠蔭，有寧靜的港灣

我是不繫之舟

——〈不繫之舟〉，《藍星週刊》51 期

　　林泠永遠是她自己，冷靜堅實地肯定自己，沒有什麼能影響她，除了目的。她的少女時代是在基隆度過的，面對著寧靜的港灣，海給了她無盡藏的智慧，經年累月的神話和故事，遼夐的想望和廣闊的世界，以及真實的人生，和堅強的意志。而她的詩也能像海一樣，平凡中透出博大的內涵，輕柔中見出強韌的風貌。

（四）

　　林泠寫詩，而永不做詩人。現實生活裡，她只是個平凡的女性。當年在臺大女生宿舍，她只是整天啃書和搶圖書館的好學生。詩人小英（黃曉

鶯）與她同室年餘，竟不知她會寫詩。直到後來，小英與筆者同院上課，見面多了，才風聞這位室友也會寫詩，有一天中午，我正在教室內享用冷便當時，來向我證實和打聽她的筆名，我寫在黑板上之後，小英為之嘟噥不已。

　　詩是人的作品，是人生的反映。人生是一段漫長的路途，必須腳踏實地一步一步走過去；詩的領域也是個悠遠的地界，也只有平凡篤實的踐履，才能到達頂峰，讀林泠的詩，我願拿她平實自然的詩風，和寫詩的朋友們共同借鑑。

　　最後，林泠在本月中旬向朋友們表示：過去的作品只是朋友們的偏愛，實在談不上什麼成績，更不能代表她現在的風貌。她要盡快地把近年的作品，整理出來發表，免得朋友們再拿過去不成熟的東西評斷她。

　　那末，讓我們一塊兒拭目以待罷。

——58 年 7 月

——選自羅行《感覺》
臺北：創世紀詩社，1981 年 7 月

「四方城」外的林泠

◎周伯乃[*]

> 他問我是打哪兒來的，他要到海邊的一個地方去，他說。我告訴他我住在一個四方的城子裡。
>
> ——林泠

林泠，這個典雅而又秀美的名字，也許在我國詩壇上沉默了好久好久啦，像那句塞外的牧鈴，在我們聽來是多麼的遙遠，遠得令人無從捉摸她的形象。她的芳美。

這是十多年前啦，林泠打從「四方城」裡走出，用她那特有的風範和婉約的麗姿，不知瘋迷了多少讀者，正如她那少女般的冷冷輕語，溫柔而又輕盈，就像那夜曲的優美，令人癡，令人醉。這是林泠在詩的語言上的獨特的塑造。

林泠，本名叫胡雲裳，遠在中學年代就開始寫詩，後來考入臺大化學系，她一手握著試驗管，一手緊握著詩的彩筆。她寫詩也就像她在化學實驗室作實習作業一樣，她細心而又精確地處理著她的題材，她也像觀察那些試驗管中的化學反應一樣去洞察宇宙的萬事萬物，但她沒有在實驗室中的那股冷靜態度，來呈現她的少女的心境。相反的，她處處都顯現著她那含有少女童稚的情懷，賦予生命、賦予愛情、賦予詩般的幻美。

她的詩有一個最大的特色，就是用字簡潔而優美，像流水般的輕柔，像叢林般散發那特有的芬芳。她的文字沒有半點矯揉做作，也沒有一句是

---

*評論家、詩人、散文家。發表文章時為香港亞洲出版社駐臺執行編輯，現已退休。

晦澀難懂的。她不善於堆砌意象，但有一種淡淡的象徵在詩句中迸發著。

　　林泠自臺大化學系畢業後，即遠渡美國留學，從此我國詩壇上也就不再有她的優美的詩，這不知是林泠的迷失，還是我國詩壇的損失。總之，她的詩是值得我們懷念的，值得我們頌揚的。

　　她的詩最早是發表在《自立晚報》的《新詩週刊》上，那時，她大概還是一名初中生。後來，她的詩經常發表在《現代詩》季刊和《公論報》的《藍星》詩刊，以及嘉義《商工日報》的《南北笛》等等。尤其是自從民國 45 年間《現代詩》開始連載她的「四方城」以後，她的詩便普遍受到重視。現在我就她的詩作提出幾首，俾供大家共同欣賞這位女詩人的才華。

　　首先我們來看看她「風雨篇」中的〈陰與晴〉。

　　　　泥濘的路面是深色的畫幅
　　　　躡足而過的女郎
　　　　投以最輕最輕的筆觸
　　　　她又在猶豫，脫下披著的紅衫子
　　　　啊，熱了——

　　　　這真是美麗的猶豫哪
　　　　得自永恆的美麗
　　　　誰能猜到，待會兒是否晴朗
　　　　要不——是陰霾？

　　　　然而，女郎啊
　　　　請加重步履，走過
　　　　妳必需走過
　　　　——如同生與死一樣——

那過程

這首〈陰與晴〉是「風雨篇」中的一首，第一首〈懷念〉是標明寄給死去的詩人楊喚的，而第二首就是這首〈陰與晴〉，是否含有相關的意念，或者有所暗射，我不作太多的揣測。而這首詩最值得我們咀嚼的是她在表現技巧上所運用的對比手法。

第一段作者所運用的「泥濘的路面」和「紅衫子」，這兩個形象來比喻陰與晴的天氣，也暗示了人生的陰晴圓缺的無常。

第二段「這真是美麗的猶豫哪／得自永恆的美麗」，這種詩句是多麼的輕俏而又耐人尋味。

人生有許多事情都不是我們所能預期的，能抓住那一刹那的美麗，也就是獲得永恆的美麗。誰能預料下一秒鐘的陰晴圓缺呢。

第三段是一種結語，她肯定了人生必經的路程，正如人生必然會有生和有死一樣，這是人類綿延不滅的歷史過程，任誰都得走過那一扇窄門。誠如她在〈生辰的禮物〉中所肯定的：

十七扇門悄然關閉了
一輛古老的驛馬車
自遙遠趕來，疾馳而過

人生就如同那輛古老的驛馬車，它匆匆地來，也匆匆地去了，有時連一點痕跡都不曾留下，就這樣悄悄地離我們而去。以林泠 17 歲的年齡，竟有如此深邃的感受，這不能不說是她的早熟和過敏性的體驗；一個有才華的詩人都多多少少具有那一種早熟的情感，和敏銳性的感覺力。林泠是屬於早熟型的天才，她的詩洋溢著對自然的讚美，對人生的肯定，對愛情的玄想。例如她的〈阡陌〉：

你是縱的，我是橫的。

你我平分了天體的四個方位

我們從來的地方來，打這兒經過

相遇。我們畢竟相遇

在這兒，四周是注滿了水的田壟

有一隻鷺鷥停落，悄悄小立

而我們寧靜地寒暄，道著再見。

以沉默相約，攀過那遠遠的兩個山頭遙望

（——一片純白的羽毛輕輕落下來。）

當一片羽毛落下，啊，那時

我們都希望——假如幸福也像一隻白鳥——

它曾悄悄下落。是的，我們希望

縱然它們是長著翅膀……

　　這是一首透過外物的形象，來表現作者對愛情的企盼的詩。作者以阡陌的相交於一點作為人與人的偶然相遇。

　　第一段寫人與人的相遇，往往就像縱橫阡陌的兩條線，從來的地方來，然後彼此相遇，相遇於那一點。好像誰也沒有設下什麼預期，只是那樣偶然的相遇於一點。

　　第二段是寫兩人相見時的羞澀，以及那種默默無言的傳遞著情意，然後道著再見，「以沉默相約，攀過那遠遠的兩個山頭遙望」。

　　第三段是作者對愛精的渴望，她認為愛情是一片羽毛，是一片純潔的羽毛，它象徵著幸福、快樂。她希望這個幸福和快樂，能像那純白的羽毛輕輕地飄下，然後悄悄地駐足於她的心田。

我們再看她的〈六月的樹〉，就更能感出女詩人的那份執著的愛。

我們是打遠道的村子趕來的
這城郊的荒陬，有人說
我們的生命，在那旋舞著的女郎的
手臂上，燃著……

而我們來的真遲，五月的營火會已散了
只剩下我們悽惶地相對望著，哪兒也尋不到
一片石榴花的殘瓣

我們試著了解，此刻這小河的沉默
試著用樅樹枝在土地上描摹著
過往的歡樂
以及人們的歌聲，這空間的溫熱，和曾經一度的
照明

這宇宙，啊，倘若均衡的愛能被容納
我要輕輕提醒他的憂鬱：
　　「讓我們是六月的，六月的小樹。」

　　一首詩除了它能給出一種價值以外，最主要的還是它能予人一種快感。而林泠的詩，給人最大的快感，就是它能具有一種諧和；一種音樂的節奏，和一種令人悅樂的那種魅力。她的詩有點近似英國女詩人羅塞蒂（Christina Georgina Rossetti, 1830-1894）的那種情調，但又不是她那種嚴守著韻腳和固定形式的詩。林泠的詩有她獨特的情致，有她特殊的韻味。我所以說有羅塞蒂的情調，只是指她在情愛上有著相似的玄想和企望。

　　林泠的詩是用現代的技巧所表現的；屬於她的那種愛的告示。她不是在努力給出意義，而是展出一種曖昧的魅力，它是獨立存在於意義以外的一種展示。她以她那少女特有的溫婉唱出愛的頌歌。

　　〈六月的樹〉，從詩的第一層次看來，好像是在寫六月的形象，寫那個被燃燒的六月的形貌。其實，我們稍往裡探，我們就會發現詩人在詩的第一層面後，隱藏著許多人生的奧祕。這也正是我前面說的，她不是努力給出意義，而是在展出一種曖昧的魅力。而這種魅力，似乎只有靠讀者自己去感受了。

　　任何一首詩，如果企圖作意義的箋釋，我想都會破壞原作者的心意。林泠這首詩，是極不適合作意義的箋釋的。但我們可以深深地感覺出詩人內在情感的奔放，她透過六月這個燃燒的季節，呈現出她內在的心境。

　　在這首詩裡，我要特別提出來的，就是第一段中的「我們的生命，在那旋舞著的女郎的／手臂上，燃著……」和第二段整段所顯示的鮮活的形象，都是作者超絕的創造。她不但把六月形象化，也有了她青春生命的暗示，暗示著那些消失了的種種。這自然是她過早成熟的情感所溢出的憂鬱，並不是她真正對生命有什麼嘆息。譬如她的〈菩提樹〉，也是對生命有所追尋，有所認定，但並不是她的生命有什麼可嘆息的事，只是一種少女愁的展示。

　　　　是我使它蒼老的，那株菩提。
　　　　我刻上十字，要自己記住
　　　　每一個，是一次回顧。

　　　　小徑的青苔像銹，生在古老的劍鞘上；
　　　　而被我往復的足跡拂去，如拂去塵埃。
　　　　阿波羅已道別了，他正忙碌地收拾
　　　　那樹隙間漏下的小圓暈。

一切都向後退卻，哎，

這兒的空曠展得多大呀，

它們都害怕我，

說我孤獨。

我慢慢向菩提樹走近。

那蔭影已被黑暗撤去了，

我背倚樹身站立，感覺泥土一般的堅實和力。

太空正流過一隻歌──好長的曲調啊！

我在想，該怎麼結束一個等待呢？

我閉上眼睛，用刀刮去那些十字……

　　法國一位神父叫布里蒙穗（Abbé　Bremond）曾經有一次討論到愛倫坡的詩時，他說：

　　「詩是一種咒語，它把靈魂的狀態不自覺地表現出來。詩人在未用觀念或情感表現自己之前，此種狀態即已存在。在詩中我使紊亂的經驗再現，這種經驗，對於明顯的意識是不相接近的。散文的語言，把我們日常的活動力激起然後達到頂點。詩歌的語言，使它們穩定，然後趨向靜止。」

　　林泠的詩在某個角度看，也許是類屬抒情的那種，但它絕不是純抒情的，它有一種特別感人的力量，有一種令人悅樂的憂鬱。她的語言，她的詩貌，她那短促的諧音，都足以使人迷惑，使人從心底喚起一種快感。

　　〈菩提樹〉的主旨，是表現作者對生命歷程的一種回顧。她企圖把自己的生命過程刻鏤下痕印，刻鏤下一次又一次的苦痛。

　　在這裡，十字可能是象徵一種苦難，象徵一個生命歷程的紀錄。所以

她說，「我刻上十字，要自己記住／每一個，是一次回顧。」

　　第二段寫夕陽西下的情景，這和第一段的菩提的蒼老，有相映相襯的效果。第二段中的第三行的阿波羅（Apollo）神，相傳是希臘、羅馬的司太陽之神，乃邱比特與拉多娜之子，少年美貌，善射、司詩歌、音樂及醫療等。而林泠在這裡所指的，乃是太陽之西沉，然後，大地沒入黑夜，沒入一個空曠。而她就更顯得孤獨了。

　　第三段是寫她孤寂地投向菩提樹，在那樹身上，她感覺到無比的靠力，一如投向泥土般的堅實。這是一個很美的比喻。

　　第四段是單單一句構成一個單元，但這一個單元使人聯想到冗長與繁複的人生際遇。雖然是一句歌聲，卻帶來無限的遐想。

　　「我在想，該怎麼結束一個等待呢？」這是多少人都會追問的一個問題。每一個人的生存都有一個等待，等待著那未來的結局。但該怎樣結束那個等待呢？我相信很少人能肯定這一個答案。而詩人也不能例外，於是，她只好閉上眼睛，用刀刮去那些十字……刮去記憶，刮去一切的一切。

　　至於這個等待是否另有所指，譬如愛情之類的暗示等等，我想都有可能。這也是現代詩所以神祕，所以不能給出確切意義的原因。

　　最後我用她的兩句詩來結束這篇短文，她說：「我們已遠離了的——航程裡的一切啊！而我不懂你的憂戚。」

——選自《自由青年》第 42 卷第 2 期，1969 年 8 月

詩人林泠歸來

◎羊令野*

女詩人林泠去國 19 年,第一次回國敘會於峨嵋街作家咖啡屋,此次再度歸來,臺北詩人假衡陽街陸羽茶藝中心,煮茶當酒,閒話當年勝事。

林泠為 1950 年代初期,最傑出的女詩人。紀弦兄主編的《現代詩》,她的創作至豐。惟去美之後,未數年即修畢博士,此後專心於化學方面研究,便成了詩壇「逃兵」。惟有關學術論著多在國際著名科學雜誌發表,飲譽國際,亦可說詩人中之翹楚也。

1956 年詩人節,《南北笛》詩刊在嘉義《商工日報》發刊,臺北方面葉泥、羅行、鄭愁予、林泠發起。當時我在嘉義,主持編務。「南北笛」刊名,由愁予命名的,蓋北有《公論報》「藍星」,覃子豪主編,高雄有洛夫、瘂弦、張默的《創世紀》,嘉義地屬北回歸線上,可說南北鼓吹,有如七孔長笛。刊頭用的楊喚遺作〈牧羊人吹笛圖〉,出了 37 期停了,嗣後由羅行辦了四期單行本。今天詩壇著名詩人,都曾在《南北笛》發表過作品,盡東南之美,極一時之盛。

葉泥居漳州街時,小小的斗室,座中客常滿,往來皆詩人,我北來時,常由葉泥分別通知諸君子,初次與林泠會晤亦即此一斗室。那時就讀臺大化學系,每次從化驗室來,總是手挽一件白色工作服,這印象至今猶覺新鮮。日式的宿舍木板地,無分男女,赤足大仙,促膝談天,自然而和諧,簡單又樸素。葉泥留飯則添份炒蛋,實在那時大家都窮,而寫詩沒稿酬,可是創作興致,較任何時期為盛。

*本名黃仲琮(1923~1994),安徽人。詩人、散文家。

　　1950 年代的詩壇，詩人間互助互勉，甘苦相共，至情至性，真純惟一。當掉褲子辦詩刊者有之；從不爭名爭利，一心致力於詩。也唯有這種精神，才開拓了現代詩的向榮園地。創業最艱難，這段慘淡經營的歷史，將是中國詩史上不可磨滅的。同時，對於今日詩壇新的一代，應是最好的榜樣，這也是中國詩人傳統的求真精神，絕不是作偽取巧，不仁不義的行徑。有了求真、求美、求善的詩道，始可保持一顆詩心的清真！

　　林泠此番歸來話舊，她在科學上的成就，固可喜可敬也，我們更希望她重提詩筆，以她的才華靈性，再出發必是一片錦繡前景。

——選自羊令野《回首叫雲飛起》

臺北：東大圖書公司，1982 年 2 月

林泠的詩

◎楊牧[*]

一

　　林泠有一首詩是關於春天的，題目〈三月夜〉，初稿寫於 1955 年 3 月 7 日，距今天正好 27 年；定稿則為第二年的 3 月 7 日。開頭一段兩行：

> 三月的冷峭已隨雲霧下降了
> 三月的夜，我猜，是屬於金星的管轄。

　　清澈的意象在優柔婉約的聲籟中突出，彷彿訴說著一件極重要的事，然而欲言又止。冷峭的寒意在雲霧中，促使一敏感的少女剎那間尋到了詩的意象，有心將那意象擴充為感情思維的紀錄，然而矜持之間，跌宕於第二行的卻是含蓄的「我猜」，並且訴諸星系的傳說，忽然在轉折中，獲取另一種天真的聲調：「是屬於金星的管轄」：

> 每一個角落都藏著
> 小小的探子們
> 它們被打發到這兒來等候
> 等候風信子發布晴朗的消息。

---

[*]本名王靖獻。詩人、散文家、評論家、翻譯家、洪範書店創辦人。發表文章時為美國華盛頓大學比較文學系教授，現已退休，專事寫作。

——你看，那從冬青叢中探出頭來的
便是桃樹頑皮的小黑奴。

　　些微的潛在傷感竟發展為輕巧的童話，雖然兒童和成年人都不容易確
定「小小的探子們」是誰，「桃樹頑皮的小黑奴」是誰。那是詩人在思索
追憶中必然孕育出來的宇宙的小精靈吧，在夜間出現，奔走充塞於她的心
胸和目光所及的每一個角落。不錯，正是一些等得不耐煩的小精靈。林泠
在第三段裡重拾「風信子發布晴朗的消息」一點有力的暗示，積極加以渲
染，寫出春天的音訊；而嚴冬勢必退隱，把世界讓給旋舞來到的春光，大
家都在熱切地等候著，在每一個角落，在潛伏的些微傷感中期待某種喜
悅：

還有一些——
我是不能說的：
　三月的夜知道
　三月夜的行人知道

　　童話臻於最美麗善良的時候，是一首充滿暗喻的抒情詩，張望春天來
到，乖巧地，卻又有些不耐煩。時間過得真慢。然而林泠並不只在為我們
講一個童話故事而已；她在詠歎追懷，乃於期待春天的主題裡，透露某種
少女不太能夠把握理解的淺愁。可是她又不著一個愁字，竟能點出悵惘，
欲言又止：「我是不能說的」，暗示這金星管轄的三月夜裡，有一個祕
密，須以祕密始，以祕密終，只能和當事者有心的人分享，而夜是她們的
見證。
　　〈三月夜〉的婉約優柔和純真矜持頗能代表大部分林泠詩的風格和體
裁。這首詩和她絕大部分值得留傳的詩都作於將近三十年前的臺北，現代
主義正在「等得不耐煩」，都急於開始一次勇敢的文學革新的時代。內心

的探索，意象化的有機結構，和自然流動的聲調節奏是林泠詩的擅長，毫不勉強，絕無虛假實贗的痕跡——甚至當她在創造「私我神話」的時候，帶點隱約矓矓的色彩，但絕不晦澀，因為這些詩是真摯率性的流露，通過含蓄的暗喻，構成當時臺灣詩壇最動人的新聲。

　　27 年前的臺灣現代詩壇，能從事內心的探索，使用意象化的有機結構，並且把握自然流動的聲調節奏的新人，當然不只林泠一個。當時駸駸然具有潛力的青年詩人當中，方思冷肅深刻，鄭愁予意象圓融，楊喚音響活潑，都有他們顯著的特色。回看〈三月夜〉，不免覺得一代青年詩人中年齡最小的林泠，尚能融會各種新意，兼及許多優點，冷肅的內心探索和準確的意象結構固不待言，這首詩不但和她別的作品一樣可以證明她音響的活潑，而且更直接傳達了楊喚出名的童話詩心，以小精靈的世界推展出一個抒情詩的宇宙。按楊喚死於 1954 年 3 月 7 日，距此詩之初稿完成為一年，距定稿之完成為兩年；距我們今天感慨回顧現代詩在臺灣的濫觴，則已經 28 年了。

二

　　林泠當時所探索的內心，其實多集中於少女情懷一點，這於青年詩人說來毋寧是最自然的。我深信一個詩人如果在青年時代竟寫不出優秀的情詩，或者拒絕將愛情寫進詩裡（不管是因為了什麼崇高的文學理論所執拗，或為任何現實的顧忌和羞澀），總是遺憾可惜。我甚至覺得在一般正常的狀況下，青年時代即發軔寫詩，卻無情詩足以選刊示人的，大概不是真正善感能知的詩人吧；當然我們並不要求詩人一生都以愛情為文學之表現鵠的。林泠的情懷一貫而真實，但付諸文學，卻沖淡於藝術的精巧鍛鍊中，轉化為傳說和故事，以虛實之間的影像支持一連串的比喻，左右暗示那些感傷和喜悅，構成為探索的詩，歡迎和拒絕的心緒，帶著不少幻想，摻和了自覺和矜持，適可而止。〈三月夜〉寫的是春天，正是少女情懷的一部分；而我也認為轉折描寫春天的技巧，允為一個青年詩人表現潛力的

重要挑戰——任何人若是沒有能力將春天或春天的訊息描寫透徹，大概也稱不上甚麼才具。愛情如此，春天如此，則詩之境界是如何將二者貫通於嶄新的意象，結構，和聲響之中，使我們感知其存在，而無梗概蕪雜之嫌，反識其獨創開拓的韻味。愛情是林泠當時大半作品的主題，春天是背景的一種襯托，一種氛圍，是寓言的支架。林泠還透過許多別的世界在表現描繪著那一份矜持猶豫的情懷。

　　林泠詩裡有許多故事，雖然我們無法明確理出故事的來龍去脈，但總是感動地想聽。可是詩人往往只說了一半，欲言又止，或者只說了十分之一，忽然就停了。正如她自己也承認的：

> 輪到我的故事了，戀的故事
> 　（戀是謝幕的歌者，隱去
> 　在悠悠地結束那支即興曲後）
>
> 這時，我只扯下燈罩的流蘇，打著
> 　一個奇怪的結……

——〈夜譚〉

　　是輪到她的故事了，但她卻觀察著敘述著別人的表情和故事，「打著一個奇怪的結」，從來不曾清晰地將她的細節托出。她把最深刻感動的心事藏在胸臆深處，而通過詩的隱喻和音響，對我們回憶一棵傳說裡的菩提樹，在那樹上她曾刻上十字，「每一個，是一次回顧」，有些迷惑，有些深情的期待，而「太空正流過一隻歌——好長的曲調啊！」她說：

> 我在想，該怎樣結束一個期待呢？
> 我抽出刀，閉上眼睛，徐徐刮去那些十字……

——〈菩提樹〉

　　這是傳統抒情詩最成熟的矜持，林泠在 1950 年代又為我們加上一層有力的證明。矜持是必要的，正如她在另外一首詩裡所說，許多事情的本質只能和知心的人共享，外人頂多風聞些片斷，不能進入溫暖慷慨的故事中心，不能進入「美麗」：

> 那份故事的美麗，是祇屬於
> 愛打赤腳走路的人的
>
> ——〈故事〉

　　林泠在詩裡提要地敘說，她曾經和什麼人「爭論著熱帶風信子的顏色，和偶然記不清的樂句一小節」（〈七重天〉）；甚至以一行簡潔的文字說道：「水巷的相遇已成故事了」（〈古老的山歌〉）；或者「真奇怪啊，為什麼冬天竟會不冷」（〈送行〉）。讀她的詩，我們有時會覺得是被詩人冷落了，因為她沒有把我們放在平等的地位，卻專心地對著特定的另外一個人，認真虔誠地訴說著，使用她們習慣了的象徵，不是我們所能完全把握理解的語言和暗示；然而這或許便是我們所承認的「抒情詩的矜持」，是中國古典文學的瑰麗面，在林泠詩中毫無保留地重現發揮了。

　　前文提到詩人的「私我神話」，指詩人作品中經常出現的小故事，微妙而帶著反覆不太變化的細節，然而截頭去尾，點到為止，這是林泠詩中相當重要的一環。我們或許已經難以將這些私我神話中的故事理出完整的頭緒，但有些線索足以描出詩人探討感情生命的軌跡，卻又不可忽略。例如林泠詩中有一片相當完備美麗的北國意象，也許不只是意象而已，乃是一組意象的組合，構成為完備美麗的寓言，故事，神話。〈叩關的人〉穿戴玄色的衿衣，手揚著馬鞭；一個故事開始了，她說：「開始在塞外草原上的溪邊」。或是：

> 我靜靜仰臥著，在雪地上。

雪地上

那皚皚的銀色是戀的白骨

——〈雪地上〉

這時「南半球的風信子還在流浪。」她透過意象的組合，以暗示和流動發展的譬喻創造一個故事的核心，從而探索自我精神的激動和變化。又例如抽象的〈南方〉，星似太陽的碎屑，「撒在路旁高大的鳳凰木上」，錦葵花和映山紅的世界，甚至更遠些：

此刻，我的沉默該是驕傲

在澳洲，一片仍未開拓的處女地上

我將是牧場的主人

　擁有南太平洋海風的溫柔和殘暴

擁有紅磚的小屋和綠蔭的棕櫚

以及，那無數的，任我使喚的

詩的小羊……

——〈一九五六序曲〉

地理意象的指示是精神激動的運作，此見於題為〈心〉一詩中最明。林泠通過虛實交替的描繪，把方向點出來，賦予特定的感情負荷，使它成形為私我神話中的情節，加以渲染擴充，轉化為一唱三嘆的抒情詩，有些許羞澀，更有無窮勇氣面對著想像中的世界，面對那世界裡活動的人物，以及不斷產生的事件和傳奇。然而方向、情節、人物，和事件都不是林泠抒情詩的主題，她的主題是放諸那世界裡的感情，這一份感情在定位之後，乃能讓詩人把握發展，並且轉化為詩的動力。嚴格說來，愛和詩的關係不外乎此，而情詩的精神基礎，藝術技巧，和倫理價值也不外乎此。

三

　　相對於兩極的方向，在抒情詩的透視法中，最穩定的基準當然還是詩人自己的心靈，其體物解析的深刻敏銳，才是抒情詩篤實堅強的保證——一切投射勢必回歸那心靈。林泠的詩向外投射，終究回歸她深刻敏感的心靈，而她稱呼那心靈的穩定基準為「城」，或者更明確地說，是她所規畫的一座神祕的「四方城」：

　　　　他問我是打哪兒來的。他要到海邊的一個地方去，他說；我告訴他我住在一個四方的城子裡。

　　　　　　　　　　　　　　　　　　　　　　　　　　——〈建築〉

　　林泠本是善於使用時空的輻輳來為事件定位的，例如〈星圖〉中熱切而好奇的聲音，在七倍的距離以外，向南，尋覓一顆「傳說已久的，還未命名的星星」；又例如〈阡陌〉中縱橫兩組線條「平分了天體的四個方位」，而事件在那交會的一點上發生。但所有風景地緣的意象都沒有像她所建立起的一座城那麼明晰而準確。她說：「我告訴他我住在一個四方的城子裡」，那城子容或存在於人間，毋寧更存在於詩人的心靈。
　　林泠的城是心靈世界裡一個特定的象徵。它是設防的，也是不設防的。一張明信片曾經在 1955 年飛越那城池，「是詮釋著命運的」，她說：

　　　　在我高築的城垛之上
　　　　憂鬱　便架起雲梯
　　　　翻身降落

擬人化的技巧無懈可擊。但她的城並不是永遠如此容易窺探接近。〈叩關的人〉中，那人揚著馬鞭遙遙張望，然而「每一方門牆都緊鎖了」。這裡

有一種堅毅的矜持感，若真若幻的冷漠，也許是羞澀，終無非是少女情懷
的寓言；當那叩關的人離去以後，「竟使一向無霧的城池，滿布了沙
塵」——悵惘愁悒昭然見於字裡行間。詩人揹著手，在女牆上「從這頭踱
到那頭」，思索著一些奇怪的問題。有時深鎖四方城中，靜謐而明朗，春
天正躡足來到，「生命的躍動」不難觸及。林泠在〈一九五六序曲〉中明
白寫出護城河裡的少女是幻想著南方的大世界。城是矜持的象徵，而矜持
乃是抒情詩的基礎神采；城不是禁錮。

　　林泠的抒情詩具有一套完整的意象系統，紛紜組合，探向內心的精神
世界。所謂意象，紛紜不免容易，組合成為系統便需要慧心才具。讀林泠
詩，我們不難看出她於詩的格律排比並不刻意經營，概以有機形式詠歎進
行，臻於完成；然而她於意象的發展，譬喻的相關性，和象徵技巧的圓
融，卻永遠孜孜緊扣，一絲不苟。這種風格，曾經是臺灣三十年來現代詩
的主要面貌之一，蓋繼承了象徵派的薪火，通過意象主義者的試驗揚棄，
蔚為我們所謂自由詩中最堅實的藝術精神，以濃厚的詩的質地代替人為的
詩律，證明內涵之於詩，比外在的任何規矩更重要。詩的質地，包括通過
意象和譬喻的準確運用，通過純淨適當的象徵技巧，以揭示恆久動人的主
題為基礎。而且更有待自然聲籟的音響原則加以扶持推動，於跌宕承轉之
間，獲取內外意義的均衡。質言之，現代詩所追求的詩質不是古代騷人墨
客的風雅感歎，春愁秋興，或送別傷逝的連鎖反應，更不是典故的精巧運
用，而必須是思維感情進行轉化過程中的圓融結構，求新求變，發前人之
所未發，求通篇作品的準確和完整。現代詩的音調節奏，也不是平仄黏拗
的規矩一端而已，須於字句的妥貼安排和布置中，確定詩的音響隨內容主
旨而有所變化，求取二者自然而互為因果的平衡。

　　意象和譬喻的完整，象徵的圓融，是林泠詩最令人讚歎的特色之一。
〈雲的自剖〉的太空構成，〈散場以後〉的蝙蝠和黑暗，〈微悟〉裡烤火
的賭徒，〈林蔭道〉裡詩和回憶的小路；〈清晨的訪客〉和〈潮來的時
候〉中緊密推展的題旨和事件，略如無縫的天衣，乃至於北地南國和中心

穩定的四方城，都可以證明林泠的敏感和匠心，似乎能在無意志中創造詩的意志，著墨微微平淡，因不用心始見詩人的用心是如何萬無一失。她的節奏音調可以〈不繫之舟〉首段參差的安排為例：

　　沒有甚麼使我停留
　　──除了目的
　　縱然岸旁有玫瑰，有綠蔭，有寧靜的港灣
　　我是不繫之舟

為了突出〈不繫之舟〉的主題，詩人先以短促的音節貫穿頭兩行，更忽然變化將第三行拉長。而音節也逐漸由短促演為悠長，然後冷冷然道出：「我是不繫之舟」一句其實感情充沛卻顯得落落的告白來點明題意。林泠時常使用反覆的句法增強詠歎的效果，有時反覆於一行之中，如〈古老的山歌〉和〈從人誕生的蜘蛛〉詩中所見；有時跨越納入下一行，如〈心〉詩中的「或許」一問因延伸而有力；有時遍見全詩，而以不同的地位展現，如〈潮來的時候〉，最可見聲韻和主題的制衡具有絕對的因果關係。嚴格說來，前二例所示的技巧，中國古典詩中並非沒有，頂針法的效果為我們所熟知，然而後一例以有機原則布置「潮來的時候」，錯落迴響，反射增強，則為西方詩藝的特長。林泠怎麼能以一位大二化學系的女生捕捉到西方詩藝的音響效果，如何得到這份啟示，終不免令我感到好奇。我想，我們必須承認天下自有一種秉賦敏感，直指音韻和詩的本質，卻不是學院和書本的影響。第二年當林泠以這樣一段結束她的〈阡陌〉：

　　當一片羽毛落下，啊，那時
　　我們都希望──假如幸福也像一隻白鳥──
　　它曾悄悄下落。是的，我們希望
　　縱然它是長著翅膀……

她無疑地，已經為近三十年臺灣的現代詩決定了一種不可忽視的抒情音色，從嚴謹中體會自然，於規律中見流動和轉折。這種音色，我們回顧三十年來詩的文學，必須承認它是雷霆萬鈞的，雖然林泠仍然婉約而矜持，欲言又止。

四

　　林泠曾經在一首詩裡，自剖她詩的形體。「你曾見過它的形體嗎？」她問，淺淺的憂鬱，淺淺的激動與寧靜，如那延伸於牆外的牽牛花：「像我的詩篇一樣，野生而不羈」。憂鬱的形體如此，野生而不羈，是她的詩篇。憂鬱的聲音則「在氾濫的無定河邊，水流泠泠」；那是她的詩的聲音。這是林泠 50 篇作品中僅見涉及她自己的詩藝（ars poetica）的文獻，見於〈紫色與紫色的〉。

　　我們以這資料印證她所有的作品，大致可以肯定那一份自覺；雖然詩人並不永遠是詩人自己作品的權威，有時候終於就是權威，所謂批評家們須不能錯過這種文獻。前文所試圖解析的，何嘗脫離形體「野生而不羈」和聲音「水流泠泠」兩點？林泠一般作品都未曾局促於任何束縛，而且音響悠遠動人。批評家可以設想的，則是野生不羈正符合詩的形式論中的有機造形（organic form），如英國浪漫派詩人所得自植物生命之啟示；水流泠泠悠遠長久，不免匯為天風海雨一般的力量，於寧靜中道出萬鈞雷霆的影響。何況，林泠也曾經超越她自己的四方城，在〈瓶花〉中實驗過一種不尋常的意象手法，是她在形式方面可觀的突破；又在〈南行過大草原〉中演習詩的變奏，乃於音響方面產生另一種有待拓展的效果。這些作品足以證明林泠的詩還是有它逸出常態的潛力，如果說那是例外，總還是令人好奇喜悅的例外。在主題的取捨方面，林泠也未必永遠執著於少女的情懷。她的第一首詩〈流浪人〉作於 1952 年，最近的〈彩衣〉則初稿成於 1969 年（1981 年修正定稿），前後距離將近三十年，即明白顯示詩人心思的另一個層次。而在兩詩當中，甚至還有〈題畫〉介入的異國風采，〈給

填海者〉溫和的諫議，以及〈實驗室〉所表現的知識和感性頡頏成長的自我。林泠在沉默許多年之後，更在 1981 年發表了兩首新作，〈非現代的抒情〉和〈南京東路微醒〉。新作裡的林泠音色如昔，帶著些許猶豫，無限的心思，然而語言更趨於成熟和堅毅，充滿了抒情詩的自覺意識，得心應手。雖說是猶豫，卻已不再覥睍；心思更加開朗明快，從眼前的世界向曩昔投射，甚至嘗試著為她自己的詩的信念，以及生命的信念，展示一段無畏的歷程。這種新風格是今天的林泠，是我們所樂於認知的林泠。

　　許多許多年以前，林泠問過這樣一個問題：「你曾向生命回顧嗎？」當時應該是沒有什麼答案的，無論那是自問抑是問人。而今我們都有答案了。現代詩早已經歷了一段相當長的生命，有神采，也有風塵。回顧這些，想到林泠所加諸於現代詩三十年的神采，我們更有許多期待，縱然有些故事已在現實世界中暗淡了，那些故事卻因為詩的藝術而被保存著，而且將繼續傳布下去，證明這種抒情詩的生命雖然矜持，甚至帶著婉約優柔的傾向，那生命永遠不可消滅，也不會結束。〈古老的山歌〉裡想望的聽眾在林泠打算「結束」什麼故事的時候，曾經仰起頭來問道：「後來呢？」

　　「後來呢？」

1982・3・7　西雅圖

——選自林泠《林泠詩集》
臺北：洪範書店，1982 年 5 月

五十年代清越的女高音——林泠

◎鍾玲[*]

　　林泠（1938～），廣東開平人。1954 至 1958 年就讀臺灣大學化學系。1952 年 15 歲就發表詩作了。林泠是臺灣現代詩壇上的異數，她大部分作品在大學時期（1955～1958）寫成。這三年間的 43 首詩就已奠定了她詩壇上的地位。在文壇上很少人像她那樣，以一本薄薄詩集——《林泠詩集》（1982）——就側身重要詩人之列。大學畢業以後她的作品就很少了，尤其是她去國多年，在美國深造、成家、就業。

　　異國的土壤，不容易生根，許多作家出國之後便有文思漸枯的現象，林泠的創作可能也受了這種影響。

　　楊牧在《林泠詩集》的序言中，概括地指出她作品的五個特點：（一）風格婉約優柔和純真矜持。（二）內容偏重內心的探索。（三）運用意象化的有機結構來呈現詩。（四）自然流動的聲調節奏。（五）她創造的「私有神話」帶有隱約矇矓的色彩，但絕不晦澀。（《林泠詩集》，頁4）

　　如楊牧所言，林泠典型的詩表現了少女欲言又止的矜持，如在〈三月夜〉（《林泠詩集》，頁 25～27）中，在第三小節提到很美的故事，是在春季發生的，而女主角「她」也出現了，但接著便賣關子，不說出故事內容，留給讀者去想像：

　　還有一些——

---

*發表文章時為為香港大學中文系翻譯組（英制）講師，現為香港浸會大學榮休教授。

我是不能說的

　三月的夜知道

　三月夜的行人知道

　　林泠筆下的少女情懷似乎是含蓄溫婉而淡雅，其實不然。楊牧沒有指出林泠的作品在表面的溫婉語調背後，多隱藏強烈的情緒。這也是李清照詞作的一個特色。傅東華即指出李清照的詞用「清空」的語調，其實內容則為強烈的情意。[1] 舉一個明顯的例子，李清照的〈武陵春〉其內容有關喪夫之痛及流離失所之苦，但卻用溫婉的語氣，典雅的比喻來著墨：「只恐雙溪舴艋舟，載不動、許多愁」。林泠則常用紅色來代表強烈的熱情。

看哪，一個異端跪下了

匍匐在壇前的少女，深深地膜拜著

向未知的上帝

……

啊，爐香的灰爐碎落

她手中握著一枝紅花

　　　　　　　——〈未知的上帝〉（《林泠詩集》，頁 33～34）

在南方

我愛穿灰色的衣裳，漠然地

……

在南方，我愛看

那陰影淺度的交錯，一枝

在贈于和婉卻中萎謝的

[1] 傅東華，《李清照》（上海：商務印書館，1934 年），頁 29～44。

映山紅

——〈南方啊〉(《林泠詩集》，頁 92～93)

這兩朵紅花周圍的環境或境遇，不是灰色的，就是陰影；不是宗教的肅穆，就是漠然的心境，或是人與人之間的日漸疏離。然而強烈的對比突出了紅花，因此由於兩個極端造成的張力，紅花遂象徵激情，即使在陰冷的逆境之中，仍然燃燒著生命。而表面上，「贈于和婉卻」卻說得溫和有禮。

此外，她的詩在表面上呈現溫婉的風格，其實骨子裡的主題常處理殘酷的人際關係。第二章第一節討論過的〈雪地上〉及第四章第三節中討論過的〈微悟〉都涉及這個主題，寫癡情者所受之傷害以及受寵愛者之殘酷無情。前面兩首詩中的敘述者是受傷的女主角。但在〈菩提樹〉(《林泠詩集》，頁 39～41)中，敘述者卻是殘酷的女子，即受寵愛者。詩中那棵樹是一個象徵，它不可能僅只是一棵樹，因為詩中說：「是我使它蒼老的，那株菩提」。人是不可能令一棵樹蒼老，只能令它枯萎，可見樹是暗指某人。而「我」對此樹則殘酷無情，她用刀在上面刻十字，象徵受苦的十字架。最後為了結束「樹」的「期待」，那個「我」甚至乾脆把十字刮去，連兩人之間的一絲痕跡也不留給他。而女主角卻用純真甜美的語調敘述。因此林泠詩歌常用的柔美語調，純淨的意象，但內涵卻蘊藏激情或殘酷的現實。正因有表裡之間的差距，形成張力，她的詩更加耐讀；她的詩也不致流於濫情和傷感。

在林泠討論詩歌創作的詩〈瓶花〉(《林泠詩集》，頁 109～112)中，即宣稱她自己的詩篇內容應是血紅的熱情：

你將見，這世界的縮影

投入

我的詩篇，湧動

　　小河一般地
　　帶著血的溫熱
　　與殷紅
　　……

　　如楊牧所言，林泠善於營造「私有神話」（private myth）。基本上是採用大自然的意象，或古典的、異國風味的人文意象，賦予個人的象徵意義，並編織個人的故事。城池或城堡是林泠詩中的重要象徵。例如〈一張明信片，一九五五年〉（《林泠詩集》，頁 18）中的「城垛」；〈叩關的人〉（頁 19～21）中的「城池」；散文詩〈建築〉（頁 157）中的「四方的城子」；而她第二輯詩的總題則是「四方城」。城的意象象徵一種少女的「自衛反應」（defense mechanism），以保護自己避免介入成人的世界，尤其是避免介入實際的男女關係。因此在〈叩關的人〉中，少女的城池城門不是「緊鎖」，就是有守衛把著，追求她的浪子不得其門而入。在「四方城」一輯中 14 首詩，一半以上是寫含蓄矜持的少女情懷。而對這份少女最具吸引力的男士，不是白馬王子，或穩重的紳士，而是對她而言最危險的浪子，不羈的浪子。

　　林泠的第一首詩〈流浪人〉（《林泠詩集》，頁 149～150）作於 1952年，15 歲的林泠，已塑造出明確的浪子形象。他是個充滿矛盾的人，集熱情與落寞於一身：「走不完的路／搖曳著黝暗的身影／青春的花朵揉碎在路旁／熱情及愛恨／塞在背後的行囊中」；這個浪人又是個忠於自己的人：「你，仍舊在找尋／那曾失落了的／你自己底心」。而詩的敘述者「我」，對這個浪人是充滿了嚮往的：「我多嚮往於你／吉普賽的腳步」。這種嚮往貫穿了不少詩篇。〈叩關的人〉中的浪子，令少女心神搖曳。〈心〉（頁 95～97）中，「流浪漢們」是圍攻少女的追求者；而詩中少女意屬的是一位少年，這位少年在林泠 13 年後寫的另一首詩中又出現——〈清晨的訪客〉（頁 115～117）——「多年不明下落的／我底少年，驟然

／閃現」；這位少年也是一個浪子，他「看來多瘦／衣衫敝舊」，而且仍是不羈，仍充滿叛逆性：「他說／這回祇是路過，不能久留」，「這次的回返，祇是／背叛前一次的背叛」。因此，在林泠的詩中，矜持少女與不羈浪子的愛情故事成為她最重要的母題（motif）。而這種關係是不可避免的悲劇，因為少女由於戒懼矜持，不敢過分投入，而即使投入了，不羈的浪子很快便會離開她去流浪，徒然令她心碎。〈微悟〉、〈雪地上〉都反映出這位少女在情感上受到的磨難。這母題之悲劇性，以及其男女主角個性之走兩個極端，增添林泠詩歌的傳奇意味和矛盾情結。

　　林泠有不少詩論及詩藝。在上面討論的〈瓶花〉中，她點出詩歌的內容應「帶著血的溫熱／與殷紅」，應寫激情與活潑的生命。在〈撞鐘人〉（頁 13～14）中，她卻指出詩也應呈現超凡的智慧：

　　我欲引渡

　　但空靈之耳目在哪兒？

　　你是太深太深的

　　智慧底溪流

這種意願多少反映出 1955 年前後現代派重智性的影響，因此在詩的內容上，林泠是主張智性與激情並重。

　　在〈紫色的與紫色的〉（頁 15～16）中，她點出自己嚮往的詩風：

　　你曾見過它的形體麼？

　　那延伸於牆外的牽牛花

　　像我的詩篇一樣，野生而不羈

　　而你，你曾聽過它的聲音麼？

　　在氾濫的無定河邊，水流冷冷……

透過「牽牛花」的意象，她指出詩的形式，應當野生而不羈，透過「無定河」的意象，她指出詩的韻律，應是「氾濫」而「無定」，但應有聲韻之美，如「水流泠泠」。這也許是何以她為自己起了林泠這個音律鏗鏘筆名的原因。在實踐方面，無論是詩的形式或韻律，她都做到自己的主張。林泠沒有寫過「格律體」的詩，楊牧也指出：「她於詩的格律排比並不刻意經營，擬以有機形式詠歎進行，臻於完成。」（《林泠的詩》，頁 13）

　　林泠詩歌的韻律節奏，可能是臺灣現代女詩人中控制得最好的一位，這與她一些詩中直接親切的語調 tone 有關。〈星圖〉（頁 29～30）一開頭就如同詩人執著讀者的手，親切的指著天空說話，用語淺白自然：

> 從這兒數過去
> 　七倍的距離，向南——
> 　啊，那就是啦。那是一顆
> 　傳說已久的，還未命名的星星。

　　此外她的語言尚有以下特色：活用英語式的文法，典雅語的用法，以及重複的手法。中文行文的思路，常是因在前，果在後；如「因為……所以……」的句型，這種結構，前因後果脈絡分明，但缺乏懸疑性。在英文語法中，because 的子句則放在後面，頗富懸宕的效果。試看她的〈不繫之舟〉（三）：

> 沒有甚麼使我停留
> 　——除了目的
> 　縱然岸旁有玫瑰，有綠蔭，有寧靜的港灣

此句用中文的行文方式重組應當是：「即使岸旁有玫瑰、綠蔭和寧靜的港灣，除了目的，沒有什麼使我停留」，中文的文法結構是整個顛倒過來

的。林泠的英語文法結構則有思緒層層推出的好處，並有懸宕感。這類英語結構早在徐志摩詩中已出現。臺灣現代詩中更屢見不鮮。林泠這首詩作於 1955 年，在此之前，余光中已常靈活使用英語語法。如〈舟子的悲歌〉（《余光中詩選》，頁 10～12）中這句：「啊！沒有伴！沒有伴／除了黃昏一片雲／除了午夜一顆星……」；此詩作於 1951 年。

　　林泠的〈從人誕生的蜘蛛〉（頁 85～86）表現出她善於運用重複的手法：

　　　　小茸子們都仰望，或許

　　　　許是褐色的肩髮，像因坐於書上的小海妖

　　　　常常垂著的，垂著，那是六月

　　　　那是，用虹帶束起的，是隔著群山和層雲的，臨沒的陽光

四行之中，用了三種重複：「或許，許」，「垂著的，垂著」，「那是……那是」。去掉這三種重複，行文依然通順，卻減低了節奏感。而且這三種重複用時都稍有變化：如「許」字減少一字，又分行錯開；「垂著」，減一個「的」字；兩個「那是」在行中的位置不一樣，一在那行中間，一在那行的頂頭。因此這三種重複增添了節奏感，卻無單調之嫌。痙弦寫於同一時期的〈乞丐〉（《痙弦詩集》，頁 51～54）也用了類似的重複手法：

　　　　不知道春天來了以後將怎樣

　　　　雪將怎樣

　　　　知更鳥和狗子們，春天來了以後

　　　　　　以後將怎樣

　　他們兩人可以列入 1950 年代詩語節奏最優美自然的詩人之列。林泠又

善於用排比，如在〈林蔭道〉（頁 59～60）這三行：

　　是誰安排我足下的風景

　　這平原的廣袤，丘陵的無垠

　　哦，陽光鋪滿像荒草萋萋

兩行中用了三個排比：「足下的風景」、「平原的廣袤」、「丘陵的無垠」，如果再排上「萋萋的芳草」就嫌多了。而「廣袤」，「無垠」則是平常少用的典雅語，增加了詩歌的古典意味與重量。

　　大體上，林泠的文學特色如下：用順暢自然的中文語法，或用已然接受的英文語法，善於重複虛字，善於活用排比，並偶然適當地嵌入典雅語。並多用階梯式漸增長的排行法，如前文引用的〈星圖〉中四行。

　　而林泠 1966 年開始寫的七首詩，因為缺少以前的一貫特色——即親切直接的語調，所以雖說意象鮮明複雜，結構謹嚴，文字精確，但卻失去了以前激盪的情愫。〈夜營（一）〉（頁 119～121）依然保持她的藝術技巧，用有機組織的大自然意象，來反映內在的情緒：

　　……

　　誰是那灰衣的斷臂人

　　置身

　　於千年的紅杉，而翹望

　　紅杉移植了的千年

　　那因他的紫心

　　而染透的天？

　　——啊，夜的部署已畢，他們走不出

　　　　這重圍，這隱形的防線

如楊牧所言「林泠本是善於使用時空的輻輳來為事件定位的」（《林泠詩集》，頁 12），這首詩的時空非常明確，地點在高山上，時間由黃昏寫到夜。而代表時空的意象，如「星子」、「月朔」、「雲簇」、「紅杉」皆有特定的象徵意義。詩的主角「灰衣的斷臂人」亦有線索可尋，不至於導致全詩晦澀不明。由子題「贈榮軍亞瑟」可知，這斷臂人應當是個退伍軍人，在戰爭中斷了臂膀。因此詩中所謂「夜的部署」其意義也明朗起來。高山之上的夜天，頃刻化為當年的戰場。大自然與人，過去與現在，得以在「灰衣的斷臂人」身上輻輳。

　　林泠欲言又止，親切溫婉的語調，字裡行間潛藏的熱情與激盪、文字節奏的運用自如，可說是中國女性文學婉約派之正宗。上承李清照、朱淑真婉約派的詞，其矜持純美的少女情懷，為以下年輕一代詩人鋪了路：方娥真、馮青、王鎧珠。

——選自鍾玲《現代中國繆司——臺灣女詩人作品析論》
臺北：聯經出版公司，1989 年 6 月

林泠情詩九式

◎張健[*]

　　林泠（胡雲裳，1938～，現代詩社成員）是臺灣第一代的女詩人，成名於就讀北一女時，可謂早慧早發的詩家。我嘗論女詩人有七格：曰清，曰真，曰麗，曰深，曰逸，曰放，曰曠，林泠可謂兼而有之。

　　林泠的情詩是她的一大成就，諸作秀而不媚，深而不窒，質而實綺，臞而實腴[1]，散而實莊。[2]

　　茲將林泠的早年情詩分為九式探究之，所依據者兼及內容境界與技法。

一、邂逅式

　　男女邂逅於田野間，是偶然，亦是命運的安排，未來將會如何？令人遐思，令人關注，而主角（女主角）卻只是一片雲淡風輕，看似不執著，十分灑脫，其實中自有主，不容輕忽，不容認作淺薄的俏皮之態。

　　其代表作為〈阡陌〉：

> 你是縱的，我是橫的
>
> 你我平分了天體的四個方位
>
> 我們從來的地方來，打這兒經過

[*]張健（1939～2018），浙江嘉善人。詩人、文學評論家。發表文章時為臺灣大學中國文學系教授。
[1]此二語乃蘇軾評陶詩，語見〈與蘇轍書〉，《東坡續集・卷三》。
[2]此語為姜夔評陶詩語，見〈白石道人詩說〉，收《歷代詩話》中。

　　相遇。我們畢竟相遇
　　……

　　（——一片純白的羽毛輕輕落下來——）

　　當一片羽毛落下，啊，那時
　　我們都希望——假如幸福也像一隻白鳥——
　　它曾悄悄下落。是的，我們希望
　　縱然它們是長著翅膀……[3]

　　這首〈阡陌〉，以田埂之縱橫為始喻，以鷺鷥與白羽為終喻，二喻結聚於一片水田，而男女主角若隱若現——在第二段和第三段，他們的確是出現了，但只有「經過」、「相遇」、「寒暄」、「再見」、「相約」、「遙望」等簡約的動作，末段又增一「希望」而已，沒有更具體的展現，可是已經呈示了飽足的情意。每讀此詩，不禁歎為抒情高手。

　　首二行幾乎括全局，「平分了天體的四個方位」，何等大的口氣，說來卻自自然然，悠悠徐徐，令人聯想到鄭愁予的〈下午〉：

　　……啊，我們
　　將投宿，在天上，在沒有星星的那面[4]

　　字面上無一字雷同，其終極的詣趣卻是極為近似的。

　　「我們從來的地方來，什麼也沒有交代清楚，卻增添了一些神祕和灑脫的氣氛，而為這場淡淡幽幽的邂逅奠立了基礎。

　　接下去用了很特殊的跨行句（run-online）：

---

[3] 林泠，《林泠詩集》（臺北：洪範書店，1990 年），頁 31～32。
[4] 鄭愁予，《鄭愁予詩選集》（臺北：志文出版社，1974 年），頁 192。

打這兒經過

相遇。

你可以說這是兩個各別的短句，但是若解讀作「我們從這裡經過時相遇」，便是標準的跨行句了。它的妙處在不黏不脫，正像林泠的整體風格。

下句的「畢竟相遇」，原是重複和強調，但「畢竟」一詞既出，「命運」便宛然展露，而成為末段的一個重要伏筆。

「四周」呼應次行「天體的四個方位」，「注滿了水的田隴」隱示柔情與深意。

然後請鷺鷥上場，牠在此扮演了主宰式的配角角色。說牠是配角，因為牠原是這雙男女主角的旁觀者或見證者，但在停落、小立之餘，男女之主角既已完成了寒暄、道再見的「儀典」，牠便展威了──「一片純白的羽毛輕輕落下來」，它雖然存在於一個括弧中，還加綴了一個破折號，但能說的讀者自會感受到它的重要性，這片顯然原屬於小鷺鷥的白羽，此際已昇華為「柔情──希望──幸福」的符碼。

末段終於由抑而揚，林泠在此運用了一個西式的穿插句「──假如幸福也像一隻白鳥──」，使節奏為之一變，張力為之一緊；抑揚頓挫之餘，卻又展現了一波三折的伎倆：「縱然它們是長著翅膀……」。

才說到幸福之希望，立即提醒人們：它是會飛離而去的，但「縱然」一詞，又告訴你無怨無悔的有情人心臆。

巧妙的是：首行「我是縱的」，末行「縱然它們」，此縱非彼縱，卻灑灑落落地縱橫全詩，令讀者神為之往，目為之迷。

二、散步式

情人們散步於夜色中，卿卿我我，原是司空見慣，不論詩、小說、散文，都習見此種「陣式」，乍看起來，林泠寫情詩時，似乎也不能免俗。不過，「戲法人人會變，巧妙各有不同」，林泠在這一式的代表作中，平

實而高明地展現其卓特的風姿：

在黑黝黝的山路上走著
一個故事開始了，開始在塞外草原上的溪邊
……

月亮這樣好，今夜
在天國，聽說一切美好的都完整了
而我們是平凡的人，祇惦記一些
發生在久久以前的事和一支不復記憶的歌

哎，就真是故事和歌罷
我多希望你突然沉默，不再繼續
（雖然我愛聽你的聲音）
好讓
美麗的故事永遠沒有結束……[5]

──〈故事〉

　　這首詩在技法上可說屬於「開門見山式」，全詩第一句就把散步的旨
趣交代清楚了，在此地點掛帥，有地點也就有了氣氛、動作（「黑黝黝」、
「走著」）。
　　第二句才說出「故事」的主題，而這主題卻是十足的「以古證今
式」：

塞外草原上的溪邊

---

[5]林泠，《林泠詩集》，頁45～46。

該也是一個夜晚罷

時空都點示出來了，還帶一點必然的神祕。

「愛打赤腳走路的人」是必要的補充，但卻安排在「那份故事的美麗」之下，之上還衍飾以「我還記得有一點共同」，看似順理成章，其實出自流水般的經營布置。「祇屬於」三字影影綽綽，實則舉足輕重。愛打赤腳走路的人既率真，又可愛，又貼近大地之母體。男女主角（古今兩雙）原是大自然的寵兒。

次段回歸現場，卻又由「月亮」作中介，直到「天國」為喻，「一切美好的都完整了」，一句話，「天上人間」的意境便攝入了。何等輕易，卻又何等渾成！

然後正角「故事」再度登場亮相，還陪隨一位襯角「一支不復記憶的歌」。「不復記憶」，何等輕倩的風情！

末段如何收煞？令讀者好奇、期盼。好林泠，運作一個歎詞「哎」，然後繼之以「就真是」不重不輕的三字，卻已搖曳生姿、觸處生風了。

「我多希望你突然沉默，不再繼續」是奇妙的一轉，看似突兀，其實理直（或情真）氣壯，但她又有些不忍，不忍遭人誤解，於是寧可節外生枝，再來一個珍貴的括弧，「（雖然我愛聽你的聲音）」──試想，怎麼能不喜歡呢，既然雙雙赤著腳走路？

最精彩的還是末行：「好讓美麗的故事永遠沒有結束」，行雲流水，繼之以「……」一串節略號，益增綿遠之態──言有盡而意無窮，目送飛鴻，手揮五絃！[6]

這是一段至美的旅程。

---

[6]語出嵇康詩〈贈秀才入軍〉。

三、聊天式

　　一雙情人依偎在一起聊天，青菜豆腐，足以喻之。但是林泠卻高唱出「七重天」來，玄之又玄，凡之又凡。

　　以下是此式的代表作〈七重天〉：

　　七重天啊，在白色的傘蓋下，他的額際展開如草原
　　　　收集著，從一個神奇的面上沁出的，七月的晴朗

　　而戀人們的心，總是長著淺淺的苔
　　　　總是潤濕，……
　　而白晝是這樣靜靜地渡過，為著
　　　　爭論熱帶風信子的顏色，和偶然記不清的樂句一小節[7]

　　這首詩其實內容非常單純，一男一女，快樂地在一起，度過一個暑假──不，也許只是一個七月。可是七月的炎熱鬱躁，在這裡似乎完全不存在。

　　一開始，林泠並不著急描寫現場的種種，她要塑造男主角的形象饗宴讀者。

　　這位幸運的男生（男士），是如何英俊挺拔的美男帥哥？她不肯正面描寫，卻只寫照他的額：

　　他的額際展開如草原

　　嚴格地說，這句子裡的「際」是衍字，但保留在這裡，不論聲調上、

---

[7]林泠，《林泠詩集》，頁51～52。

節奏上都有正面的效用。

　　「草原」是「白色的傘蓋」（實指萬里無雲的天空）之後的又一巧喻，「一個神奇的面」，又直指天庭，「沁出」一動詞生動活潑，「七月的晴朗」既交代了時序及捏塑了氣氛，更為「他」增添了身分。這一段採用了散文詩的模式，是作者的又一匠心經營。

　　次段直抒戀人心態：苔、潤濕、「曇」，都是比喻，一個接一個，令人目不暇接，卻又心領神會。「淺淺的苔」是淺淺的愁，潤濕是惆悵，曇（多雲，又暗隱曇花一現之繁盛）是憂鬱和彆扭；當然，反過來推演亦未嘗不可。

　　至此，大局已定，作者又清明從容地宣稱：

　　　七月是另一個星系秩序的輪迴

「星系」、「秩序」、「輪迴」，看得人眼花撩亂，其實只是說「這個七月很特別」。

　　如何特別法？

　　　拂曉相遇，傍晚別離。

　　提綱挈領，十分清晰。十二個小時的重複故事吧。

　　果然，「而白晝是這樣靜靜地渡過」，作者終於展示了果皮之內的果肉！

　　「為著／爭論熱帶風信子的顏色，和偶然記不清的樂句一小節」，這是果核吧？

　　別忘了風信子和維納斯的關係，也別忘了〈故事〉中的「一支不復記憶的歌」。羅曼蒂克的林泠，把她的內在情思巧妙而不落痕跡地依託在這對戀人身上了。

聊天，說些瑣屑而浪漫的話頭，把白晝的時間耗光，然後乖乖地在黃昏時分手離去，明天呢，周而復始。

什麼也沒說，什麼也都說了。

四、告別式

假日情人的相會，是既刺激又珍貴的，但距離和時間常捉弄有情人，猶如命運。週末、週日的相聚，必須繼之以末梢的告別。下週再會？下月再會？也許是半年後？一年後？

這裡推出林泠的〈送行〉：

> ……
>
> 你輕輕躍上去，不要回頭
> 我看得見你的影子
> 真奇怪啊，為甚麼冬天竟會不冷
> ……
> 而我的歸途上，雨落著
> 有人豎起大衣的領子[8]

首行以「紅燈」打頭，別具言外之意：

一、紅象徵熱情，燈象徵光明。

二、紅燈是止步、中止的符碼。

三、紅燈是蕭瑟冬夜的對稱。

「馳來」的火車，與將駛去的情人之間，有一種辯證法式的關聯。火車車廂是溫暖的、安全的，但既是「最後一班車」，便可能隱伏分離、不復相見的危機──也許這畢竟只是讀者或旁觀者的過慮吧。

---

[8] 林泠，《林泠詩集》，頁65～66。

　　生命何等弔詭！一日、二日或一週、一月的相聚之後，他必須離去。「我」所能啟齒說出的，乃是「你輕輕躍上去」，不要小覷這五個字，全詩九行，只有這五個字是描寫這位情侶的，但對林泠來說，已經足夠了。我常想林泠是新詩人裡很懂得國畫留白技藝的一位，這位情侶的面目風姿，她都不說不寫，只在此五字中一筆帶出，但讀者已如見其人，如聞其聲，如握其手，如拍其肩了。「不著一字，盡得風流」[9]，於此有得焉。

　　「不要回頭」，是女孩子的反話？女詩人的弔詭？還是「情到深處不回頭」？耐人尋味，和不必苦求的解。

　　不過「我看得見你的影子」一句緊密跟上，已解釋了一大半——「我看見你猶如你看見你」、「你的影子更耐我尋味」、「我永遠看得見你」，三者必居其一，或許是三義兼涵於一語吧。

　　其實對於寫慣了絕句、小令或所謂「小詩」的作者來說，這四行一段，也就足夠完成一首情詩了。可是林泠意猶未盡，因為：（1）背景尚未交代，（2）兩人間的情誼只是點到為止，不無浮光掠影之嫌，（3）意象的功能也還沒有充分運用。所以，她寫出了第二段，游刃有餘四字，正可以拿來形容這後五行：

　　「真奇怪啊」多麼口語化，多麼親切，人多麼切入的自白！「為甚麼冬天竟會不冷」讓讀者等待答案；「為甚麼，一份聯想永不能被分割」，這回「為甚麼」下加了一個「，」點，使它更搖曳生情。「聯想」其實是「深情」的偽裝（彷彿不小心運用了佛洛伊德原理），形可分兮神不可割離！再綴以「那懸著紅燈的車已駛來，載你離開」，仍以「縱然」作媒介，再度把紅燈呈示給大家，車來車去，又是命運的蹤跡！

　　我終將歸去，猶如此刻的你。

　　「雨落著」，不辨時序；先時已落，還是你去後才落——寧可相信是後者。

---

[9]司空圖《詩品・含蓄》品中語。

　　大家企盼的答案，終於在最後一行不疾不徐地露相了：「有人豎起大衣的領子」。

　　不，不是直陳的答案，而是對襯式的暗示。冬天的雨夜，臺北（假設是臺北）怎麼會不冷？別人豎大衣領子，是印證了常識的冷，是正常的反應；而「我」偏偏不冷，因為——因為「我」擁有「你」的一切記憶，甚至在分別後仍擁有你的身心……。

　　含蓄到極點，卻也甚為清楚，不朦朧，不曖昧，這才是上乘的詩。

五、私奔式

　　有一對男女正在他們私奔的旅途中，林泠這麼說。這就是〈未竟之渡〉：

> 你張望甚麼，你迎風立在船頭
> ……
> 啊！你！　你該注意
> 　我們渡船的兩盞紅綠燈在移近，
> 　　　　　……
> 　我們渡船的方向在轉變……
> ……
> 我們遠離的淺水碼頭，那兒正燈火輝煌。
> 我們已遠離了的——航程裏的一切啊
> 而我不懂你的憂戚。[10]

　　這一對私奔的情侶，離開了他們的「淺水碼頭」——容不下他們生命幅度的故土，走了！但是，在這冒險的初旅中，男的比女的更憂戚，女主

---

[10] 林泠，《林泠詩集》，頁53～54。

角觀察他如一旁觀者，關心他如親人，卻又不解——不解的背後也許是悵惘，是輕輕重重的失望。

試看林泠由何處「啟航」：

　　你張望甚麼，你迎風立在船頭

這時男主角不擁抱或扶持著她，卻迎立船頭，不斷張望，一開始氣氛便緊繃起來，這正是作者所要悉心經營的。

有一位舉足輕重的「第三者」存在：「操舟的漢子」，莫非他是命運的化身？但他的「示意神色」，畢竟不是上帝偶然的一瞥。

十二月，又是一個寒冬，但似乎迥異於〈送行〉中的。漲潮是寫實，也是象徵。請注意漲潮的相對面是落潮，作者有此暗示麼？

「兩盞紅綠燈在移近」，是兩個男女主角的情感更進一步？還是一種相反的警示？接著又說「我們渡船的方向在轉變」，難道也影射二人生命的方向在轉變？真是疑雲重重。

二段直抒胸臆：你憂戚？前途有風暴？未竟之渡能否完成？對襯我們離去的「燈火輝煌」。

為什麼那「淺水碼頭」，我們已毅然離去了的，竟這般地「燈火輝煌」，而且我還要對你說出來？燈火輝煌在此代表懷念？悵惜？後悔？抑或反諷？作者完全不負說明白的責任。

「我們已遠離了的——航程裡的一切啊！」這簡簡單單、乾乾淨淨的一大句，卻蘊含了多少不可言說的心思和情感。

但女主角昂然決然地對他說：「而我不懂你的憂戚。」不是不懂吧，也許是不認同，不允許，不以為然，溫和的抗議，堅定的勸諫！只這一句，便足繞樑三日。

沒有私奔經驗而有過真愛體會的人，應該在這些字裡行間懂得年輕而深情的林泠。

這首詩中的空格和低格排列法，都隱示著情緒的不安定性。

六、依託式

林泠的〈菩提樹〉是她的招牌詩之一，其實它當然不是詠物詩，是另一類情詩，我稱之為依託式：

菩提樹
是我使它蒼老的，那株菩提。
我刻上十字，要自己記住
每一個，是一次回顧。

小徑的青苔像銹，生在古老的劍鞘上；
卻被我往後的足跡拂去，如拂去塵埃。
……
一切都向後退卻，哎，
這兒的空曠展得多大呀，
它們都害怕我，
說我孤獨。
……

我在想，該怎麼結束一個期待呢？
我抽出刀，閉上眼睛，徐徐刮去那些十字……[11]

這棵菩提樹是我的恩人，我的庇護者，我生命——感情——情感事件的唯一依託。

---

[11]林泠，《林泠詩集》，頁39～41。

　　開始得突兀，林泠巧用了一個單純的倒裝句，且以「動詞是」（verb to be）打頭：

　　　是我使它蒼老的，那株菩提。

短短的十一字中，充滿感激、憐惜、悔疚與溫馨之情。說憐惜，應包涵「我」的自憐。

　　次行跟蹤而上，快速解除讀者之懸疑：刻十字，誌往情。她只說「回顧」，真是含蓄，真是溫柔敦厚。其實也許是「痛楚」，是「受傷的記憶」、「沉哀的失落」等等。

　　這個大綱目既已構成，次段中林泠便展開她優美抒情的長才，紆徐而毫不凝滯地娓娓訴說這段瑰麗而復平淡的傳奇：

　　小徑苔如銹，心事重重的我輕易在躑躅徘徊中把它們拂除。日落影息，萬物退離我遠去，凸顯我的孤獨。這兒的擬物（苔→銹、小徑→劍鞘、青苔→塵埃）、擬人（太陽→阿波羅→男子，一切→害怕我的人們）都運用得佳妙，行雲流風似的。

　　終於菩提樹再度成為我的皈依點：堅實，有力，還帶出一個明喻「泥土」。

　　然後逗引出太空的一首歌，好長的曲調，企盼的、嚮往的歌曲！使全境更為立體化。其實這顯然是無中生有，幻中虛設。

　　末二行乾脆俐落：怎麼結束──等待：刮去那些十字──偏還得閉上眼睛，多麼瀟灑的決定，卻是擁有一個沉重的過程。

　　慧劍斬情絲，從古以來都是「知易行難」，這棵菩提樹是最佳見證人。

七、故事式

　　故事式也可以說是「掌故式」。不同於〈故事〉那首詩所呈現的，它

是託諸一個文學掌故或一個古老的傳說故事，到頭來不免是以古喻今，以舊聞新。

據說人間感情事件是亙古彌新、永世不變的，林泠一定篤信斯旨。當然，我們說的是年輕時代的林泠：

〈狄卡馬隆夜談〉

輪到我的故事了，戀的故事

……

這時，我被扯下燈罩的流蘇，打著

一個奇怪的結……

他們摸索著我的眼，那些浪蕩的夥伴們，時而默想

時而撤離，……

一如清晨搗衣的女子，戚然地離開夜雨後的井湄

（沒有人想起世界上還有第二支燭）

這時那大嘴的掘墓人哭了，油然地憶起鮮牛奶的往日

……

而斷了腿的那軍曹，偶然想起一支未完的戰役

便取下城堡的槍，向昏濛的月亮射擊……[12]

一開始林泠在題目上便顯示了她的匠心：不是「十月談」──那是恰當的小說譯名；而是半音半意充滿異國時情調的新譯名──〈狄卡馬隆夜談〉，妙哉！

《十日談》裡有許多戀愛故事，畢竟，瘟疫滿天的環境裡，愛情的回

---

[12] 林泠，《林泠詩集》，頁43～44，已改題為〈夜譚〉。

憶和遐想是足以助人維護生之勇氣的。而這一則，恍若即興曲式的戀，情
熱，意遠，悠悠盪盪。說戀是謝幕的歌者，不錯，但硬是在謝幕之後，餘
音繞樑，三日不絕。

詩人如何把這篇小說改寫成詩的旋律？

開場白已直接楔入正題，而故事情節卻絲毫沒有交代。林泠在這首卓
特的「情詩」裡，優雅地維護了詩的尊嚴。

我，那位主講者，「扯下燈罩的流蘇」，打一個奇怪的結：他想真正
的了結，真正的謝幕，於是狠狠地打了一個結，一個心結，也是一個情
結。

但一切無效。

另一類「效應」立即發生在三數個聽眾——夥伴身上。

第二段寫他們的集體反應：

凝視搜索我的眼神：一百個問題化為一個！是麼？如何？何人？為什
麼這樣？……

然後他們一如預料地，得不到答案，便轉（「撤離」得忒好）望向窗
外，向星空、向靄靄上蒼尋求解答。繼之以一個井湄女子的妙喻。

而括弧裡的一行才是重點：沒有人想到世間還第二枝白燭，第二個故
事，甚至第二宗事情……，他們會被征服了，他們的心完全給占領了，被
這個「謝幕的歌者」，這個戀……。

末段又兵分三路：掘墓人日夕際謀生，每天挖掘一個個大墓坑，所以
他的嘴巴也特別大——這是詩的邏輯；他的哭，格外有詩意，格外凜烈，
格外有象徵性。一個最可能麻木無情的人，大哭特哭！

馬販子配「狄卡馬隆」，尤其天衣無縫，阿拉伯暗喻「天方夜譚」—
—《十日談》的姊妹作！而他的身子加上戀的故事所賦予的情感的重負，
乃使他所倚靠的門牆傾斜欲塌，真是妙想入神！

末了的軍曹，可不同於辛鬱《軍曹手記》裡的，是一個貌似冷酷心中
有火山的人，他斷了腿，卻在這裡獨占兩行。「一支未完的夜曲」，又來

了，我們終於認清：這是林泠詩典裡的特殊符碼——情之符。

最後的一槍，為天下所有的有情人而放射，卻偏偏射向無辜而有情的月亮！喝采。

八、苦喻（苦戀）式

修辭學上有借喻，有巧喻，有換喻，無苦喻，我為林泠詩設一新詞：苦喻。倘若平實一點，說是苦戀式亦可。

也許只有一個孤例〈微悟——為一個賭徒而寫〉：

　　……
　　他拾來的松枝不夠燃燒，蒙的卡羅的夜
　　　　他要去了我的髮
　　　　　　我的脊骨……　[13]

原詩一共五行，可能是林泠最短的詩。但千言萬語，有時不敵三言二語。

第一段二行，乍令人懷疑這是我和蒙的卡羅（比拉斯維加斯更具浪漫情調的南歐賭城）的奇妙對話。「我愛的那人」，說得多麼坦率！「正烤著火」，又多麼溫馨！好像是一支懷念的曲調。

次段的首句仍充滿了懸疑性，使人踟躕而期待。再叫一次「蒙的卡羅的夜」，簡直似呼喚親朋好友嘛。

四句突變發生了，「他要去了我的髮」，髮常是情愛紀念品，讀者一時還領悟不過來。

末行，淒厲地，只有四字，又挑低三格（一路墜落到深淵裡？）：「我的脊骨」，外加有餘不盡的「……」，這簡直是石破天驚！如實而

---

[13]林泠，《林泠詩集》，頁49～50。

言，這兒是一連用了兩個換喻。

　　原來這場苦戀中，我所付出的是整個生命！而那人，卻悠閒地「烤著火」！

　　這正可以說林泠詩中僅見的「歐亨利式結局」[14]，其效果真可謂之形同千鈞壓頂。

　　可是不要忽略了：「他要去了……」，是他向我要去的，不是他搶去的、偷去的，所以，我甚至是甘心獻出一切給那可愛或不值愛賭徒的！

　　林泠，在她的八式情詩中，其實展現了「藝術多面人」的傑出風采。18 歲、21、22 歲的她，生命的深井或大海何其豐盛！

九、悼亡式

　　抓一撮泥土，吻著
　　吻著昨夜清明雨的鹹濕
　　……
　　吻著我們幽幽的冥隔

　　吻著昨日
　　吻著──你的逝，你的逝（〈春之祭〉）[15]

　　這首詩一共七行，卻有六個「吻著」出現，除第一個外，其餘都出現於句首，這個吻，表面上只是吻在那一撮泥土上，實際上吻的是一段不可忘的記憶──「昨日」，「你的逝」（重言之更添餘味和餘哀）。「我們的冥隔」則真切地呼應了次行的「清明雨的鹹濕」。

　　清明節那天，她去他的墳上悼祭，吻泥土，吻回憶，自己獨自走過的

---

[14]歐亨利（O. Henry）為美國現代小說家，其作品常在結尾時急轉而下，出人意料之外，甚至與前面情節轉了個一百八十度。
[15]林泠，《林泠詩集》，頁 55～56。

長長山路——也象徵著這些孤獨的日子吧。

　　他是誰？也許不重要，他的永逝才是她的痛。值得一吻再吻！

　　詩前引了西蒙・維爾（Simone Weil）〈引力和恩典〉中的兩句，茲中譯如下：「男人們欠我們我們想像他們該給我們的。我們必須原諒他們這一項債務。」這兩句話，莫非幫助我們補足林泠詩裡所沒有說出來的部分麼？

　　也許，他的逝去便是他欠的債！

　　由這兒，我們又一次窺見一顆深情而悵惘的少女心！

　　　　——選自彰化師範大學國文系《臺灣前行代詩家論——第六屆現代詩學研討會論文集》

　　　　臺北：萬卷樓圖書公司，2003 年 11 月

小論林泠：抒情與現代

◎何雅雯[*]

一、前言：女性現代詩人

　　近年來臺灣現代詩的研究取徑與學術、文化議題的發展頗相符應，論者皆注意到國族、性別、認同、主體性等課題影響了現代詩美學的建立與重塑。其中又以性別議題最受青睞，以女性主義為切入點，或以臺灣女性詩人作品為主要研究範疇者，自鍾玲以下，尚包括王惠萱、李元貞、李癸雲、林怡翠、陳義芝等。事實上，女性主義本身鮮明的批判立場及其所具備的反思力量，確實相當適合作為現代詩的研究方法，畢竟現代詩的「邊緣」[1]與「異端」[2]性質，已經在古典詩歌的「言志」傳統之上有所轉化，成為詩人與外在世界永無止境的拉鋸與對話。但是，也正因為現代詩的邊緣與異端位置，使我們應該進一步思考，以女性主義立場重讀現代詩，固然大有突破，卻也可能落入自己設下的陷阱：由女性主義立場所觀察到的、女性現代詩的特質與美感，是否確為女性詩人所獨有？只從女性詩作定義「女性」、「陰性」，是否反而窄化了現代詩本即具備的流動、活潑、顛覆性質？

　　即以李癸雲的論文為例[3]，討論臺灣現代女性詩作中的女性主體，在精

神分析與女性主義相互為用之下，確實對重讀臺灣女性詩作頗有貢獻。然而在這個框架中，可以作為論證依據的作品不得不集中於 1970 年代乃至於 1980 年代之後崛起的女性詩人，或女鯨詩社成員等明確以女性主義立場發聲的詩人，對前行代的論述明顯不足。例如林泠、敻虹、蓉子等成名於 1950 年代的詩人，除了蓉子因為較具陽剛風格而頗有析辨，另外二人的分析則篇幅甚少，如林泠在全書六章中僅五處（頁 48、246、255、263、266），集中於〈以詩建構主體性〉一章，而在〈女詩人作品中的主體位置〉、〈女詩人作品中的性別認同〉、〈女詩人的語言實踐〉等章，則不免付之闕如。這樣的統計數字當然不宜過度詮釋，但是我們若思考「男性詩人難道不是以詩建構主體性？」這樣的問題，就呈現出一項事實：以女性主義立場衡量所有的女性詩作，試圖獲得符合女性主義的結果，並不是全無瑕疵的。此中原因可能在於，諸多學者往往以「女性詩作」與「女性主義」相扣合，卻未思考女性主義論述在臺灣的風行、造成文學創作與文化思維的改變，都是近二十年間之事，在此之前的女性作者有其他的關切問題，今日，我們可以憑藉女性主義反省女性意識的覺醒，卻不能憑藉女性主義判斷所謂缺乏女性意識的作品，否則若非誤判了作品的價值，就是造成對作品有意或無意的誤讀。

　　基於以上考量，本文將從另外一個（也許顯得保守的）角度出發，思考臺灣現代詩在發展初期，如何形成一套專屬於文本的美學標準。論者或謂其中大有父權語言、國族典範等議題的角力運作，然而本文願意相信一個前提：真正優秀的詩人即使在多方限制之下，仍然有可能致力於寫出良心所允可的傑作，他們也許尚未意識到性別建構而來的自我與藝術規範，但是他們已經認認真地面對自我、面對藝術。在這樣的前提之下，選擇林泠作為討論焦點，也許比選擇同時頗負盛名的紀弦、方思、鄭愁予等更能彰顯這種有限制之中的努力，無論是否通過女性主義幾近於意識形態的判讀，都不能抹煞林泠詩作的價值，這應該會是一種真正的價值。

　　根據楊澤所主持的一場座談會紀錄，回顧「現代派」對臺灣現代詩的

衝擊與影響，林亨泰、瘂弦等人在會議中的發言均敘述了詩壇前行代的幾次論戰交鋒與相互交錯的援旗應戰[4]，因此，無論《現代詩》、《藍星》、《創世紀》[5]，即使曾經就「縱的繼承」或「橫的移植」等名詞使用發生過爭論，但終究承續了某種相當一致的立場，這個立場可以藉席間譚石與奚密的看法來說明：現代主義其實是一種歷久彌新的「語言的策略」、「詩學的策略」，「已經超出了獨特的所謂本土或個別文化的語境，而是一種永恆性的詩的策略」。[6]可以說，無論現代詩論戰是否廓清了繼承與移植、現代主義與超現實主義等問題，都已經為臺灣現代詩的發展奠定了基礎，這樣的「現代主義」並不源源本本等於來自西方的「現代主義」，相反地，它幾乎是臺灣現代詩在語言鍛鍊上的某種共同特質。這樣的特質可能是什麼？實際內容如何？既然是一種語言策略，這個策略又是如何運用？這些問題當然可以從論戰中的文獻紀錄考察，釐清爭論各方的堅持與妥協之處；然而，理論、主張等概念畢竟是由集團中實際執筆參與論戰者歸納整理出來的，亦且涉及論辯當時的語境、社會氛圍、人際關係，至於參加這個集團、卻並不以主張投入集團活動的其他詩人，又是如何看待自己的所屬集團？如何看待這些宣言與原則？筆者認為，每個詩人都有相當程度的個別差異，他們縱使認同相同的集團，卻不會寫出千篇一律的詩，觀察他們在集團之中的個別創作實踐，比起討論原則、主張的前後邏輯關係，反而更能看出詩人對這些條文的理解與詮釋。

　　林泠在初期的現代派成員中，可謂年紀最輕，是「一代青年詩人中年齡最小的」[7]，又是其中少數經過時間考驗仍歷久不衰的女詩人，取為例證

---

[4]楊澤主持，〈現代詩 40 週年系列座談——現代主義：國際與本土〉，《現代詩》季刊，復刊第 22 期（1994 年 8 月），頁 4～17。

[5]座談會中雖然沒有特別提到《笠》，但是就與會之林亨泰、白萩等人對《笠》的投入，可以判斷早期的《笠》也有相當濃厚的現代主義色彩。相關論證參見奚密，〈早期《笠》詩刊探析〉，收入何寄澎主編，《文化、認同、社會變遷——戰後五十年臺灣文學國際學術研討會論文集》（臺北：文建會，2000 年），頁 173～196。

[6]楊澤主持，〈現代詩 40 週年系列座談——現代主義：國際與本土〉，《現代詩》季刊，復刊第 22 期，頁 17。

[7]楊牧，〈林泠的詩〉，收入《林泠詩集》（臺北：洪範書店，1982 年），頁 4。

或許顯得不夠平實、公允。然而林泠有一首〈非現代的抒情〉，可以視為她對自己詩藝的說明，此詩完熟精鍊，以「論詩詩」體裁來看，在現代詩壇中可能少有人能超越。鍾玲認為這首詩是林泠在「調侃他們（按：指強調知性的現代派）對抒情詩的抗拒」，認為林泠「遵循中國古典文學的婉約派，以含蓄典雅風格取勝，西方現代主義的痕跡很少」。[8]然而，林泠固然含蓄、典雅，貌似「中國古典文學的婉約派」，在語言的運用驅遣卻還別有經營獨到之處。同時，〈非現代的抒情〉也並不是在調侃現代派諸人的立場，相反地，是在為同樣的立場做出示範。如馬莊穆所言，這首詩「揉合了表面上對文學的評議，潛在自我的陳述，以及一個作為現代詩人的需求——一個現代詩人必須尋求一份語調上的客觀性，俾之與自身的需要相吻合，進一步將個人的經驗和情感具體化」，已經寫出現代生活中的蒼涼與枯竭。[9]因此，從分析林泠詩作的語言特質與風格形成出發，將有助於我們重新思考「現代詩」這樣的名詞，了解所謂「現代詩」並不只是和「古典詩」相對舉的觀念，而代表了一種文體典範的形成與確定。

二、「我」的塑形與內容

　　楊牧推崇林泠早期的愛情詩作具有「抒情詩的矜持」[10]，鍾玲也稱許林泠詩中的少女情懷，並認為除了楊牧所舉出的矜持婉約之外，「在表面的溫婉語調背後，多隱藏強烈的情緒」。[11]無論文字風格的矜持，或內在潛藏殘酷、激切的現實與情緒，都肯定了林泠「抒情詩」的風格。參考 M. H. Abrams 的界定：

> 抒情詩（Lyric）可以說是任何的短詩（short poem），由一個單一發言者

---

[8]鍾玲，《現代中國繆司——臺灣女詩人作品析論》（臺北：聯經出版公司，1989 年），頁 61。
[9]馬莊穆，〈現代的抒情——兼評詩人林泠〉，《聯合報·副刊》，原刊於 1982 年 5 月 24 日，8 版；收入《林泠詩集》，三版（臺北：洪範書店，2001 年），頁 184。
[10]楊牧，〈林泠的詩〉，收入《林泠詩集》，頁 8～9。
[11]鍾玲，《現代中國繆司——臺灣女詩人作品析論》，頁 156。

（a single speaker）表達（express）心靈的陳述（a state of mind）或知
覺、思想、感覺進程（a process of perception, thought, feeling）的言詞所組
成；許多抒情詩的發言者都被描寫為在孤獨中沉思（musing in
solitude）。[12]

我們可以歸納出幾個方向，作為思考林泠詩中抒情性質的切入點：其一，
在詩中作為「發言者」的「我」，具備何種特質，如何發聲？這都涉及
「我」的形象與定位。其二，「我」所陳述的內容為何？也就是所謂「心
靈的陳述」或「知覺、思想、感覺進程」的表達。其三，「表達」
（express）進一步可以引發出「表現」（expression）的問題，亦即經過發
言者表達之後，呈現在讀者面前的美學結構、內涵。其四，發言者的傾訴
與表達，是處於何種時空情境？「在孤獨中沉思」展現出的詩人之孤獨，
除了「我」的單一、遠離世人之外，應該還有另一層涵義，發言者必須面
對沒有了他人、只有自己的那個宇宙。而以上四個切入點，又都統攝於一
個先決條件之下：這必須是一首「短詩」；「短」不盡然是字數的限制，
而更應該是一種細膩卻不失精緻的要求。

　　本文將上述問題分為兩大部分：第一部分討論林泠詩中「我」的形象
與所表達的實質內容，也就是 who 和 what；第二部分則觀察「我」如何表
達／表現自己，又呈現出什麼樣的時空感受，亦即 how、when 與 where。

（一）Who：自我的銘刻與定位

　　誠如楊牧與鍾玲所云，《林泠詩集》中確實呈現了一個典雅矜持的少
女，以「私我神話」陳述隱約朦朧的情懷，在真摯率性地流露之上加以含
蓄的暗喻，遂絕不晦澀勉強。[13]值得注意的是，這個少女之「我」的原初如
何定位？在定位之後又面臨幾次成長，包括 1980 年代與 20、21 世紀之交

---

[12]M. H. Abrams, *A Glossary of Literary Terms, seventh edition*（Orlando: Harcourt Brace College
Publishers, 1999），p.146。（中文為筆者所譯）
[13]楊牧，〈林泠的詩〉，收入《林泠詩集》，頁 4。。

的作品，其中的「我」都不再是最初的自己，由彼至此，林泠如何轉折？

　　林泠的作品其實分為三個階段，在《林泠詩集》中包括 1950 年代與 1960 年代之後至 1980 年代初期的作品，前者與林泠參與現代派的活動約略同時，後者則已遲至林泠出國讀書、工作之後。第三個階段則是 90 年代末與 21 世紀初期的作品，落筆之前已經過漫長歲月的醞釀。其間變化最明顯者，當屬她對「自我」的看法與著意程度。在第一個階段，詩作如〈不繫之舟〉、〈雲的自剖〉、〈撞鐘人〉、〈心〉、散文詩〈無花果〉等，都是一種自我象喻，透過詩描塑自我的形貌。無論輕舟流雲，這些意象作為自我的象徵，都呈現了輕盈、寂寞、恬靜的特質。例如廣受討論的〈不繫之舟〉：

　　　　沒有甚麼使我停留
　　　　──除了目的
　　　　縱然岸旁有玫瑰，有綠蔭，有寧靜的港灣
　　　　我是不繫之舟

　　　　也許有一天
　　　　太空的遨遊使我疲倦
　　　　在一個五月燃著火焰的黃昏
　　　　我醒了
　　　　　　海也醒了
　　　　人間與我又重新有了關聯
　　　　我將悄悄自無涯返回有涯，然後
　　　　再悄悄離去

　　　　啊，也許有一天──
　　　　意志是我，不繫之舟是我

縱然沒有智慧

沒有繩索和帆桅

詩中的「我」是一葉遨遊太空的小舟，沿途的玫瑰、綠蔭、港灣等可以依靠、相守的伴侶都不能讓它停佇，它耽留於無涯的太空，少數的有涯之地也是廣大的海洋，同時，小舟的往來始終在「悄悄」中進行，彷彿處於一個既無邊際、又無音聲的空闊世界。貫串全詩三段的是「沒有」、「除了」、「縱然」、「也許」等否定、猶疑的詞彙，相對於此的是「我是不繫之舟」的堅決。「不繫之舟」作為「我」的隱喻，通常帶來漂泊無依的印象，尤其與宇宙的流浪並置，更難以具備堅實的存在感。然而，林泠筆下的「不繫之舟」雖然輕巧柔弱，卻與眾多帶有否定意涵的語句共存，襯托出「我」在沒有智慧、繩索、帆桅之際，並未陷入無所適從的徬徨、茫然，反而更加篤定地確認了「意志是我，不繫之舟是我」的自我認知。作為一葉不繫之舟，「我」是有所選擇的，並且在各種可能的疑問包圍裡做了這樣的選擇。

　　另外，〈雲的自剖〉則在輕盈流動之中，兼有一份纏綿迴盪的憂傷。這首詩以「降生於太陽的故居／海洋是青塚，如同天上小小的隕石／夜歸的漁火是憑弔者的淚滴」自明身世，在描述景物中容納主觀的情感，例如「故居」、「青塚」、「憑弔者的眼淚」，看似形象化的客觀敘述，其實已融入生死有無之際的飄忽之感。同時，又藉著「我常常想起，想起」強化回想、追憶動作的反覆再三，寫出自我的形象：

多年前，有個愛穿紅衫的女孩

徐行過人間：

　以霧的姿態

　　雨的節奏

　　流泉的旋律

> 而她隨手撒落的火焰與雪花
> 便形成了赤道和南北極

以「多年前愛穿紅衫的女孩」寫彤雲，從容不迫地徐行人間，然而這已是
「多年前」的事情，徐行中已化成雨霧和流水，消融在整個世界之中。林
泠不但以美麗的彤雲、彩雲詮釋自我，「以霧的姿態／雨的節奏／流泉的
旋律」三行，亦準確地把握物象，無論霧的朦朧姿態、雨聲滴瀝的節奏、
泉水流動的淙淙旋律，都是一種始終保持在變動的狀態、又唯美輕巧的少
女形象，火焰與雪花則以雷電、風雪比喻少女鮮明的情感波動，為「我」
的外在與內在情狀賦予具有流動感、變化感的語言節奏。這是詩歌內容與
形式的精緻結合：既透過隱喻使自我成為一個可供觀照的物象，又在語言
節奏上符合了這個物象的特性。

　　除了上述兩首詩，〈無花果〉也是將自我轉化為物象，加以描摹，勾
勒出一個清晰的形象。不論是小舟、彤雲，或是「一株多麼沉鬱的，蒼灰
色的」無花果樹，都顯示這個時期的林泠熱衷於自我的凝視與陳述，
「我」是在自己專注的眼光中慢慢成形，就像〈無花果〉中所述：「我試
著用眼睛，用心靈，在那兀立的枝枒上尋覓著生命神聖的烙印」。「我」
的形象是單一的、具有統一性的，雖然有時間的流轉變遷，「我」卻不會
因此而歧出、矛盾，安穩地作為視野中唯一且神聖的影像。這個影像也許
飄浮在宇宙時空之中，也許翻手為雲、覆手為雨地變幻，也許靜立園中、
「不經意地」面對「奔忙在它周遭的，答答的蹄聲」，然而包圍著它的一
切都不能改變它，「我」的存在自今以往都不受任何外力牽動，我就是
我，既是絕對的孤獨，又是絕對的崇高。就此而言，林泠把「我」固定下
來，其意義不僅在於固定為一個特定的形象，還透過固定的動作銘刻自
我，使其成為永恆。

　　這樣的自我凝視還有另一種變形，不以「我」為詩中的具體物象，而
將我融入或放置在物象中，「我」與外物的關係雖不明顯，但兩者之間確

有相似之處。例如〈散場以後〉的「我」是散場的「他們」之中的一員，和他們一樣，是「冰冷的液體，帶著氾濫的狂熱／從一堆熔解的雪塊溢出來」，自我成為氾濫流溢的黑暗、寒冷之中渺小的「一滴」。再如〈崖上〉：

> 聽說這是個古跡，我來到這裡
> 別說我是唐突的客人，邀請我的
> 是那默然立著的岩石，這兒的主人
> 和
> 不占空間也沒有重量的微塵
> ——我們同是被人間忽略的
> 因此，我不寂寞，當我造訪于崖上
> 當我知道，我還有我的夥伴——
> 我們同是被人間忽略的

就詩題來看，「崖」本來是自然景物，第一句卻將崖上定義為傳說中的「古跡」：這是以人類的時間所做的框限，將自然人為化、文明化，成為一個消逝了的文明。又因為文明已經消逝、風化為「古跡」，所以「崖上」又回到自然之中。自然與文明的多重轉折，為視線中的景物增添滄桑的時間感。「別說」與「邀請」二詞指向一種積極、有對象的動作，發出動作的卻是「默然立著的岩石」和「不占空間也沒有重量的微塵」，無聲無息，也沒有具體的存在感，所經歷的時間都被抹除。第一段最後一句才補述「我」與外物的共同點：「——我們同是被人間忽略的」，在破折號之後的說明雖然以不同於其他各行的結構明確點出意旨，卻使此一意旨的分量減輕，不至於過分率直，成為一聲幽幽的嘆息。從這一句輕描淡寫的嘆息，轉入第二段，著力於「我」與自然的共同點，都在長久的時間裡為人間所忽略，靜默、縹緲，與之對照的人間則沒有懸崖的高度，有體積、

有重量，喧譁而短暫。「崖上」是一個具有高度的物象，「我」所具備的
共同點使「我」也同時提升到懸崖的高度，就主詞的使用來看，「我」和
「崖」並不是同一的，「崖」不是自我的直接比喻，然而自我卻因為放置
在崖上而無形地均霑了崖的崇高和永恆：此亦為凝固與銘刻自我的方式。

　　從凝視自我到凝固與銘刻自我，反映出早期林泠關切的，就是「自
我」一事。此時的「我」並不是人間社會裡一個明確的成員，其形象總是
化身為自然事物，或者與自然事物相融，縱使在〈散場以後〉成為人潮的
一部分，這個消散的人潮畢竟還是淡入無邊無際的黑暗之中。然而，過了
此一時期，林泠在 1960 年代創作量大幅減少，少數作品也都在 1980 年代
修改後才發表，人生的轉折遂使她對自我的態度隨之改變。例如〈彩衣
──一九六九夜訪善導寺〉與〈南京東路微醒〉，都透露出林泠不同於以
往之處。

　　〈彩衣〉一詩的主角為「踏著碎夢回家」的孫女，對生命的檢視如同
「她的濕衣／那怎麼也拭不去的／三月夜的微雨」，在這綺麗而又哀傷的
青春歲月，卻做出清楚的選擇與決斷：「她的靈魂／需要／一襲彩衣」，
她要「春秋的陽光疊置」，要「六季的閩漆映襯」，相信棺木是死亡唯一
的伴侶，不相信靈魂可以容盛在任何物質之中。這個抉擇並不是憑空而
來，而是透過與外婆的對比，因為看到外婆終年在寺廟中祈禱，「向清蕭
的四壁」、「向虛無索取／保證」。全詩以一種客觀論定的語氣開頭：

　　成年後的
　　第一個誓言
　　　　是永不
　　那樣輕易地置信
　　　　且滔滔地辨證
　　一切形質的
　　不可容盛

這個結論同時針對祖孫二人。就詩中脈絡來說，這一段開頭說明了孫女眼中外婆的祈禱，是輕易置信且滔滔辨證著形質的容盛與否，而產生截然不同的觀點。同時，又是夜訪善導寺的「我」看著祖孫二人的巨大差異，明白了自己的位置，不能從外婆的立場看孫女，而必須了解孫女自己的選擇。從觀察祖孫二人發展出自己的人生態度，可以發現，林泠詩中的「我」已經離開原來杳無人煙的世界，而逐漸走到人群之中，透過對他人的凝視尋找自己的位置。

〈南京東路微醒〉則藉著友人在自己醉後的扶持，檢視自我的固執或內容，當「他們用七隻手／攬住／我的肩——說：／這樣的顛躓／還是，還是不要／感染給街心吧」，接著以各句的行高起伏交錯呈現「顛躓」之感，彷彿「我」又與外物融合為一，然而最後一段卻回到朋友之間：

還不如——還不如就站著

就這樣

靜靜地接過

那重量，來自七隻手的

阻隔；而不抵抗——

而不

堅持著使用

我熟知的，以一整個少年

（抑是童年？）

學會的伎倆。而不猜度

（我多愛猜度）

一切狂暴的或然

溫柔的阻隔

那重量……有多少成分

是屬於非靈魂的

「我」不再堅持自己的理解與詮釋方式，而把自己交付在朋友的七隻手中，透過朋友支持的力量，安放自己的位置，並確定自己的生命重量。

上述例子說明了林泠從自我塑形轉變到自我定位，具體的表現方式是從凝視自我轉向觀察他人。這個變化到了 1990 年代末與本世紀初期更為明確，新作結集為《在植物與幽靈之間》，扉頁已點明其出處，來自尼采的定義：「人，是植物和幽靈的合體」。[14] 書名即舉出兩個焦點：其一，林泠所關心者為「人」；其二，人既是植物與幽靈的合體，則透顯出人與外物之間的相感關係。[15] 集中的「我」往往處於面對他人、與他人之間存在著某種情感鏈結的狀態：〈與頑石鑄情〉的「頑石」彷彿仍是自我的象喻符號，但頑石乃是父親撿來，是在對父親的懷念中看到了自己；〈搖籃〉和〈給女兒的詩〉處理的是「我」與母親、與女兒的互動，以及從中引發的人生體悟；〈逃亡列車〉從旅行途中的友伴連結到自己的生命歷程；〈烏托邦的變奏〉從朋友的子女即將成婚思考自己的女性身分、女性的命運；〈墮馬的王子〉展現出親人之間心照不宣的關懷、默契，以及對生命的詮釋；〈魚家〉由與販魚婦人的對話追溯故鄉與生命，終歸不可辨認；〈南婦吟〉更以虛構的戲劇獨白自我解嘲，從與丈夫的差異中開展出「我」的故里情懷。此時已經鮮少見到林泠針對自我，進行專注地凝視或說明，而頻繁地把自我放在人際關係裡，是因為人與人的互動才確認了自我之所在，以及自我的情感內涵。

例如〈與頑石鑄情〉首段舉出：「小時候最珍貴的寶藏／是一枚　拇指大小／十四面斜方的／鹽。」這一尋常渺小的「淺灰的晶體」何以能成為珍貴的寶藏？原因在於它「來自黑山白水的母域」。另一塊韶石的碎片則是「我父親撿來」，二者並舉，則對於石頭的珍惜愛戀，無非源於對父母的情感投射。詩中描述韶石：

---

[14] 林泠，〈後記〉，《在植物與幽靈之間》（臺北：洪範書店，2003 年），頁 155。
[15] 這一點將於下節討論，此處先論其一。

……

我父親捎來　自一多石

而瑰譎的過往；在雨中
那石片嵌白的靛藍
竟像是初染——不只一次
我揣想著
它美的均衡
錦屏似的最初；以及

曾經蒙茸其上的
苔蘚與花木。另一些
關於岩石的身世
我也微微
聽說：從風的耳語
山的崩裂　驚濤的拍擊

自父親的石頭，對「我」而言，當然是自己的根源，是生命的最初與開啟，想像石頭的故事就等於想像父親的過往。兒女以為一出生所見的父親，便是父親原來的模樣，以為父親從古至今都以此一模樣存在，事實卻非如此：他也經歷了時間，像苔蘚、花木般蒙茸覆蓋。父親的過去縱使來自風的耳語、山的崩裂、驚濤的拍擊等強悍威猛的力量，對兒女而言都只是「微微聽說」，這是因為父親與「我」的關係塑造了「我」眼中的「父親」。因此，林泠以大量的敘述、鋪陳，說明石頭可能遭遇過的一切：「它怎樣被逐出／在地心狂亂的一刻／而淪落為海床與峭壁」，此後不斷撞擊、琢磨、侵蝕、蛻變，榴紅藍青等強烈的色彩變化，最後都留下為：

> 烈焰濾過的顏色
> 　　冷卻的顏色
> 是焚情與堅貞：心的
> 孤獨的顏色。　那人
> 已在半世紀前的凌晨
> 離去。

因此，開頭「嵌白的靛藍」是靜定的色彩，其實已經過一番淬煉洗磨，此一漫長又輾轉的歷程，完成了父親的「焚情與堅貞」，成為「心的／孤獨的顏色」。林泠仍採用以往即物喻人的模式，然而敘述的重心從首段的「我」轉移到父親，因此，「我」就與父親共同擁有時間的淬煉。這首詩從「我」出發，寫我所喜愛的石頭與這一份喜愛之情，轉移到石頭和父親的隱喻關係，將「我」的生命融攝於父親的生命之中。最後結束於父親的逝世，不但解釋了自己對石頭的眷戀乃因為父親不復得見，同時隱隱回歸到詩的起點：接下來是「我」的生命在延續，「我」在往後的日子裡追憶父親、想像父親，這枚石頭也就成為「我」與父親的聯繫，曾經是父親的隱喻，也將是「我」的隱喻。

　　除了以親人為自我定位，林泠也從萍水相逢的旅客身上找到自己的位置。〈逃亡列車〉是林泠「在鐵幕瓦解以後，以九天時間走了七個鐵幕國家，經過所有從前的逃亡管道」而作[16]，途中遇到來自安答‧路西亞的陌生旅客，在描寫這名旅客的同時，將此刻模擬的逃亡與歷史上的逃亡相連。對方的先人「曾沿著唐吉柯德的小徑／追尋那七具風車的指引」，至於「我」，則來自「滄浪以南的水域／屬於野薺餵大的／善於遷徙的人家──善於／追逐和逃亡：我族類的箴言／回歸即是出發。」文學上的追尋

---

[16] 林泠主持，〈現代詩 40 週年座談系列──面對詩人零雨‧鴻鴻‧陳克華〉，《現代詩》季刊，復刊第 22 期，頁 40。

旅程，與歷史上的流亡遷徙，都因為這一趟「逃亡列車」而成為可以了解、想像的真實。逃亡列車就像通往不可知的未來，所以唐吉柯德的後裔與逃亡追逐一族相會在同一個月臺：「沒人確知下一站的城鎮／甚至國度；祇是／吆喝的聲音一直變著／在閃金的，邊警制服的銅釘上」，此時的「我」彷彿融入龐大的歷史、無所不在的逃亡中，因而從明確的人我之別裡逐漸泯滅：「我們的面目逐漸扭曲，而淡去。」林泠更描寫人與人的遇合：

> 他強勁的手和臉龐。那是
> 曾觸過眾多危險的手掌
> 我想，是斷過鋼鐵
> 也碎過瓦礫的……而此時
> 卻驟然地輕柔了，當他
> 拂拭著窗鏡的右側，水霧裡
> 我迷濛的眼
> 和面頰的弧線

背負著不同卻又相似的過去，兩個陌生的旅人憑藉著車窗的倒影而觸及彼此、觸及過去。這樣的關係是既虛幻又真實的，在同一節車廂、經過同一個月臺，透過鏡中影像互相接觸，影像之外的「我」則看著這個接觸的畫面。在這樣的詩中，「我」和陌生的旅客都成為被凝視的角色，「我」也就不是固著的單一形象；一旦「所有的地名都含著奇異的音節／像是另一時空的詮釋」，「我」遂隨之變化，「我」的童年可以「一遍遍地重複，以不同的聲音」呼喚。相較於在親人中找到自己的位置，這首詩則讓我們發現，一旦「我」投入陌生的空間、遇到陌生的旅客，連童年都可以婉轉多姿，富有多重音聲的可能。

更能看出林泠的變化的作品可能是〈南婦吟〉，詩前有引子：

> 有時候，對自己最深刻的眷戀，唯有用一份輕嘲才能紓解；這首詩，就
> 是我對故鄉一份最溫柔親暱的嘲弄。自然，詩中的故事和人物都是杜撰
> 的。

由此可見，「南婦」是林泠為自己在詩中設計的身分，是以地域
（南）為標誌，並展現出與其地域相符的特質。看來應與早期的自我
凝視與塑形相似，然而林泠透過虛構的人物、嘲弄的語氣，將「我」
從早期的物象中解放出來，還原到一份生活的質感裡。詩中虛構了
「隴西貴冑的夫婿」，嗤笑著南婦的鄉音，由語音一項已經可以看出
林泠將「我」安置在故鄉中，安置在一份不可逃避的命運中，既是與
生俱來的，又兼具了後天的文化教養。相較於可以用晚霞、仰韶彩陶
印證生活原則的夫婿，「我」穿著不適宜的黑色香雲紗、苦楝樹木
屐，更加顯出南方故鄉的梟鬥不斷，獷悍、孱弱、又貧瘠。丈夫調笑
的言詞不但突出了「我」的言語特色和家族環境，同時說明了「我」
之所以為「我」不可磨滅的事實，這樣的「我」與早期空靈唯美的少
女相比，無疑更具有現實所烘托出來的戲劇性張力。最後一段更是直
接以「我」的臉龐聯繫故鄉：

> 於是我就解說
> 幾乎是囁嚅地
> 印證；用我的顏面
> 一整個支離縱橫的
>
> 流域。

南婦無法以文化傳統印證生活原則，她所擁有的只有自己的眼淚、語音，
以此印證一方流域的苦難和委屈。兩者相比，貴冑夫婿以文化遺產和自然

物象相印證，南婦以「我的顏面」、「血脈的淤積」印證，「我」的定位不言可喻：「我」不再是外在物象與物象的經營塑造，而是以本然的肉身、原初的土地為依據。

因此，此處可以進一步說明，林泠近期詩作中的「我」，以及與「我」有關的他人，鮮少以外物所構成的意象呈現，絕大多數都安置在彼此的互動中，安置在具體的空間中，或者說，安置在日常生活中。前引〈與頑石鑄情〉由頑石父親、「我」，其展開卻是經過一顆石頭在自然界中實際的經歷，並結合了首段的「鹽」與「父親捎來」的生活感。其他像〈烏托邦的變奏〉藉著生兒育女的規訓襯托出「我」由「無托邦」到「父托邦‧夫托邦」的生活轉折和自覺批判，〈魚家〉以市場對談引發自我的追尋與落空的悵惘，〈南婦吟〉亦將語音、服裝化為自我形象的表徵。凡此種種，無不說明林泠對「我」的觀看方式與角度已有不同，「我」成為生活的一部分，是因為生活中的諸多網絡、關係而確認了「我」的位置。

於是，林泠從為自我塑形、銘刻到為自我定位，所堅持的基本性質即由「我」的模樣、「我」看來如何，轉變為「我」在哪裡、「我」從何而來、「我」如何是「我」；而從將自我化為可凝視的物象，到將自我視為人間的眾多分子之一，則是把「我」從一個凝固不動的、幾乎成為客體的主體，轉化為一個相對的主體，流動變幻、隨事現形。

（二）What：愛情與人情

當然，林泠詩中並不是只有「我」和親人，即使在 1950 年代詩作中也不斷出現「你」或「他」。從這個「他者」切入，也可以發現林泠對自我的塑造和定位，然而此處更鮮明的還是「我」與「他者」的愛情，以及「我」面對愛情的態度、在愛情事件中為自己陳述、表白的行動。

早期林泠以愛情題材聞名，諸如〈一張明信片‧一九五五年〉、〈叩關的人〉、〈阡陌〉、〈菩提樹〉、〈微悟〉、〈雪地上〉等都是知名的情詩。這些詩作都有一個特定的對象，楊牧認為這是林泠抒情詩的矜持

處，「專心地對著特定的另外一個人，認真虔誠地訴說著」[17]，鍾玲則歸納出「矜持少女與不羈浪子的愛情故事成為她最重要的母題」。[18]這樣專一、矜持的愛情，朝向一名不羈的浪子，使得本該圓融自足的情感世界打開一個缺口，詩中的「他」或「你」雖然明確可辨，然而其漂泊不定，仍然讓愛情無所依歸，也使詩中充盈著無可奈何的失落之感。例如〈一張明信片・一九五五年〉：

> 十一個字　和一個句點
> 在你匆匆的揮就中
> 被投擲於　我平敘的生涯裡
> 它是詮釋著命運的　而且
> 是用虛線連綴著……
> 在我高築的城垛之上
> 憂鬱　便架起雲梯
> 翻身降落

明信片被匆匆揮就，是來自「你」的流浪途中，相對於「我」穩定且規律的「平敘的生涯」，「你」就成為一個不可測度的強大外力，充滿了命運的種種暗示與線索。而「我」高築的城垛則是自我的封閉、固定、隔絕，既是矜持也是保護，畢竟抵擋不了明信片上「你」匆匆揮就的「十一個字」和「一個句點」，於是，明信片飄落的形象就轉化成憂鬱的降臨，「架起雲梯／翻身降落」，如此輕盈、瀟灑，卻承載了命運。

又如〈叩關的人〉，也運用固定的城池寫「我」，以往來的行者寫「你」，藉著兩者的差異呈顯這份愛情帶來的衝擊：

---

[17]楊牧，〈林泠的詩〉，收入《林泠詩集》，頁8~9。
[18]鍾玲，《現代中國繆司——臺灣女詩人作品析論》，頁161。

叩關的人

沒有在城樓下停留

叩關的人，穿戴玄色的衿衣

手揚著馬鞭，向裡，遙遙張望

每一方門牆都緊鎖了，祇有

東城的，銀鬚的看守者打盹

用回憶底眼，打量遠方的來人

叩關的人

沒有在城樓下停留

他是，永不落籍於任何所在的

馬蹄無聲。那長長的鞭啊

──在他離去的時候──

竟使一向無霧的城池，滿布了沙塵

叩關人遺下枯枝

和殘爐，於城外的林莽

它們迎風飛起，降落

在泥土中安息，隨著失去重量

而安息的夢是不會有的

在那叩關人的行囊

「我」處於一種孤絕的狀態，門牆緊鎖，經歷過長久的歲月，排拒他人的接近與進入，只以回憶度日，從對往事的沉思對來者進行測度、理解與詮釋。然而叩關人也沒有堅持靠近，他只是「向裡，遙遙張望」，隨即揮鞭離去。微妙的是，叩關人的張望並沒有獲得回應，他的離去卻讓「一向無霧的城池」「滿布了沙塵」。對「我」而言，正是這個來者、他者的難以揣測、不可羈縻引發自我內在的騷動。最後一段寫「我」對「他」的論評，

看似客觀地敘述叩關人在「城外」留下滄桑的痕跡，那些枯枝、殘燼飛揚飄颻，失去重量，呈現出揹負了許多往事的叩關人只能放下往事，讓往事沉睡安息，自己繼續流浪的命運；然而，對照第二段中「我」的內在騷動，可以發現「沙塵」與隨風起落的灰燼在本質上的相似，「我」已經將叩關人的故事納入城中，成為叩關人安放過往的所在。

「城」是林泠早期慣用的意象，不但以一系列「四方城」自喻，並且都為這些內在城池賦予一貫的矜持特質：高聳、孤絕、固定、包容。愛情中的「我」也如同「城」一般矜持內斂，不能主動出擊，總是被動等待，而且可以承受時間漫長的推移。當林泠直接寫自我形象時，往往選擇輕舟、流雲等縹緲美麗的物象，一旦描寫「我」與「他」的愛情，則「我」都成為堅定不移的城牆，容納兩人殘餘的回憶，久久等待對方的到來。因此，正如楊牧所指出的，「城是矜持的象徵，而矜持乃是抒情詩的基礎神采；城不是禁錮」[19]，我們更可以說，把自我化為一座「城」乃是針對「我」所關切的愛情而發，是要陳述自己為愛情執著、包容與等待的意願。如果就少女的矜持、等待，浪子、叩關人如賭徒般任意索求或來去而言，確實反映出林泠筆下的女性在愛情關係中，始終以男性為歸宿，「自視為男性的『他者』」[20]，然而仔細考量，可以發現叩關人或浪子越是漂泊流浪，越加彰顯的不是「我」等待的痛苦絕望等等情緒，反而是「我」堅定高卓的愛情品質。

除此之外，林泠筆下的愛情也有另外一個殘酷冷肅的面目，強調「我」的付出和給予。最明顯的是〈微悟──為一個賭徒而寫〉：

在你的胸臆，蒙的卡羅的夜啊

　我愛的那人正烤著火

---

[19] 楊牧，〈林泠的詩〉，收入《林泠詩集》，頁 13。
[20] 李癸雲，《朦朧、清明與流動──論臺灣現代女性詩作中的女性主體》，頁 127。

　　　　　他拾來的松枝不夠燃燒，蒙的卡羅的夜

　　　　　　　他要去了我的髮

　　　　　　　　　我的脊骨……

以「蒙的卡羅的夜」寫愛情的賭局，「我愛的那人」是一名賭徒，希望給予的少、而獲得的多，以他在夜裡烤火寫出狂放激昂的形象。然而就像賭局一樣，他所能付出的愛已經燃燒殆盡，於是「要去了我的髮／我的脊骨」，將「我」的身體的一部分形象化，頭髮與脊骨都可以聯想為燃燒的柴草，於是「我」成為這樁愛情故事裡的燃料。這首詩把愛情詮釋為一場賭博遊戲，往往輸多勝少，愛情中的雙方投下資本、試圖延續熱度，然而「他」投下的是「拾來的松枝」，「我」則以自己的肉身為賭注。和林泠其他情詩相比，〈微悟〉顯得相當特殊，營造出的不是早春的三月夜、也不是空靈澄澈的阡陌，而是火焰熊熊燃燒的賭徒之夜。「我」從矜持、包容轉為犧牲、奉獻，彷彿是愛情的祭品。但此詩的微妙處在題目是「微悟」而非「徹悟」，縱使明白愛情是一團有去無回的焰火，「我」仍然抱持希望，這也許不是真正的答案，「我」只是隱約有所覺察。因此，最後兩行「他要去了我的髮／我的脊骨……」中的刪節號就頗堪玩味，一方面形成「他」的索求將永無休止的淒厲之感，另一方面也說明了「我」仍將持續供應溫暖、供應愛情。

　　再如〈雪地上〉，與〈微悟〉正好相反，是以一個冰冷雪白的世界寫愛情，全詩的主線在「我靜靜仰臥著，在雪地上。／雪地上／那瞠瞠的銀色是戀的白骨。」「我」是雪地之下的泥土、溶化的水珠，在冰封的世界裡等待，「收集你的足印」；而「你」則是來來去去的旅人，遺忘了冰封的激情和冷冽，從第一段「悠悠地踱踱，踱碟」到「喜愛踐踏」，「帶著長銹的冰刀來到」。詩中的情感也近似「微悟」的狀態，「我」已經察覺自己是處於被動、承受傷害的一方，卻仍然念念不忘於彼此的感情。

　　像〈微悟〉和〈雪地上〉的例子在林泠詩作中並不多見，無論是黑夜

之火，或是一片荒涼的冰白世界，所運用的顏色都相當極端、徹底。而對照詩中那一份「不徹底」的情感，我們可以發現林泠情詩的張力所在。其他詩作如「四方城」系列的矜持、寧靜，是寫出「我」對愛情的貞定與執著，而這兩首詩則傳達了「我」的愛情強度。兩種風格的對比有助於展開林泠詩中的「我」所表達的愛情：既是堅忍持久的，又是一觸即發的；既是一種穩定矜持的等待，又是一份激烈強大的投入。

　　1980 年代之後，林泠的愛情主題已經消退。《在植物與幽靈之間》收錄兩首討論愛情的詩：〈史前的事件〉和〈象形文字〉，處理方式已經大不相同，以高度冷靜、旁觀的思維辨證「說明」愛情。〈史前的事件〉首段直接點出：

　　愛情絕然是
　　一樁史前的事件。幾乎
　　我能肯定它的發生
　　在燧石取火之前

接著以燧人氏、神農氏的神話、地球形成、冰河融化、宇宙星系誕生、洪水中的諾亞方舟等事件強調，愛情在這一切之前。除了說明愛情原始、本能的一面，也藉著這些歷史傳說詮釋愛情：像燧人氏取火，燃燒「軀體與魂魄」；像神農氏耕植「細細地犂，深深地耡」，「是近乎寫意地臨摹」；又像地球與宇宙的各種變動，帶來「沸騰／枯竭、動盪與割裂」。結尾則為「這樣匆匆地就開始了／／一樁來生的事件。」使得愛情除了作為「史前事件」的久遠之外，兼有始終匆匆展開、無從準備的猝不及防，所有的燃燒、養護、動盪都必須在瞬間承擔，並且延續到來生。林泠在 21 世紀寫下這首詩，仍然相信愛情的力量，卻不再把「我」安置其中。「我」成為旁觀的敘述者，援引各種比喻以說明愛情的性質，這些比喻都是知性的，其中不含任何個人因素或私語。

　　〈象形文字〉的自我抽離更加明顯，「你」、「我」、「他」都不再
是早期情詩中的特定對象，他們不再擔負表達情感、面對事件的任務，被
化約成最單純的發話者與接收者：

　　這個「愛」字　是全然看不出
　　它底　「生」「殺」「予」「奪」的原形
　　甚至不像是
　　一個願意揹負受詞的

　　動詞；在它層層覆蓋的
　　贅重之下　有隱現的暗流橫過
　　宮宇　（啊　我們稱它作倫理
　　絕不說功利）　而緊繫在深處的

　　是一筆部首模樣的殘體　所謂的
　　「心」　解剖學上的索隱
　　你或能自古書中查出
　　它最初的寓意　它底

　　極其短促的化石之過程
　　倉皇的行色　那「心」從熾熱
　　至冷卻至卒然的
　　凝聚：優生學家詭密的設計

　　而最美麗的兌殘　該歸於
　　這「夊」的結尾
　　那欲隱的峰巒和欲現的邊夐

　　豈不　正是泰山與鴻毛的模擬？

詩中以拆解「愛」字的形構凸顯「愛」的涵義與變化，對每一個細部的描繪分別加上帶有普遍性的詮釋、理性思維的運作。例如，以「生殺予奪的原形」說明愛的力量所可能招致的結果，強調它是動詞卻不願意擔負受詞，因而顯得可疑；「愛」字中的「心」其實是「優生學家詭密的設計」，由熱而冷，遭受些微傷害即轉瞬為石頭，因為所經歷的形色倉皇使之逐漸硬化為「部首模樣的殘體」。

　　僅僅由這兩首「情詩」來看，就發現林泠處理愛情題材不再是「抒情」的詩，而是「論情」的詩，由「抒」到「論」，說明了自我位置的轉移，詩人把詩中的「我」抽離到一定的距離之外，並放棄了「我」的個人腔調。比對《在植物與幽靈之間》的其他詩作，情詩幾不可見，而以生活之感占據較大比重。所謂「生活」，包括在「我」身邊的「我們」的生活、「我」不相識的「他們」的生活，跨越時間和空間，亦即把握了最基本的「人」的生活。

　　前文曾經討論過林泠逐漸將自我安置於日常的人際關係之間，〈與頑石鑄情〉、〈烏托邦的變奏〉等皆為例證。結合這個看法，觀察林泠在世紀之交的作品，「我」不再針對愛情娓娓道來，自我的處境和重心與愛情漸行漸遠，把自己的「涉入逐漸拉開、拉遠、拉高，容許自己以更寬廣的角度來透視人文或自然的外界」。[21]因此，她論辯血緣的基礎（〈血緣〉），質疑達爾文對人類生殖行為的定義（〈單性論〉），思考「共和國」的嬗變（〈網路共和國〉）……等等，都是以思維過程展開、呈示自我的人生觀照。因為是「我」的人生觀照，所以彷彿還有「我」的痕跡，但是此一痕跡已經經過高度的控制和收斂。

　　即以〈網路共和國〉為例，著眼點在於當下的文化情境，一個嶄新的

---

[21]林泠，〈後記〉，《在植物與幽靈之間》，頁154。

時代／世代經由網路成立、繁榮，那麼，人類的生存之處究竟何在？首段即大幅拉開時空的距離，以數千年前哲人伯（柏）拉圖的角度觀照當下：

> 伯拉圖會怎麼說
>
> 對我們的共和國？
>
> 那投票，納稅，蓋章如儀的──
>
> 它雄辯的終曲永遠
>
> 休止於干戈；或者
>
> 對另一處
>
> 疑似真實的領土
>
> 它的子民
>
> 已陸續落了籍
>
> 在網上無疆的安那其

因為揣想「伯拉圖會怎麼說」，而將族群、共同體的變化放大為歷史的轉折或更新，詩中對網路時代頗多描述，諸如「邊界的消弭／距離的死亡」、「浮游在衝浪裡的一關／擬似空冥的城邦」；說明網路使用者是智者、是武士、亦是子民，不但打破昔日「共和國」裡的身分差異，亦且可以自由扮演、變裝；網路中的知識「是甲冑亦是劍鋩」等等。然而一旦把「瞬息萬千」放在千年之前的哲人眼中，又會成為什麼面貌？此處林泠展現出思維辯證的力量，不僅僅是以哲理化的敘述描摹眼前的世界，同時將時間極遠與極近、生活步調極緩與極速的兩端相互融攝、觀照。在這個「嶄新的／訊息的競技場」，「財富及權力／被賦以新的定義」，世界經過重組，「或許我們將不再穴居」，都是光明美好的期待。然而隨即轉為「或許依然──／祇是更換了較輕的鎖鏈／在螢蠹與滑鼠共棲的洞底」，把前數行平實的敘述語一舉帶入一個幽黯茫昧的狹窄空間中。

　　人類走進無遠弗屆的網路空間，訊息的搜尋與傳遞都更加龐大快速，

彷彿整個世界都在自己手中流動，然而，困坐電腦桌的人們其實也等於落入更擁擠、閉塞的小空間。林泠從中覓得人類的共相：

　　而那仰望卻是相彿的：恆然

　　向上——靈魂

　　和手臂的方向。或許

　　我們毋需攀緣

　　那長梯陡峭的全程

　　向不可企及的正義，美，與真理

　　而臆想穴外的雲光自網上

　　且謙卑地進行

　　另一種摹擬：不完美的

　　有涯，一如赫拉克利圖的逝水

　　將時間釋放——自季節，時鐘

　　與輪迴。我們

　　這兒那兒的活著

　　不時出入幽微的閃爍

　　他們說：「自然」，或將遜位

　　霸權讓給流動的社會

　　人類終將獨處

　　而端詳著

　　（啊，如此陌生的）

　　它人文的面目

　　歷史方才開始……

詩中繼續把古老的學說與當代的網路生活相嵌合，暗暗扣合「將時間釋放」一語，並解除空間的限制，於是，雖然是對當前生活模式的如實描述，卻顯得厚實、深刻，蘊含另一種孤寂之感。

由此可知，林泠的「我」不再遵守特定的身分框架，而可以出入古今之際，生活場景從唯一的、絕對的愛情推擴到或大或小的人事之間，「我」思考的問題、表述的內在也由柔情萬種的美好回憶轉向人與人的關係、思維的流動。「我」一方面是縮小了，不再是盤據全部視線的唯一存在，另一方面卻也擴大了感知的觸手，從更多重的管道認識具體與理念的外在世界，與這個世界共同形成一個豐饒、飽滿的視野。

三、時空中的獨白

確定了林泠詩中自我的面貌、傾訴的內容及其變化，可以繼續探究的是，除了在題材的選擇取用上頗費心思之外，所謂「矜持」的風格是否還有更細緻的構思與經營？此一風格不但是如何表達「我」、表達出什麼樣的「我」的問題，同時也牽涉到林泠筆下「現代」與「非現代」的抒情，兩者之間關鍵性的差異究竟為何。

（一）How：情感的距離與思維的節奏

林泠早期作品以情詩為多，又泰半朝向特定對象傾訴，卻能將情感收斂、調節，此一「矜持」之風乃來自對情感保持距離的陳述方式。表現「距離」的一種類型是楊牧提出的「私我神話」，例如〈三月夜〉首段「三月的冷峭已隨雲霧下降了／三月的夜，我猜，是屬於金星的管轄」，以「我猜」淡化「金星」的愛情指涉，接著以童話精靈們寫出「三月，有多神奇的夜啊／三月的故事隨風佈散，那些故事真美。」美麗的初春因此而帶有微妙的祕密，最後再強調「我」的諱莫高深：「還有一些——／我是不能說的／三月的夜知道／三月夜的行人知道」，感情的具體線索毫不外露，只是反覆強調這是個屬於「金星管轄」的美麗祕密。

上述〈三月夜〉代表的是隱匿故事線索以造成朦朧的距離之感，此

外，更常見的方式是，仍然陳述故事中的一些細節，使整個故事呼之欲出，卻又將他們都放在已經遠去的過去。藍菱已經指出，「在林泠的詩裡，時間是推動故事發展的主力」[22]，事實上，詩中的「時間」不但可以推動事件發展、轉折，還常以「回憶」的形態出現，對情感及其對象的關注、詠嘆，多透過回憶的凝望，以拉開「我」與事件、對象，遂可以在主觀的情感抒發中保持清冷矜持的語調。前文已經提到過〈叩關的人〉，「我」高築的牆垛只留下東門的看守者「用回憶底眼，打量遠方的來人」。愛情故事鮮少在發生與進行的當下即時登場，詩中的愛情都已經成為「故事」，是在回首的片刻忽然浮現，沉吟再三，〈夜譚〉即為一例：

> 輪到我的故事了，戀的故事
>
> 　（戀是謝幕的歌者，隱去
>
> 　在悠悠地結束那支即興曲後）
>
> 這時，我祇扯下燈罩的流蘇，打著
>
> 　一個奇怪的結……

這一段中的「我」應該要面對謝幕的戀曲，卻只是以「扯下燈罩的流蘇，打著／一個奇怪的結」等不相關的動作掩飾自己的情緒起伏。刪節號的運用也是林泠所擅長，此處即藉著未完的語氣表現「我」的欲言又止，將本該直接說出的一段故事重新藏起。

更顯著的例子是〈阡陌〉：

> 你是縱的，我是橫的
>
> 你我平分了天體的四個方位

---

[22] 藍菱，〈詩的和聲──《林泠詩集》讀後感〉，收入《林泠詩集》初版，頁187。

我們從來的地方來，打這兒經過
相遇。我們畢竟相遇
在這兒，四周是注滿了水的田隴

有一隻鷺鷥停落，悄悄小立
而我們寧靜地寒暄，道著再見
以沉默相約，攀過那遠遠的兩個山頭遙望
（──一片純白的羽毛輕輕落下來）

當一片羽毛落下，啊，那時
我們都希望──假如幸福也像一隻白鳥──
它曾悄悄下落。是的，我們希望
縱然它是長著翅膀⋯⋯

這首詩初看之下並無回憶性的詞彙，彷彿描述的是相遇的當下，這是因為全詩直到最後一段才舉出「啊，那時／我們都希望」，顯見這一切如在目前的離合場景，其實是一幅瀰漫在回憶裡的畫面。首段兩句以「你」「我」劃分宇宙時空，已經將「我們的故事」鋪展成天地間無可迴避的一幕。第二段再強調這一幕是情人「相遇」、「畢竟相遇」的天地，以「四周是注滿了水的田隴」呼應「你」「我」的縱橫垂直相交，並為水平的畫面挹注澄澈透明的水田風光，呈現愛情的充盈流盪。第三段以鷺鷥的停落、佇立象徵彼此的相遇，纖細輕巧，彷彿不招惹注意，卻使單一平面的景物擴充為有高度的立體空間，連帶開展了情感的幅度。接下來寫羽毛的飄落，純淨、輕盈，畫面至此仍保持一貫的寧靜，色彩簡單清朗，而「羽毛」就成為將這個曠野濃縮為一份情感的重要象徵：羽毛不但是會飛的幸福，也是即將離別、攀向不同山頭的彼此往後共同的視線焦點，是整個愛情世界的核心。在這一連串意象和比喻的設計安排之後，才點出這是一次已經錯過

的相遇，此時的羽毛又成為回憶的象徵，是「我」回顧一段愛情時最鮮明的印象、是記憶的面貌，輕盈、純美，又難以把捉。

　　將愛情中的各種細節、情緒、感受揉合成一個記憶的輪廓，除了獲得整體感之外，也可以憑藉著這個濃縮的過程，使過往的一切悲喜起伏凝固、凝聚為永恆的畫面，不至於成為分散在各個地點或時刻的瑣碎片段。因此，林泠早期情詩雖有許多不可確解的部分，諸如事件發生的地點、時間等，然而透過回憶的轉化，使不可確解的細節也都不必尋求確鑿的說明，轉而將回憶融化成一個抽象感受客體的輔助意象。

　　〈阡陌〉是在最後才隱約點出整個相遇事件已成為回憶，而〈菩提樹〉則是直接在詩中呈現「我」面對自己的回憶的心理歷程。在這首詩的開場立刻點出頻頻回顧的「我」：

　　　　是我使它蒼老的，那株菩提。
　　　　我刻上十字，要自己記住
　　　　每一個，是一次回顧。

「菩提樹」所代表的智慧、覺悟，是因為「我」對過往的反覆回顧，在這個反覆回顧的過程中累積太多歲月的、心靈的刻痕。第二段則以自然物象描寫「我」走進回憶之中：

　　　　小徑的青苔像銹，生在古老的劍鞘上；
　　　　卻被我往復的足跡拂去，如拂去塵埃。
　　　　阿波羅已道別，他在忙碌地收拾
　　　　那樹隙間漏下的小圓暈。
　　　　一切都向後退卻，哎，
　　　　這兒的空曠展得多大呀，
　　　　它們都害怕我，說我孤獨。

前二句首先表現「我」的主動力量，把覆蓋著回憶路徑的青苔踩平、拂淨，形同改寫了偈語「時時勤拂拭，勿使惹塵埃」。「我」的高度介入使時間的自然推移也彷彿是有意識地選擇，太陽沉落、黃昏來臨所導致的黑暗，遂不是時間的自然流動，而是時間被「我」的回憶行動征服、驅趕，恐懼地「向後退卻」，「我」的孤獨感也就不只是失去了愛情、隻身一人的孤獨，甚至還是在回憶中排拒時間的徹底孤獨。

> 我慢慢向菩提樹走近。
> 那蔭影已被黑暗撤去了，
> 我背倚樹身站立，感覺地一般的堅實和力。

所謂「蔭影已被黑暗撤去」，其實是沒入無邊的黑暗，再無光與影的分別，而「我」卻能在其中感受到「地一般的堅實和力」，從大地、菩提樹到倚靠菩提樹的「我」，共同沉浸在回憶帶來的空寂之中，因此可以聯繫到更廣闊的太空：

> （太空正流過一隻歌──好長的曲調啊！）

在這個由「我」的回憶所創造的空間裡，時間與空間疊合成巨大、遼闊的黑夜，持續伸展漫延。對回憶的反覆拂拭、凝望，是因為愛情的故事結束了，「我」孤獨一人，唯有與回憶共處，然而越是與回憶共處，「我」的孤獨只有越形擴大，彷彿整個時間與空間所交織的宇宙都彌漫在孤獨漫長的歌聲裡。林泠以「好長的曲調」置換孤獨宇宙中的寂靜無聲，卻因此更呈現了失去的愛情在「我」的世界中縈繞不去的美麗與淒絕。最後轉入「我」的抉擇：

> 我在想，該怎樣結束一個期待呢？

我抽出刀，閉上眼睛，徐徐刮去那些十字⋯⋯

「閉上眼睛」就不再凝視失去的過往，而「徐徐刮去那些十字」則是放棄自己的歷次回顧，不但要拋開回憶的內容，也要戒除回憶的習慣，恢復到「本來無一物」的空白狀態。其實，整首詩從未提及回憶的具體內容，只從最後一段發現不斷地回憶是因為無法「結束一個期待」，因此得知這仍然是發生在浪子與等待的女子之間的愛情往事。

以林泠早期詩作中不斷書寫類似的愛情故事來看，這個題材與「浪子—少女」的模式當是令她念念不忘的，應該匯聚了相當豐沛的力量，可以化為情感的爆發、擴散。然而林泠往往把情感的語句去除，戴上回憶的眼神、視角去凝望，這個過去就成為不斷吸引自我視線的客體，而不是一個可以自行張揚奔逸的主體。無論是自我或愛情，因為屢次透過回憶省察、陳述，故不僅營造出已然失去的時光流逝之感，同時，亦形成固定的距離，使愛情中等待、憂傷的「我」，轉化為一個可以主動觀照的旁觀者、敘述者，不再身陷其中，將分明難以忘懷的過往——冷卻、撫平，而訴之以低吟詠嘆的語調。

早期林泠如此，使其情詩頗多抑制，遂顯得清冷孤寂。近期的林泠既轉向日常生活的體察與安置，則這個表現方式也發生變化。我們發現，林泠早期情詩多以回憶將「我」拉出愛情事件，獲得凝視、訴說與隱藏的距離。然而一旦把「我」設定為充滿感受力的人際網絡之一員，這樣的距離也就難以以展開。這也是許多主知、說理、陳述觀點的詩作難以成為傑作的原因之一：「我」的位置太貼近所要表達的內容，無論書寫愛情或議論人事，都會顯得太過直接，讓過度清晰的概念奪去了反覆閱讀的餘韻。

林泠的方式是改變詩作中客觀敘述與主觀詮釋的比重，以呈現完整的思維歷程，同時在詩句的形式安排上另作變化。早期以客觀的回憶敘述主觀情感經驗，其距離感使情詩在情感流動中保持一定的含蓄與迴盪的腔調，至此則正好相反，以主觀敘述者的角度直接陳述事件或感受，然而大

量降低意象和隱喻的比重，去除情感想像的成分，改以事件或感受的起伏段落來節度整體節奏感，而形成若有似無的主觀詮釋。例如〈科學——懷念朱明綸師〉，懷念師長與年少時光，似乎也應以回憶視之，然而林泠展開許多畫面，包括人的言語、行動、想法等等細節，彷彿這一切事件都正在發生、正在進行。

「藝術」是「我」
「科學」是「我們」——
這麼嚴屬的
第一課；<u>無翅的新鮮人</u>

<u>摸索</u>，在座標不確的領空
尋找他的「主」與「客」，定位
而起飛⋯⋯。<u>望著</u>

一簇茫然又空蕪的臉
少年斑白的教授
頓然地辭窮了；他匆匆取出

一枚規尺，比劃著
向舉目的茫蕪
闡繹：那空間無限的**微**

時間無限的**積**；人類
在不規則律動囚禁下的
無限的**分**和聚。「一尺之錐
日取其半，」他低聲

吟著：「萬世不竭……。」
那時我們都祇十八

或是十七，我們聽不進
莊子那老叟，任何
有涯無涯的說法——生命
不都是寄放在生存以外的
「它」處？ 那時節
我們剛開始學會

繁殖（我的意思是，呃
天竺鼠）而矜喜於自己
超人的潛識；我們

頻頻地誘使它們亂倫
以食物。至於某些
有關靈魂的存疑，一個魯鈍

卻異樣堅持的女孩
被我們唆使
留下，用生鏽的天秤稱量

蛙兒們，在墮入歌樂坊前後的
淨差——靈魂的重量
若是真有的話
自然，我們並不真的在意
那答案；黃昏已重了

我們必須去野地

在月昇之前，用肢體完成
那儀器不能接連的
電路。而我們

也並不急著求證
宇宙大混沌的芻議
預言中，它了無秩序的

終極；我們更拒絕質疑
——向科學，它的
理念與極限

隱藏的強權。那時
我們十八或十七
快樂地擁抱所有的假設：

啊科學，它何其優美
且如此精準地
為我們計算人間的錯誤……[23]

這首長詩大量運用敘述語法，寫出明確的動作和細節，展現青春時代的天真、自以為是，科學就是實驗的驗證，年少的「我們」並不真正深思它與人生的深層關係，而直接以近似雙關語的方式聯繫「繁殖天竺鼠」與青春

---

[23] 底線為筆者所加。

男女的戀愛遊戲，「肢體」的接觸才是他們想實際測試的「電路」；將麻醉劑 chloroform 譯為「歌樂坊」，使青蛙的麻醉沉睡如同「墮入」歡樂窩，之後再難測量應該高潔純淨的靈魂。凡此種種，都顯示出少年們的茫然與空蕪。「少年斑白的教授」向這一群茫蕪的青少年比劃時間與空間的涵義，其實等於面向了他所要闡釋的時空就是一片「舉目的茫蕪」，茫蕪的既是接受知識的少年們，也是作為客體的知識與真理。因此，林泠大幅敘述少年男女的茫然無知，其實是烘托出師長深刻結合了科學與人生的形象，所以課堂上的微積分可以解釋「人類／在不規則律動囚禁下的／無限的分和聚」，莊子「以有涯求無涯」的詰問可以解釋人類對科學的倚賴，以及科學究竟可以給予人類什麼答案的質疑。這些細微的轉折之處，其實是彰顯師長形象的重心，林泠卻刻意淡化，將這些語句藏在對少年男女的描摹之間，展示了時間與思維的運作過程，而使感念師長、自我惋惜等等主觀情感隱匿於全詩底層，粗讀似乎只有生活的敘述，嘆惋之情則或隱或現，節制而內斂。

此外，在上引〈科學〉一詩中，又可以發現林泠突破語言常規，以達成詩意強化或轉折的設計。從筆者所加底線可以看出，林泠格外於詩句的迴行與分段用心，把應相連貫的主詞、動詞、受詞拆開，不但拆為兩行，甚至分屬不同段落的結尾與開端。例如「無翅的新鮮人／／摸索」，即以「摸索」為下一段的開始，分別把「望著」與「一簇茫然又空蕪的臉」、「那時我們都只十八」與「或是十七」、「我們剛開始學會」與「繁殖」等句拆為兩段，都是在強化詩中人物的年少輕狂。再如「生命／／不都是寄放在生存以外的／『它』處？」在「生命」一語之後提高、強化「寄放在生存以外」，已經使肉身與靈魂的區別十分鮮明，又再以迴行強調「『它』處」，則對生命究竟歸往何方頗存質疑，顯示出追求「科學」的一群人並不相信靈魂、不相信人生有科學所無法解釋的部分。以至於「我們更拒絕質疑／——向科學，它的／理念與極限」，已經可以承續前面數段的暗示，反省當年的無知與驕矜，又換段加強科學的理念與極限所「隱藏

的強權」，則把「質疑」推得更深更沉重。於是，最後一段看似客觀陳述，卻可以藉輕巧的感嘆句法帶來無盡悲涼與哀惋、既篤定又矛盾徬徨的人生之思：「啊科學，它何其優美／且如此精確地／為我們計算人間的錯誤……」。

這種藉迴行與換段以加強或點出深意的手法，在前文曾經討論過的〈網路共和國〉也有相當出色的運用。此外如〈墮馬的王子〉，亦以平實的陳述語法說明詩中「三哥」的經歷，在換段與迴行之際造成語意與思維的懸宕、落差，最後以「而我知道誰會／……在意。悄悄地／他避開我的目光；」總結前面直接的散文式陳述，使諸多對生活歷程的捕捉都成為彼此互相關心、在意的情感指標；繼而以「終於／我們觸及了／一個共同的盲點／對於生命：那不可解的／／自慚與自圓。」的哲理式語句作結，提升散文陳述與情感想像，不但彰顯彼此的相知相惜，也把「三哥」與「我」這樣特殊的、個人的角色，提高到所有生命個體都必須面對的尷尬難題。論者咸稱美林泠詩「自然流動的聲調節奏」[24]、「優美的音色配合著內在的節奏，錯落有致」[25]，甚至承認「林泠詩歌的韻律節奏，可能是臺灣現代女詩人中控制得最好的一位」[26]，早期作品已然，而近期在行與段的經營安排之上，對語言的流動音色亦大有幫助。然則，對林泠來說，詩歌的節奏感應不只是朗誦吟唱的設計而已，同時涉及了詩歌情致與思維的醞釀和變化，可說是林泠善用外在形式以強化、深化內在意蘊，取代過分直露的評斷或論辯，塑造抒情詩美感的卓越實踐。

（二）When and Where：時空的孤獨與物我的感發

前文討論過林泠詩中的自我，以及其詩作在情感上刻意保持的距離感，其實都已隱約提到一個問題：「我」的孤獨感、孤獨處境。這樣的處境當屬有意為之，尤其在早期情詩中，「孤獨」的渲染可以強化「我」的

---

[24] 楊牧，〈林泠的詩〉，收入《林泠詩集》，頁 4。
[25] 藍菱，〈詩的和聲——《林泠詩集》讀後感〉，收入《林泠詩集》初版，頁 185。
[26] 鍾玲，《現代中國繆司——臺灣女詩人作品析論》，頁 162。

唯一、絕對，以及情感的執著。然而「孤獨」的表現在林泠詩中也有差異，一方面是對孤獨的感受方式不同影響了詩作中「我」與題材的刻畫、選擇，另一方面，無論自我形象如何變化、題材如何更替，「孤獨」的表現或紓解都是不可忽略的，有助於形成詩作的風格。

首先就早期作品而論。前文曾論及，林泠詩作常將焦點集中於凝視、塑造自我，更加深了詩中「我」的孤單。「我」是唯一的、崇高的，也必然就是孤獨的。這樣的孤獨並不經由抒發情緒等方式呈現，而置之於遼闊無人的時空環境，「我」在此固著、等待，若非一座矜持的城牆，就是聽憑踩踏的雪地、任人索要的獻祭，眼前只有荒涼無邊的時空，以及永不停留、始終保持離去狀態的浪子。例如〈散場以後〉的「我」陷身在如融冰般流散的人群中，「一隻無目的蝙蝠／自暗中飛出，又投身於另一個／黑暗裡，沒有愚蠢的猶豫」；〈崖上〉的「我」獨自探訪衰圮的古跡，同被人間忽略；〈故事〉中的「我」獨自「在黑黝黝的山路上走著」；〈不繫之舟〉漫遊天地汪洋之間；即使是〈阡陌〉裡彼此相遇於田隴之交，隨即分離，留下一個注滿了水、蕩漾著愛情餘波的寂靜空間。「我」所處身的時空環境或黑暗或明亮，或廣大或窄仄，但共通之處是，這些空間與時間都是渾沌不可辨的：因為黑暗而摸不著邊際，或因為遼夐而沒有界線。

〈星圖〉是以廣大宇宙的發現者展現孤獨：

從這兒數過去
七倍的距離，向南──
啊，那就是啦。那是一顆
傳說已久的，還未命名的星星。

我是第一個發現的水手
夢土的開拓者
那確定它存在的，不是觀察，不是預言

而是我詩句織就的星圖。

此時，像引渡的聖者一樣，
我正對迷惘的人世說：
從這兒數過去
七倍的距離，向南……

全詩以水手瀟灑隨興的口吻發言，把「我」定位為一個「夢土的開拓者」，在林泠詩中並不多見。這樣的「我」遙遙指著遠處「傳說已久的，還未命名的星星」，成為先知、聖徒一般的孤獨者，迷惘的人世並不相信，因為「我」沒有具體的證據，其憑藉只有「我詩句織就的星圖」。因此，雖然作為一個可積極移動、選擇方向的宇宙航者，「我」沒有協助的同伴、沒有引頸盼望的追隨者，而必須獨自面對「七倍的距離，向南」的深邃天空：這是以個人的想像、願望為一場追尋的旅程定位，縱使希望與他人分享亦不可得。

　　另外〈常夜燈〉則是處於狹小陰暗的空間中：

在子時，常夜燈的芯蕊
被一隻凡塵的手點燃了

一隻依然顫抖的
凡塵的手——
當時光的羽翼盤旋
孤縈頂幕的暗幃
　　徐徐開啟
那永夜的照明，遂喚醒
　　廊下

青磬紅魚頻頻的回音

以「一隻依然顫抖的／凡塵的手」喻「我」的渺小與孤獨，不是超凡入聖、擺落塵雜的神佛仙道，從「顫抖」的動作與「凡塵」的界義，可看出「我」雖然擔負了詩中唯一一個具體動作，卻不是開啟光明神境的無上火炬，反而帶有畏縮、卑微的意味。在夜最深時點亮常夜燈，光線的舒展如同「時光的羽翼盤旋」，將「永夜的照明」灑向斗室，回應它的是「青磬紅魚頻頻的回音」，包括「徐徐開啟」、「永夜的照明」與「頻頻的回音」，都是一種悠久持續的形象，彷彿修行之「我」可以獲得永恆，然而這樣的光線、回音，都來自於「我」：顫抖的、凡塵的手。因之，詩中的小小空間彷彿迴旋相感，此呼彼應，其實仍是「我」的自問自答而已。這個圓融、統一又孤獨的自我，以俗世肉身居處於神聖的佛堂，也就是對不同世界的跨越，然而無論如何跨越、融攝，如何仰賴青磬紅魚的持誦與參悟，終歸是唯一的、微不足道的「我」，與自己寂然的、重疊的對話。

此時的「我」如果要擺脫孤獨，必須直接走向他人、走向外在世界，而〈造訪〉正好是由「我」向他人移動的作品：

> 你不必驚異
> 昔日的遊伴，將十年的冷漠
> 在你家的門環下搖落
>
> 倘若時間是誓約，我已撕毀了
> 時間的紀錄，那遠遠攜來的一身塵土
> 已經為這小城的風沙拂盡

貫串全詩的是象徵時間的塵土，在十年的睽隔之後，藉著造訪的行動拭去塵土，敲動門環也就代表搖落身上塵埃、抖落漫長時間中的冷漠。時間在

兩人的關係中扮演的不是溝通，而是阻隔，如同誓約一般牢不可破地記載著別離之後的人生，記載別離。然而微妙的是，這「遠遠攜來的一身塵土」，雖然經過「我」的主動拍拂而落盡，「我」的身上卻又重新蒙上一層「這小城的風沙」。所謂「小城」，可以視為「我」所造訪之人的象徵，拂去了「我」身上的塵土而覆蓋上這一層，似乎是與「我」分享過去的自己，傳述自己的十年生命；就這個角度來說，「我」的孤獨是可以透過行動消解、去除的，「我」與他人縱使睽違已久，也還可以共享彼此的風霜痕跡。然而，這首詩後面還隱藏了另一層難以紓散的孤獨感：「我」若非被自己的一身塵土包裹，就是抹去自己的塵土、披覆上他人的。當「我」分享他人的生命之時，必須先去除自己的過往，兩者只能選擇其一，無法相容並存。因此，「我」始終是孤獨的，若非獨自承擔龐大卻沉寂無人的空間，就是在走出閉鎖空間後復為只能單向流動、一去不回的時間阻絕，「我」永遠無法成為「我們」，除非放棄自己，成為「你」或「他」。

　　林泠詩中如此冷澈的孤獨感，在近期有了轉變。1980 年代以後的作品不再強調自我無法消除／不願消除的孤獨，轉而關心人與人的關聯。因為關心人際之事，所注目的自然不會再是單一的自我，而是人與人賴以串結、相繫的事件，隨之而來的是，對「我」而言最龐大的存在壓迫或伴侶不再是孤獨，而是無法遏止的變化。例如寫母親週年祭的〈搖籃〉，看著母親一生的「鄰光洶湧」「亦將入土」，「她的棺木搖晃著下沉像一條船」，又像「一只搖籃」，生與死相依偎帶來的不只是人生無常的恐怖感，還包含了生命規律無可究詰的神奇奧妙。這首詩繼而借用一個外物表現對此一「變化」的擔憂與為難：揣度詩中放置在母親身邊陪葬的妝鏡，應該已經在搖晃中碎了，錦被的顏彩「莫不早已潑灑」。這些物品的可能變化較之於生死變化，其實微不足道，然而，家人卻可以從物品的變化進一步想像「死亡」之後的生命：「家人憂忡著──另一個世界／會有怎樣的光／／怎樣的映照使她／依舊描出美麗的臉譜？／而這些，也無非僅是／一系列抽象的辨證」，因為我們「不都聽說，那世世傳聞卻未證實的／

允諾：美與權力在／另一個世界的黝暗裡／將不再是議題」。這樣的擔憂
既是考慮到死後有靈魂，需要美麗的妝鏡、花朵、錦緞，而不希望這些物
品也和生命一樣發生變化；同時，又是悲哀死亡後的世界空寂一片，生者
的世界所在乎的美麗、富足、享有權勢等等，都在徹底的黝暗中喪失意
義。

〈搖籃〉中的妝鏡等物，成為「我」通往他人的媒介，得以想像另外
一個處境。〈20/20 之逝〉則藉視力檢查、為眼睛動手術展現了「我」與外
在世界的關聯。詩中以對醫生的疑問開頭，醫生要為「我」動手術，因為
「我」的視力不佳，使「我」眼前形貌都模糊曖昧。「我」乃藉此提出對
生命的詮釋，醫生的宣判等於是「悍然地斷定」：

　　我看到的　觸及的
　　夢見而寫入詩的只是
　　生命的異象　歲月的
　　垂垂——那朦朧
　　雲一般的障翳
　　有一串長長的
　　拼不出的　鬱過地中海蒼藍的
　　拉丁的名字

　　你要還給我
　　20/20 的視力：炯鑠
　　而明晰　絕不妥協的
　　黑與白的對比

　　　　　　那豈不是
　　啊　大夫　我昔日的摒棄

可以發現，眼疾左右了「我」看待世界的方式，以及凝望世界時所獲得的感受，這是一個突然的變化，「我」過去理解的生命是朦朧的、鬱藍的，如今才發現那並不是生命真正的面貌，「我」一直是在生命的另一面。接下來用兩段大幅度的空間與時間描述「我」原來認識的世界是經過「我」獨斷的臆想，一旦施行手術之後，那個色彩朦朧氤氳、充滿奇譎想像的世界將不復存在。從這樣的事件出發，林泠卻沒有繼續判斷在「我」治療眼睛前後的兩個世界孰優孰劣，而跳出這一層正反論辯：

> 你若知道　大夫
> 我真正憂心的其實
> 是另一種盲睛：盲於夜
> 盲於色
> 盲於——啊　一個真盲的可能

把對手術成功與否的掛慮，轉為自己無法辨認世界、徹底被蒙蔽的戒慎。動手術前的「我」所見並非世界原來的樣子，這是一種層次的「盲」；動手術以後可以看到世界本來的樣子，卻失去了原來充滿想像力的形貌，是另一層次的「盲」；手術若不成功而導致失明，以及無論真偽、好惡、美醜都不再有自己的判斷的，則是最後這一段所要擔憂的「盲」。

再看其他作品，〈逃亡列車〉因為走過昔日鐵幕的逃亡行程，而理解了歷史上無數的逃亡，理解了陌生旅伴的生命底色；〈在（無定點的）途中〉寫沙漠旅行的一夜，從固定的帳幕飛躍到沙漠裡各種動物的飛翔、跳躍、低語，以及由古至今的月輪和月暈。「我」不再孤身處於無邊的宇宙中，時空如此開闊，有同帳的獵人，還有動物的奔走往來，自我可以融入草原與沙漠荒蠻又悠久的歷史之中。〈在（無定線的）途中〉則把童年一日的生活圈定下來，從日出開始的種種工作和嬉玩都收納進「月昇之前」

的此刻，同時，又將之放大，這是「每一個」黃昏的生活，「三月／任何
的月」無不如此。林泠也關心人與人之間最密切的關係，〈血緣〉以「那
是一種死亡的醞釀／當我們——當愛／脫殼而去」說明「血緣」的基礎仍
在彼此有愛。這一類作品雖然仍寫自我的遭遇、經歷，然而人與人、時空
與時空不再絕然相隔，而可以彼此分享、涵蓋，可以逐一穿越。個別生命
之間的聯繫不見得是穩固的，血緣也可能偶然叛變，但是還有其他可以作
為聯繫的事物或準則，包括愛，包括同情與想像。

　　最能說明林泠所感受到的觸動，以及相應之思考的，應為〈春日修葺
二、三事〉。首先以扶梯、群鴉、櫻蕊彷彿可以物物相感開始：

　　這扶梯　突然無端地顫抖了：　莫非是
　　窗外乍起的群鴉　驚詫
　　那忍不住的春日
　　在梢間；三色的櫻蕊
　　為它們落華的迅疾
　　作某種悠忽的生之伏筆？

這些美麗的春景都隱含著悲傷與驚顫，因為從可愛可憐的落花感受到生命
轉瞬消逝的殘酷，整個世界都為之震動。這樣的物我感受在早期詩作中並
非沒有，例如〈題畫〉就以畫中少女與自己相通，但是，早期的感發偏重
於「以物證我」，自我仍是一切意義與情感的焦點。至此，林泠把焦點轉
向其他的人物或事件，而物我之際的感發、會通則成為「我」理解他人、
融入其他生命的途徑。這首詩第二段即寫：

　　要不　即是草坡上
　　不安的芬芳；一卷跌落的詩集
　　潑濺的油漆　那褐色

滴入胡圖少女剖開的胸臆：

一九九四的舊聞　九八的新痕

焚黃的報紮幽幽地風化

在草上　授魂給動情的雛菊和山茱萸

非洲中部的胡圖與突西兩族紛爭不斷，導致長久的殺伐屠戮，1994 年的報紙上刊載胡圖少女慘死的照片，然而這一切並沒有獲得世人的重視，到了 1998 年，刊載著這幅照片的報紙成紮焚化，少女就像春日一樣，美麗、早凋，只有草地裡的雛菊和山茱萸像接受花粉般接受了飛散的灰燼，如同要傳續少女的靈魂。這兩段不只提出一個悲哀的事件，還讓自然與人為的景物共同為這個事件顫抖、不安，從扶梯顫抖、群鴉乍起、櫻蕊忽落到詩集跌落、油漆潑濺，人與物無不為此動容。林泠在此鋪陳出許多瞬間的動作，這些動作又都聯繫到報紙焚化後「幽幽地風化」，使「授魂」不僅限於灰燼與花朵，還包括了這兩段中所有動搖傷悲的個體。

　　詩中的「我」也有明顯的轉變：

隱身　在長梯之後

我恣意地選擇

這橫梳施於藍天的分隔：

傾斜的透視　鳥瞰的姿勢

以及歷史——

它回聲濾過的清越

而終於　像白蟻一般留下我的鋸屑

歷史就如同長梯傾斜，它的透視是不全面的、偏頗的，然而卻占據了最高的權力位置，高高在上地鳥瞰人間，最後留下紀錄的，也往往是「回聲濾過的清越」，剔除了難以容忍的真相、殘酷、脆弱。然而「我」在春日的

修葺工事留下了白蟻般的鋸屑，隱約指出，這個世界仍有某種感通激盪，可以跨越時空阻隔與歷史的篩選。

　　林泠在這個時期不再書寫愛情或單一的自我，視野放大之後，也同時關注事物的變化，詩中的「我」與人、事、物都不再獨立肩負一個孤獨的時空，他們不但並置，甚且互相溝通。尤其應注意的是，林泠將感發的過程納入詩中，作為情感或思維的進展線索，表示不只是關注到人事的流轉變化，並且將自我投入流轉變化之中，配合語言的節制、調動，開展的是一個稍加隱匿、消融進時空萬有之間的自我。這代表了一個全新階段：投注情感的對象由特定的浪子轉向日常生活、轉向複雜又寬廣的人間世界；所投注的情感由愛情轉向親情、人情、萬物之情；詩作的內在情境由孤獨轉向開闊；詩中發言的「我」由幽靜的少女轉向時空的一分子；「我」的視線由向內凝視自我轉而向外探究與他人的關係；語言由運用意象抒情、以記憶的距離加以節制，轉向以看似主觀的敘述、加上意象化的哲理融攝，以及節奏的協調。

四、結論：一首詩的完成

　　本文至此討論了林泠詩作中自我的變化、情感內容及其表現的變化、時空視野的變化，最後要稍微補充林泠的論詩之作，以作為其他詩作討論的佐證。

　　林泠在 1950 年代的論詩作品有〈紫色與紫色的〉、〈林蔭道〉、〈「一九五六」序曲〉、〈瓶花〉，1980 年代初期有〈非現代的抒情〉，世紀之交則有〈詩釣與海成〉、〈四月：泛草聯盟的成立〉。這幾首詩的主張與轉折，正好可以作為本文的結論，討論一首「抒情詩」的完成。

　　〈紫色與紫色的〉最早論詩，第一段說明詩的產生來自於「淺淺的憂鬱／淺淺的激動與寧靜」，以內在騷動為根源，但是並不主張內在騷動要昂揚、高亢，冀求一份「淺淺的」感懷。而詩的運作還需要想像：「如同我，在五月，五月的一個清晨／將楓葉的紅與海洋的藍聯想」，這裡用顏

色的調和解釋想像的作用，可以使兩種不同的顏色融合成第三種，可以從這個經過融合的紫色中析辨出本有藍與紅的元素，但無論如何不會是原來的藍與紅。第二段則以紫色的牽牛花象喻詩的形體，它會「延伸於牆外」，「野生而不羈」，自我的形象將會充盈所有，同時又帶著美好的音調：「在氾濫的無定河邊，水流泠泠……」。

〈林蔭道〉先舉出不知是誰安排了眼前現實的風景，遼闊、明亮，相對於此，「我」偏愛的卻是狹窄隱蔽的空間：

> 我祇愛林蔭的小路
> 我祇愛迂迴幽曲和蔽天的覆蓋
> ——詩是林蔭的小路罷
> 回憶也是
>
> 我常常流連，雖然
> 也常常厭倦

這個隱蔽的林蔭小路其實就是以回憶為主要內容的詩，亦即「我」的內在風景。「我」專注於自我的凝視，所以流連不去，「也常常厭倦」則說明了內在的反覆探索，並不是始終如一的。從林泠其他詩作不斷地刻畫、注視自我，可推測那個自我的形貌可能不像詩作所表現出來的堅固頑強，因為有動搖、有厭倦，所以才必須再三扣問與描摹。

〈「一九五六」序曲〉試圖以音樂的體裁為自我塑像，三月初春的風光是自我向外投射：

> 才是三月，已綠得夠深了
> 那是我思想的裙角
> （她從鎖住的禁園裏逃出來）

被揚掛在多枝節的樹椏上

此處以類似「四方城」的「禁園」隱喻自己的內在世界，蘊藏了豐沛濃鬱
的綠意，作者所建構的詩就足以成為一個完整圓滿的世界，這個世界裡靜
謐無聲，「也許，對岸的鐘聲被護城的運河所阻隔」，與現實的外在世界
相似卻又隔絕。詩的世界中包含著外在世界的景物，「靜物的投影，生命
的躍動」融入其中，成為一扇美麗的哥德式教堂高窗，「向不可思議的高
處開放」。所謂「不可思議的高處」，不但包括詩歌的想像能力、超拔與
淨化的能力，對林泠而言，更重要的可能是形塑自我的能力，可以讓現實
中的自己高高躍起，成為另外一個世界的人物，「在澳洲，一片仍未開拓
的處女地上／我將是牧場的主人」。

　　這種將外在物象內化為心靈的一部分，再向外投射成詩的詮釋理路，
在〈瓶花〉中猶然如此，〈瓶花〉只更加強了內在的「我」、外在的「瓶
花」、融合成「詩」三者之間的關聯：

　　瓶花……落
　　落向掀開的，詩頁的空白
　　　　落向
　　空的隔離，白的
　　孤絕……滿室

瓶花落向掀開的空白詩頁，卻誤以為落入泥土中獲得再生，於是，「這世
界的縮影／投入／我的詩篇，湧動／小河一般地／帶著血的溫熱／與殷
紅」，都是以外物解釋內在，「我」以為寫詩可以成就嶄新的生命，但終
究如同瓶花落向空白與虛無，只是把自己重新隔離在孤獨的室內。

　　這幾首詩的主張都很符合林泠早期詩作中孤絕唯美的特質，然而一直
到去國離鄉，進入 1980 年代，才以〈非現代的抒情〉回顧過往參加現代派

的詩歌美學主張。林泠將在臺灣的詩歌活動視為家鄉「原始的土壤」，是她一切詩藝的開始，「涉足又涉足，而終於離去」。[27] 這首詩是「詩人再度透過對文學技巧的評議，發抒了一己的感懷。所謂抑制浪漫主義、傾向現代主義，也就是說，在現實生活中，個人情感的希冀也必須加以約束和遏制，甚至於轉移」。從這裡開始，林泠對詩的控制、內斂確然成為有意識、有自覺的。

至於〈詩釣與海戍〉則更可作為林泠對現代派的回顧：1997 年，詩人梅新逝世，林泠寫詩贈別，「憶起我們集體的童年」。她詮釋當年的時代氛圍，童年是「集體囹圄」的，「我要的，是不能說的，且都在遠處。」當時的自己尚未接觸到詩，嚮往「一些虛設的危險，不可思議的／邂逅」等等，渴望跨越一切藩籬，直到發現了詩的世界，遂可以「在水邊，望著相擁的船舶／悄聲地掙脫自己的舷索」。從此以後她不再從現實世界想像不可知的遠方，而是反過來從詩的世界理解現實：

> 遠望自水上，這小鎮疑似是幻象；蹲伏
> 在艙尾，我窺見陸地與陸地的
> 相持，卻又相依……終於相依
> 炊煙似地引入遠水的幽微。

現實世界有如陸地，相對於水面，是較為堅實、具體的，然而經由詩的折射、穿越，陸地也彷彿一線細細的炊煙漸漸隱沒。林泠強調：「是了／就是那時辰」，視覺與感受能力重新覺醒，找到了看待世界的新眼光，也就

---

[27] 鍾玲或許因為「終於離去」一語而認為「非現代」是在強調自己不贊同現代派主張；然而參考林泠自己的說法，針對《在植物與幽靈之間》中的部分詩作，因為太貼近自己，所以「執意拋棄了素有的嚴謹，容忍它們詩藝上可能的偏差和『非現代的』抒情」（同註 14，頁 154），這樣的自白幫助我們理解，林泠在寫作中確實時以「現代的抒情」為準，自我衡量，「非現代的抒情」則是不合乎自己的美學規範。因此，所謂「非現代的抒情」應該是指林泠不在臺北、不在臺灣，不在昔日現代派諸友共同生活的時空中，甚至也因為研究工作與日常生活，而在整個 1970 年代都不曾發表詩作。另外，馬莊穆對〈非現代的抒情〉一詩有相當仔細的闡述，此處不贅。

開啟了一個全新的世界。在這些討論中，林泠不再以情感的抒發為主要內容，而轉移為對世界的另一種認識與組織。

最後思考〈四月：泛草聯盟的成立〉，詩中未曾提及詩的寫作、經營等問題，而寫「一整個春天我都在肘度：我該，以怎樣的詭譎，且是不著痕跡地，潛入野草的爭戰。」詩中的「我」努力說服野草，表明自己是遙遠的族裔，就像食物、露珠、流泉一般可以信任；潛入之後，「我用我戳傷了的手指，撥弄草兒們驚惶的傾斜」，引發野草的慌亂失措，誤以為世界末日到來。事實上，這一首詩是針對柏拉圖而來，詩前引述柏拉圖《理想國》對詩人的批評：

> 正如在城邦之中，惡人獲准當權，好人流離失所，詩人便會像我們所主張的，在人的靈魂裡栽植下罪惡的締構，因為他縱容了非理性的本性，這種本性沒有分辨大小的能力。

由此可知，詩中的「我」正是「詩人」，之所以被摒除在園囿之外，「僅只為了人間恣意的設定，為了我們對生存袒露的頑強與武斷」，此刻魚目混珠，潛入人群中發揮巧辯的能力，煽動人群、引發慌亂。然而詩人又為自己辯解：「或許，那拂掠／只是挾著酸雨的，陌巷的風」，詩人帶來的慌亂與這個世界本來就有的慌亂並無不同，甚至是因為現實世界本質上的改變，才連帶造成詩人詮釋的改變。

這一系列的論詩之作，讓我們了解林泠對詩的看法，與其他詩作的轉變頗相符應，早期重視內在情感的騷動，試圖將此一情感或情境凝固、保存，其後逐漸轉向詩歌內外世界如何相應或相對，試圖藉著詩凝固眼前的視野和世界。這就可以回到本文的出發點，M. H. Abrams 對抒情詩的界定，可以畫成下面的圖示：

單一的發言者　　孤獨中沉思

一首短詩

表達　　　　　　心靈陳述／知覺、思想、感覺進程

　　當他的四項描述完滿契合，相互呼應，則可以完成一首精緻、顯密的抒情詩。由此乃更看出林泠在抒情詩中節制感情、驅遣節奏的另一層意義：以一個在孤獨中沉思的「我」，表達自己內在的心靈陳述或知覺、思想、感覺的進程，也就是在完成一個緊密自足的作品。林泠詩作在近期逐漸開放，不再處於孤獨之中，轉而將整個世界納入視野，包容了「我」的存在位置，並且加上散文化、哲理化的敘述，使「孤獨的我」轉化為一個完足的宇宙，這一樣符合了上圖的形貌：她的抒情詩是經過節制的、不任意向外擴張散溢的。從這裡重新思考「現代詩」，也許不只是現代人寫的詩，不只是反映現代社會的詩，而是一種自覺壓抑、使之均衡完整的語言策略、美學要求。

——選自《臺灣詩學學刊》第 2 期，2003 年 11 月

林泠詩中的異國想像與女性意識[*]

◎洪淑苓^{**}

> 沒有甚麼使我停留
> ——除了目的
> 縱然岸旁有玫瑰，有綠蔭，有寧靜的港灣
> 我是不繫之舟
>
> ——林泠，〈不繫之舟〉

　　林泠，本名胡雲裳。1938 年生於四川江津，童年在西安、南京、臺北度過，到臺灣後就讀於師大附中及臺北一女中。1954 年入臺灣大學理學院化學系攻讀，畢業後赴美國，獲佛吉尼亞大學博士學位，歷任美國化學、醫藥工業界研究發展部門負責人等職位。目前已退休，往返美國、臺灣兩地。著有《林泠詩集》¹、《在植物與幽靈之間》。²

一、「少女林泠」的印象

　　林泠為 1950 年代臺灣現代詩壇著名詩人，楊牧、瘂弦等詩評家，皆十分肯定她的成就。林泠第一本詩集《林泠詩集》由楊牧作序，此篇序文細剖林泠詩作的優美迷人之處，已成研究林泠的經典之作；而該詩集出版後，洪範書店負責人葉步榮召開「林泠作品討論會」，由瘂弦主持，出席

---

[*]主編按：本文原本的標題為〈不繫之舟——林泠詩中的異國想像與女性意識〉，因考量全書已有多篇文章以「不繫之舟」為標題，遂將本文標題更改為「林泠詩中的異國想像與女性意識」。
^{**}發表文章時為臺灣大學臺灣文學研究所教授，現為臺灣大學中國文學系教授。
¹林泠，《林泠詩集》（臺北：洪範書店，1982 年）。
²林泠，《在植物與幽靈之間》（臺北：洪範書店，2003 年）。

者有：羅行、商禽、林亨泰、辛鬱、羅門、張默、羊令野、張漢良、梅新、碧果、向明、季紅及葉步榮，都相當肯定林泠的作品。[3]

　　事實上，林泠一開始發表作品，就已經表現耀眼。林泠的詩最早發表在《自立晚報》的《新詩週刊》，後來也發表在《現代詩》季刊與《公論報》的《藍星週刊》，以及嘉義《商工日報》的《南北笛》等；1956 年間《現代詩》開始連載林泠的「四方城」以後，她的詩便普遍受到重視，經常引起討論，例如瘂弦在《六十年代詩選‧林泠小評》就說：「林泠是不同凡響的，她是我們這年代最秀美的詩人。她的詩之特徵在於能以極流利之筆觸，將她對宇宙萬事萬物所呈現的和諧的情態，很輕逸地表達了出來，同時更處處充滿著對自然、生命與愛情的玄想。」[4]周伯乃〈「四方城外」的林泠〉，也對林泠的詩讚美有加：「林泠是屬於早熟型的天才，她的詩洋溢著對自然的讚美，對人生的肯定，對愛情的玄想。」「林泠的詩，給人最大的快感，就是它能具有一種諧和；一種音樂的節奏，和一種令人悅樂的那種魅力。」[5]諸如此類的評論，都可看到詩評家對林泠詩作的讚賞。

　　以楊牧為林泠寫的序來看，楊牧認為早期林泠所探索的內心，多集中於少女情懷，她擅長創造「私我神話」，有童話詩心的特質，「以小精靈的世界推展出一個抒情詩的宇宙」，意象完整，象徵圓融，音調變化自然，「為近三十年臺灣的現代詩決定了一種不可忽視的抒情音色，從嚴謹中體會自然，於規律可見流動和轉折」[6]；而 1980 年代以後的林泠音色如昔，但「語言更趨於成熟和堅毅，充滿了抒情詩的自覺意識」。[7]這個特色也持續見於她2003 年結集出版的《在植物與幽靈之間》，因此該書的編輯者也盛讚林泠表

---

[3]該次討論會在 1982 年 9 月 28 日下午 3～6 時，於臺北太陽飯店 9 樓星星餐廳舉行；參見向明整理，〈詩句織就的星圖──林泠作品討論〉，《臺灣新聞報》，1982 年 11 月 11、13 日，12 版。

[4]瘂弦，〈六十年代詩選：林泠〉，張默、瘂弦主編，《六十年代詩選》（臺北：大業書局，1961年），頁 35。

[5]周伯乃，〈「四方城外」的林泠〉，《自由青年》第 42 卷第 2 期（1969 年 8 月），頁 76～81。

[6]楊牧，〈林泠的詩〉，收於林泠，《林泠詩集》，頁 1～16。

[7]楊牧，〈林泠的詩〉，收於林泠，《林泠詩集》，頁 17。

現了「在崎嶇中體會舒揚之美，收放之間自我超越」的藝術成就。[8]

　　楊牧所點出林泠詩中的少女情懷、私我神話、童話詩心、現代抒情藝術等特色，都是眾所肯定與矚目的焦點，然而除了最後一項係肯定林泠的創作藝術之外，林泠因為作品發表得早，臺灣現代詩史對林泠的描述彷彿也就一直停留在「少女林泠」的印象中。楊牧雖曾指出「在主題的取捨方面，林泠也未必永遠執著於少女的情懷」，並以幾首詩為例，證明 1980 年代以後林泠所欲表現的「知性和感性頡頏的自我」，以及「心思更加開朗明快，從眼前的世界向曩昔投射，甚至嘗試著為她自己的詩底信念，以及生命底信念，展示一段無畏的歷程。這種新風格是今天的林泠，是我們所樂於認知的林泠」[9]，然而這一點卻為人所忽視，以致林泠在相隔 20 年後出版第二本詩集時，僅得到相當有限的回響。[10]

　　本文的起點，在於「如何重新閱讀林泠」？在少女情懷、愛情、童話的印象之外，林泠的作品有無其他特色？林泠既然被稱譽為早期傑出的女詩人，她的女性意識究竟如何？和她的詩人身分有著怎樣的關係？以下將以「異國想像」和「女性意識」兩個層面切入林泠的詩，加以探討。

二、林泠詩中的異國想像

　　林泠的作品以情詩居多，但其中所投射的視野極廣，可從愛情投射人生哲理，因此受到許多人的喜愛。尤其這些情詩多寫於 1950 年代，當時林泠不過十七、八歲，正值其就讀臺大的時期（1954～1958），她以二十不到的芳齡，綻現這樣的詩才，確實使人驚豔。例如〈阡陌〉一詩，主題可解讀成情人歷經短暫愛戀後分離，也可以放大為人生的偶然邂逅，而後各

---

[8]參見林泠，《在植物與幽靈之間》摺口文字。據悉，洪範書店出版的詩集，都經過楊牧親自校閱、點評，因此這也極可能是楊牧的意見。

[9]楊牧，〈林泠的詩〉，收於林泠，《林泠詩集》，頁 18。

[10]筆者曾撰寫書評〈生命的異象——林泠《在植物與幽靈之間》評介〉，《文訊》第 212 期（2003 年 6 月），頁 22～23。此外，在同時間似未見有相關評論。

奔前程。[11]林泠的作品大都具有這樣的多義性，流露很個人的、私密的情感，但其語言卻很冷靜，主題則充滿曖昧與不確定，符合現代情感的表現。

　　更特別的是，林泠在使用意象時經常以異國的景象為喻，甚至是地球以外的太空宇宙，例如〈三月夜〉：「三月的冷峭已隨雲霧下降了／三月的夜，我猜，是屬於金星的管轄」[12]，這使得她的作品已然超越古典的、中國的情境，和傳統的情詩作品有很大的不同。回顧她當時的創作環境——1950 年代的臺灣，經濟建設才開始起步，尚未開放出國旅遊，此時期的林泠也還未出國留學，一般人接觸外國相關事物的管道，大致取自教科書（外國歷史、地理課本）、書報雜誌、月曆或其他廣電媒體。一段文字的敘述、一幅畫、一部電影裡的畫面，或者是音樂作品，都可能引起人們的好奇和想像，進而使其對該國家、城市與相關文化感到興趣。筆者尚無法親自訪問林泠，了解她的外國知識從何獲得，但她作於 1952 年的第一首詩〈流浪人——詩的第一首〉，即以「我多嚮往於你／吉普賽的腳步」的句子寫下對吉普賽人流浪生活的憧憬[13]；而到外國流浪，似乎也是當時臺灣年輕人常有的嚮往。林泠詩中對異國的描摹，也許有幾分這樣的嚮往，但她獨到的藝術手法，使其作品意境展現特別的情調。以下試著從這些作品整理出幾種類型。

（一）異國情境的迷與悟：流浪之路與賭城之夜

　　前面提到，林泠在 1952 年就已經發表她的第一首詩〈流浪人——詩的第一首〉。這首詩以「你」為訴說對象，藉吉普賽人的形象烘托「你」在人生旅途中無盡的追尋以及箇中心情。吉普賽（Gypsy）係一種流浪的民族，起源於印度，因初到歐洲時，英人誤為埃及人（Egyptian），故名。在歐洲各國都有不同稱呼法，例如法國便稱之為波西米亞人（Bohemians）。

---

[11]林泠，〈阡陌〉，《林泠詩集》，頁 44～45。
[12]林泠，〈三月夜〉，《林泠詩集》，頁 40。
[13]林泠，〈流浪人——詩的第一首〉，《林泠詩集》，頁 150。

吉普賽人的外型特徵為身材短小、黃皮膚、黑髮、眼睛大而黑亮，其語言大部分由印度語而來。西元第 9（另說 14）世紀自印度西北流入歐洲及北美，現散處世界各地，尤以匈牙利、羅馬尼亞為多。以歌舞、卜筮聞名於世[14]；「吉普賽人」因而成為流浪、自由、反工業文明的象徵。在林泠詩中，吉普賽人代表的是流浪、自由以及追尋自我的象徵。試引其詩作如下：

我多嚮往於你
吉普賽的腳步
遲重的
卻伴著琴音

沙啞了的
在你折斷的琴弦上奔騰
煙，年華
在你心底交織著無言的詩篇
唱不出
但，那兒有無聲的飲泣……

走不完的路
搖曳著黝暗的身影
青春的花朵揉碎在路旁
熱情及愛恨
塞在背後的行囊中
為的是

---

[14] 參見大衛·克里斯托（David Crystal）編；貓頭鷹出版社翻譯，《劍橋百科全書》（臺北：貓頭鷹出版社，1997 年），頁 458。

你再不願彈出歡笑
寂寞？
——也許並不

心底
有你夢想的家園
腳底
有你故鄉的沙泥
祇是歲月把你的眼睛
染成了灰色
你，仍舊在尋找
那曾經失落了的
你自己底心

沒有眼淚
——因為
你還有明天[15]

從第二段「折斷的琴弦」、「無言的詩篇」與「無聲的飲泣」等句，可以
感受到詩中「你」所受到的挫折和苦痛；第三段「走不完的路」、「黝暗
的身影」，以及揉碎的青春花朵、塞滿熱情和愛恨的行囊等句子和意象，
也都可以感受到「你」所經歷的一切；但這一切也都已經「不足為外人道
也」，寂寞與否，恰恰是「如人飲水，冷暖自知」。末二段透露，「你」
的追尋是為了尋找「那曾經失落了的／你自己底心」，而這個旅途並非絕
望，而是仍然擁有希望的「明天」。

---

[15]林泠，〈流浪人——詩的第一首〉，《林泠詩集》，頁 150～152。詩末附注「一九五二年五月，寫於
　晨操之前。《野風》三十八期」。

　　這首詩雖是歌詠「流浪人」的生命情調，但詩的一開頭「我多嚮往於你／吉普賽的腳步」，點明了這正是詩中「我」的自我投射，因此雖然流浪人步履遲重，卻因為伴著沙啞的琴音，平添幾許迷人的氣氛，所以「我」仍然非常嚮往；加上煙、詩篇、花朵、熱情、愛恨等字眼，更增添詩意與滄桑感，使得「我」對這無盡的追尋之路充滿了好奇與希望，所以認為流浪者「沒有眼淚／——因為／你還有明天」。究而言之，此時正值十四、五歲的林泠，她所嚮往的吉普賽生活，並沒有限定在某個現實的疆界，反而是一種抽象的心靈世界；而流浪、追尋、走不完的路、失落的心，詩中的層層氛圍都和「吉普賽」這個異國異族的想像密切關聯。一個年輕的心想要去流浪，想要去尋找失落的心，用「吉普賽」這個翻譯、外來語加強、渲染流浪的浪漫感覺，最恰當不過。

　　林泠對於流浪者的特殊情感，也表現在另一首〈心〉中。在這首詩中，林泠營造了逐水草而居的塔吉克族的流浪氣氛。塔吉克人（Tadzhikistan）為生活於中亞東南部的民族，與阿富汗、巴基斯坦為鄰，歷經幾次被兼併的命運[16]，因此詩中描寫他們就像吉普賽人的流浪命運一樣，一直在找尋著棲身之所。在〈心〉詩的開頭寫著：「彷彿靜止了；篷車的轆轆，土撥鼠的接碟／他們說要來這兒，我底心室，築起密密的／蔽風雨的洞穴」，「我」對於這群流浪者的到來，充滿期待，甚至擔心他們會過站不停，第二段裡寫著：挑釁的西風不斷慫恿這群流浪者往南去，那裡也有一顆無塵的心在等待。是故，在最後第三段，「我」有著這樣的憂慮：

倘寄寓的人遲遲不現，那心

將隨時間肢解，冥化，而禮葬——

---

[16]塔吉克所屬的國家是塔吉克共和國，與阿富汗和巴基斯坦為鄰，由塔吉克人、烏茲別克人與俄羅斯人組成，信奉伊斯蘭教，官方語言是塔吉克語，貨幣為盧布。1918 年併入土庫曼，1924 年併入烏茲別克，1929 年成為蘇維埃社會主義共和國，1992 年內戰爆發而解體。參見大衛・克里斯托編；貓頭鷹出版社翻譯，《劍橋百科全書》，頁 1017。

　　而邀挑釁的西風揚塵

　　於萊茵河橙色的暮靄

　　黑森林的樅樹，以及

　　阿爾卑士山頂的微雲……[17]

除了「心」的破碎、冥化，西風也將到處揚塵，化入萊茵河的暮靄、黑森林的樅樹、阿爾卑士山的微雲等。在這裡我們可看到林泠的想像視野放在歐洲的風景線上，包括自瑞士發源，貫穿德國、荷蘭的萊茵河，德國黑森林風景區與位於法國、奧地利、義大利與瑞士交界的阿爾卑士山，都是舉世聞名、山明水秀的地方，而且蘊涵豐厚的歐陸文化氣息；加上用柔美的暮靄、微雲等意象來襯托淒美的感覺；就連樅樹的樹形，也應是俊俏秀麗，種種景語更加烘托一切情感都已在風中飛揚的氣氛。在這首詩中，林泠渴望流浪者來她心底棲息，「流浪者」不僅是她想要擺脫現實而出走的理想投射，也是她極為愛慕的對象與典型。這可解釋為青春少女對愛情的想像與虛擬，如果愛情遲遲不來，少女的心終將破碎，如塵土飛揚，但它飄飛的方向是遙遠、浪漫的歐洲，而不僅僅是模糊的、無名的想像之地。藉異國山水風景，以凸顯詩境，便形成了林泠作品的一大特色。

　　在自我的追尋之外，林泠往往也以異國的城市來烘托愛情事件。她最有代表性的小詩〈微悟──為一個賭徒而寫〉，即有這般手法：

　　在你的胸膛，蒙的卡羅的夜啊

　　　　我愛的那人正烤著火

　　他拾來的松枝不夠燃燒，蒙的卡羅的夜

　　　　他要去了我的髮

---

[17]林泠，〈心〉，《林泠詩集》，頁105。詩末附注「一九五五初稿。一九八一修正」。

我的脊骨……[18]

蒙的卡羅位於地中海岸，屬摩納哥，是著名的賭城。詩中以「蒙的卡羅的夜」，譬喻與情人共處的暗夜，烤火取暖和擲骰子賭博，似有著暗暗的扣合——不斷投進篝火的松枝、髮與脊骨，就像不斷祭出的籌碼賭資，直到被情人揮霍殆盡，青春歲月也因之銷鎔。愛情與賭局，巧妙地結合在一起，「蒙的卡羅」這個地點，恰恰加強了這樣的隱喻。「賭徒」也出現在林泠另一首散文詩〈建築〉：「我也靜默了。我相信他，我的朋友；他低低的聲調中有一股虔誠，像西班牙人在吉他上沉鬱地奏出愛的虔誠，因為他告訴我，他曾是一個賭徒。」[19]（1957 年作）從詩的末段「這是春天裏的事情」、「現在已是秋天了」等句，可推測詩中的「朋友」就是「我」心中傾慕的人，他們彼此問候身世，一同去尋找海邊一座特別的建築，但他們早到了，那座建築尚未完成，兩人因此分道揚鑣，留下淡淡的傷感。令人注意的是，詩中用「像西班牙人在吉他上沉鬱地演奏出愛的虔誠」、「他曾是一個賭徒」來刻畫箇中人物，這似乎說明唯有借用異國情調，帶著憂鬱氣質與賭徒性格的人物形象，才能充分傳達林泠心中對愛情的嚮往。

（二）異國風情的玄想與啟思：西班牙與荷蘭

林泠也曾透過圖畫來表現對異國的想像，例如〈題畫——瓦稜西亞之春〉，副標題注明「瓦稜西亞之春」，文末也自注「瓦稜西亞，西班牙東部海港」，從這個注解可知林泠對這個城市稍有了解。瓦稜西亞（Valencia）是西班牙第三大都市和第一大海港，位於東岸，臨地中海，陽光普照，盛產葡萄酒和橄欖油。[20]但林泠對瓦稜西亞的興趣並不在此。從詩的描寫可知，畫中的少女眼神是沉鬱的，因此觀賞畫作時，易引發弦外之

---

[18]林泠，〈微悟——為一個賭徒而寫〉，《林泠詩集》，頁 60。詩末附注「一九五六，濟南路」。
[19]林泠，〈建築〉，《林泠詩集》，頁 161。
[20]瓦稜西亞，或譯瓦倫西亞，參見大衛·克里斯托編，貓頭鷹出版社翻譯，《劍橋百科全書》，頁 1078。有關「瓦稜西亞之春」畫作的資料，目前尚未查到。

音的玄想。試引其詩如下：

> 在西班牙少女的眼裏，我們讀著
>> 讀著那主題
> 他們選冬天的蒼鬱作深沉的底色，在瓦稜西亞
> 去年的聖誕樹猶垂著彩飾──那是她們──
>> 一個姑娘的裙裾綴著藍色的十字星
> 隔著畫布，她遞給我一截未燃的燭，一個未繫的鈴
>> 註：瓦稜西亞，西班牙東部海港[21]

「藍色的十字星」指的是南十字星，屬南半球星座，和位於南歐的西班牙地理位置相吻合。「藍色」無疑是要呼應前文冬天蒼鬱、深沉的底色，雖是冷冷星光，卻染上幾分惆悵。而畫中西班牙少女手中的燭與鈴，顯然就是耶誕樹上的裝飾品。「隔著畫布」一句，宛如神來之筆，使畫中人與觀賞者有著神妙的互動。值得推敲的是，既然畫的標題是「瓦稜西亞之春」，為何林泠看到的卻是冬天、耶誕節的景象？筆者以為「未燃的燭」、「未繫的鈴」兩句透露了玄機。未燃、未繫，固是畫面所示，但卻也是「我」心中的幽思，暗示一段尚未點燃，尚未聯繫雙方心意的愛情。因為蘊藏在心底，卻始終「尚未」開始，所以才會有沉鬱的情思。詩的開頭所指的「讀著那主題」，也就指向愛情的體會了。

　　林泠對異國風情的描寫，偶爾也顯現理性的思考。例如〈給填海者〉，寫的是與海爭地的荷蘭，詩的前半描寫了風車的國度，草地上的乳牛和戴著紅頭巾的紅髮女郎，都十分符合荷蘭的風土人情。到詩的後半，除了以吹口哨的少年來銜接上下文外，就直接指出我們這群「東方古國」的孩兒是該羞愧的：

---

[21] 林泠，〈題畫──瓦稜西亞之春〉，《林泠詩集》，頁58。詩末附注「一九五六」。

還有，那兒的少年人

愛吹口哨如輕捷的飛鳥

而我們哪，我們

東方古國的孩兒

祇傲然地拭去汗珠，默默地注視著

又一個征服的夢

在新積的陸地上完成……[22]

使林泠感到羞愧的原因應是，荷蘭人如此勤奮，填海增地，人定勝天，但身為擁有五千年文化的吾人，到底做了什麼值得驕傲的事？如果自清朝末年追溯，盛極一時的東方古國，不敵西洋勢力的入侵，又曾被嘲笑是「東亞病夫」，在時代演變的過程中節節敗退；對照之下，荷蘭原也是 16、17 世紀極為強盛的國家，擁有多處殖民地，其後雖被大英帝國、法國等取代，但荷蘭人在農業、商業、科技上，仍持續求新求變。荷蘭人填海策略的成功，增進民生福祉，尤為世人津津樂道。林泠必然熟悉這些常識，因此才有這樣的感喟。不過，相較於林泠其他作品，這首詩結尾寫得過於直率，失去了韻味，並不算優質之作。

（三）夢想中的南方

　　林泠有一首詩作於 1956 年 3 月 7 日，題目是〈「一九五六」序曲〉。1956 年，林泠滿十八歲，「序曲」二字足堪玩味。這一年，她已進入臺大化學系，但不是新鮮人，可能是大三的學生[23]；十八歲本就是個特別的年齡標記，代表著青春年華，人生新的開始，因此這首詩洋溢著逃離禁錮，遠走高飛的夢想。詩中對異國的想像與嚮往，則朝向遼闊的南方，並落實在

---

[22]林泠，〈給填海者〉，《林泠詩集》，頁 100～101。詩末附注「一九五七」。

[23]據洪範版《林泠詩集》摺口所示，林泠於 1954 年進入臺大。林泠生於 1938 年，當時應是十六歲，和一般人十八歲上大學不太一樣，待考。

具體的地名——澳洲：

> 才是三月，已綠得夠深了
> 那是我思想的裙角，
> （她從鎖住的禁園裏逃出來）
> 被揚掛在多枝節的樹椏上
>
> 我真奇怪這兒的靜謐
> 也許，對岸的鐘聲被護城的運河所阻隔
> 那些靜物的投影，生命的躍動
> 美得多明朗啊，明朗得
> 像哥德式教堂拱形的窗
> 　向不可思議的高處開放
>
> 此刻，我的沉默該是驕傲
> 在澳洲，一片仍未開拓的處女地上
> 我將是牧場的主人
> 　擁有南太平洋海風的溫柔和殘暴
> 　擁有紅磚的小屋和綠蔭的棕櫚
> 以及，那無數的，任我使喚的
> 詩的小羊……[24]

鎖住的禁園、鐘聲、護城河、哥德式拱形的窗等意象，勾勒出歐洲城堡與莊園的場景；但此時的「我」，思想早已奔逸而出，不再受到禁錮，大有獲得自由的欣喜。而在靜默之中，「我」的思想也已飛馳到澳洲牧場，屬

---

[24] 林泠，〈「一九五六」序曲〉，《林泠詩集》，頁106～107。詩末附注「一九五六年，三月七日」。

於南半球的一切景致，都讓「我」感到心滿意足，尤其是「那無數的，任我使喚的／詩的小羊……」，更引發無限的遐思與閒情。這首詩再次證明林泠擅長運用異國想像，彰顯詩的主題，提升意境。

三、林泠詩中的女性意識與詩人身分

林泠既被稱為「女」詩人，則其女性意識是怎樣的呢？「少女林泠」在年少、女性的雙重符碼指涉下，表現出怎樣的自我意識呢？就女權運動與女性主義的發展來看，19 世紀末 20 紀初期的第一波女權運動，帶來了女學、婚姻自主、女性選舉權等觀念，第二波女權運動則直到 1960 年代以後才風起雲湧，百家爭鳴；而戰後的臺灣社會，在 1970 年代才急速、大量地引進女性主義思想，掀起往後婦女運動的熱潮。[25]林泠發表創作的高峰期是在 1950 年代，這也是她的中學、大學時期，在有限的資料中，看不出她對女性問題的看法，是否受到早期婦女解放運動思想的啟發；反倒是她赴美國留學的階段（1958 年以後），正是美國婦運開始蓬勃興盛的時代，林泠雖然攻讀化學博士，但應該也會感染到幾分時代社會的氛圍，因此在她後期的作品中，我們就比較容易看到女性主義思想的痕跡。換言之，林泠的女性意識呈現逐漸明朗的情形。

（一）逐漸明朗的女性意識

林泠的名作〈不繫之舟〉，其主題是展現個人的自由意志還是獨特的女性意志，各家有不同的說法。首先引述原作如下：

> 沒有甚麼使我停留
> ——除了目的
> 縱然岸旁有玫瑰，有綠蔭，有寧靜的港灣
> 我是不繫之舟

---

[25]參見王雅各，《臺灣婦女解放運動史》（臺北：巨流圖書公司，1999 年）；邱子修，〈臺灣女性主義批評三波論〉，《女學學誌》第 27 期（2010 年 10 月），頁 251～273。

也許有一天

太空的遨遊使我疲倦

在一個五月燃著火焰的黃昏

我醒了

　　海也醒了

人間與我又重新有了關聯

我將悄悄自無涯返回有涯，然後

再悄悄離去

啊，也許有一天──

意志是我，不繫之舟是我

縱然沒有智慧

沒有繩索和帆桅[26]

有關這首詩的評論，蕭蕭曾說：「〈不繫之舟〉這首詩表達了年輕人追求生命自由的決心與意志，年輕的生命不願受到任何束縛與繫絆，因而以『不繫之舟』作為譬喻。」[27]而李元貞則說：「林泠在十七歲的時候寫過一首膾炙人口的詩〈不繫之舟〉，也觸及了女性追求自由的心理掙扎……非常氣勢磅礴地表達了年青（應作『輕』）女性追求自由的豪情。……更深刻地寫出了年青（應作『輕』）女性追求自由時的浪漫冒險及不安的心理。」[28]從各家不同的詮釋，可見〈不繫之舟〉主題的多義性。本詩的意象「不繫之舟」係出自《莊子・列禦寇》：「巧者勞而智者憂，無能者無所求，飽食而遨遊，泛若不繫之舟。」因此解為普遍性的對自由意志的追求並無不妥；而若著重於其女性的身分，強

---

[26]林泠，〈不繫之舟〉，《林泠詩集》，頁22～23。詩末附注「一九五五」。
[27]蕭蕭，〈林泠的〈不繫之舟〉〉，《中央日報》，1997年3月5日，21版。
[28]李元貞，〈臺灣現代女詩人的自我觀〉，《女性詩學──臺灣現代女詩人集體研究（1951～2000年）》（臺北：女書文化公司，2000年），頁21～22。

調「女性追求自由的心理」，似乎也合情合理。但是若要更貼近於女性的身
分，另一首〈雲的自剖〉，應是較佳的例證。本詩的序言引用《莊子・逍遙
遊》：「列子御風而行……」有嚮往自由之意，但以「紅衫的女孩」為主角人
物，寫出女孩如雲朵的行雲布雨，創造了宇宙；這就凸顯了女性的主體位置，
具有化育萬物的作用。試讀其詩：

> 降生於太陽的故居
> 海洋是青冢，如同天上小小的隕石
> 夜歸的漁火是憑弔者的淚滴
>
> 我常常想起，想起
> 多年前，有個愛穿紅衫的女孩
> 徐行過人間：
> 　　以霧的姿態
> 　　　　雨的節奏
> 　　　　流泉的旋律
> 而她隨手撒落的火焰與雪花
> 便形成了赤道和南北極
>
> ……我常常想起
> 海洋是青冢，如同天上小小的隕石
> 夜歸的漁火是憑弔者的淚滴[29]

詩中這個「紅衫的女孩」，有著濃厚的自我譬喻的意涵，也就是說在普遍的
「人性」之外，林泠詩中「女性」的身分的確是不可忽略的。〈不繫之舟〉與

---

[29]林泠，〈雲的自剖〉，《林泠詩集》，頁24～25。詩末附注「一九五五」。

〈雲的自剖〉分別編排於詩集的第一、二首,如果參照來看,更能了解林泠在潛意識中對女性身分的體認。而在第二本詩集《在植物與幽靈之間》的一些作品中,林泠以詩中的女性意識從朦朧到明朗,顯現獨立的、女性的自我意識。

例如〈移居,靈魂的〉,從詩末的自注可知係取材於人類學的發現:女性始祖猿人「露西」的故事。林泠以詩和時間為喻,把女性人類的出現推溯至遠古,成為人類歷史的先鋒。這首詩賦予「露西」女猿人極鮮明的女性意識。其原作如下:

> 「在絲絲的歲月之後　你說
>
> 　我如何網住那蛻化的蠶蛾?」

他跟蹌地進入,自廊廡

她靜靜等著──

那是

星辰罷黜的夜晚

有異象摩踵的痕跡:時間

黑衣潛行　環蝕入寂

一燈熒熒欲熄……

欲熄的熒熒　然則

卻是千爐的欲燃

而無燧　(欲燃

　　　　而不遂?)

在一堆枯花、鎳幣

搖籃與褻衣

以及殘留自昨夜的

杯盤之間,她撇開蛹衣

立著露西的直立

而蜷伏——

那昔日的嬰孩之曲；

且追溯　一遠年的震央

自他額際年輪的罅隙

　『是怎樣的浮游　支撐

　這身軀不可承受之輕？

　怎樣的　生之勃興

　又使之沉淪？』

靈魂——

呼籲移居：遷出

這心室的高寒

與巍峨；而設籍於肌膚

聚不癒的瘡痂

逐汗與血的水草而居

她——踉蹌地進入

他的齒澗　他的手掌

而猝然地碎裂

在舌上……像一首詩，萎滅

於自身觸發的激越；

讓輕音逃出

從每一層隱喻的浮屑

而細碎地，與初識的靈魂

在同一次水難中

消亡——

然後是倉皇的離去
再次地
策令於風雨　一如
他們遲緩卻同時到達
就是這樣：一些
軌道的錯綜
和越逾——新的秩序
煥然；天體
與乎人間
尊貴又卑微的行藏

註：根據人類學家約翰生（Don Johanson）的發現，人類遠祖約在三百萬
年前由「四足」人猿演進為「二足」；而第一組鑑定為「直立」的骨骸
係屬女性，自 Ethiopia 出土，暱名「露西」（Lucy）。此處借用為女性意
識的象徵。[30]

相較於前期作品的孤立，林泠的第二本詩集中，有不少作品加了引言或注
解，有助於讀者的理解。這首〈移居，靈魂的〉，加注以說明考古的事蹟
是可以理解的，但末句「此處借用為女性意識的象徵」，則略有畫蛇添足
之感，因為「直立」的意義，已經可以使人聯想「露西」所代表的意義。
然而這無損於此詩的整體成就。在本詩的第一節第一段「他跟蹌地進入，
自廊廡／她靜靜等著」，表面上可指男性考古學家挖掘了女猿人的骸骨，
看似「他」的進入，才發現了「露西」，實際上「露西」早已靜靜等在那

---

[30] 林泠，〈移居，靈魂的〉，《在植物與幽靈之間》，頁 38～43。詩末附注「（一九九八）」。按，此詩
集各篇詩末附注年代者，皆加上「（ ）」，少數則未加注年代。

裡；這突破女性總是被男人發現、被男人定義的誤解與宿命。由此也可借喻為女性早就存在於時間之初，而男性很久以後才出現；女性才是人類歷史的始祖。第三節前半「她——跟蹌地進入／他的齒潤，他的手掌／而猝然地碎裂／在舌上……像一首詩」，表面上是男性考古學家發現了「露西」（用他的手掌挖掘土堆、摩挲骸骨），為她命名（從他的齒潤、舌上迸發出字音），但也可解釋為女性以詩的優美和豐富迎向男性，卻遭遇到幾乎碎裂的命運。所幸靈巧的輕音還可以逃逸，因此才有劫後餘生的可能。其後的「水難」，顯係指《聖經・創世紀》的那場洪水，所不同的是，在此之前，沒有拿亞當的一根肋骨來創造夏娃的情節；而歷經這一場災難後，「他們遲緩卻同時到達」，指的是「她」和「他」分別來到水難後的新世界，享受煥然一新的新秩序。在這裡，男女兩性和平共生，「露西」不是亞當的肋骨所造，她是第一個被發現的直立的人類始祖。

又如〈烏托邦的變奏〉組詩二首，以代言的方式，為 AZ 寫給她孩子的婚禮。從〈一：無托邦〉、〈二：夫托邦・父托邦〉的標題，已可略窺其對男性文化的嘲諷。在〈一：無托邦〉中，以「曾經，我也年輕；孩子」訴說年輕時的「我」怎樣享受青春，包括和當時的男友——後來是孩子的父親——一同聽搖滾樂和吸艾草，放浪形骸的情景；因此以「無托邦」來標識那個青春虛無的年代。值得注意的是，「曾經，我也年輕；孩子」的開頭句子，在〈二：夫托邦・父托邦〉中，已轉變為「曾經，我也自由，孩子／當我年輕的時候」，由此發出身為女性的感慨，試引其詩如下：

曾經，我也自由，孩子
當我年輕的時候
那字彙的寓意，我亦微微
知曉，從一些詩篇
鷗鳥的聯想

風，驟雨和初霽。

可是我，哎——

　　　　　　一個女子

能有，啊，能有怎樣的自由？

那與生俱來的原罪

深植在我們的雙股之間

在我們（被愛情

　　　　　污瀆的）

心房心室的窄渠。

　　　　　　那必是

魔鬼的指設，我想，或是上帝

要我們變成一株

孕育禁果的樹，永遠地

傳遞伊甸的沁甜和蠱——

因此，在你成親的前夕

我必得提醒你

去重溫記憶裡承受的鞭撻

讓她知道，地心的重力

是來自男人的手掌——並且

給她一面鏡子

讓她，遂行那無望的搏鬥

和自己的肉身成讎。

最要緊的，孩子，是要使她

懷孕——無休止地

複製你的基因

讓她知道：你

纔是生命的授予者

像鵬鳥來自北冥，越過

峭銳的山峰，湍悍的

激流，而短暫地

棲止於林莽。

　　　　　你該，啊孩子

讓她知道，那大地即是

她起伏的身軀

在季節的枯榮裡

為等待你的君臨而仰臥[31]

詩的開始表示「我」曾經是自由的、年輕的，對愛情有所嚮往與領略。接著說：「可是我，哎——一個女子／能有，啊，能有怎樣的自由？／那與生俱來的原罪／深植在我們的雙股之間／在我們（被愛情／污瀆的）／心房心室的窄渠。」這些話是反諷的，而且故意說得有點兒俚俗，以見笑謔之意。或許林泠和 AZ 是極熟識的朋友，因此才能用這麼戲謔的口吻；但這裡對於女性因擁有生育功能就等同於「原罪」，是相當打抱不平的。「那必是／魔鬼的指設，我想，或是上帝／要我們變成一株／孕育禁果的樹，永遠地／傳遞伊甸的沁甜和蠱——」則轉用《聖經》的話，說出女性因為自己的身體而必須擔負起勾引男性欲望的刑罰。「無望的搏鬥」、「和自己的肉身成讎」等句，更進一步地點出女性必須是無欲的，否則便會和自己的欲望纏鬥不已；她也不能去體認自己身體的感覺與需求，反而厭惡起自己的身體，甚至厭惡自己是個女人。「最要緊的，孩子，是要使她／懷孕——無休止地／複製你的基因／讓她知道：**你**／纔是生命的授予者」等句，更加強刻畫了男性中心的思想，但詩中的語氣和含意，是批判的、輕蔑的；尤其「你」字特別用黑體字印刷，「讓她知道：**你**／纔是生

---

[31] 林泠，〈二：夫托邦‧父托邦〉，《在植物與幽靈之間》，頁 58～61。詩末附注「（二〇〇二）」。

命的授予者」，這是何其霸道，又何其諷刺的話語。直到末句「為等待你的君臨而仰臥」，再度揭穿男性為尊，主導一切的面貌。詩的序言所示，這是為友人孩子的婚禮而寫，詩句所揭示的，也無非如同傳統祝福夫唱婦隨、子孫滿堂的吉祥話；但是運用三次「讓她知道」的諭告，已大大地突破了表相，達到反諷的效果，傳達出弦外之音，表現對男性思想的批判，與對女性命運的同情。

　　此外，在〈單性論──向達爾文質疑〉一詩中，也顯現獨立的女性意識，希望擺脫欲望、愛情或繁殖子嗣的種種限制，「以更潔淨的方式傳遞」，達到「無性的卵子，單一的／昇華」，而得到自由自在的快樂。試看詩的後半部：

　　　　無性的卵子，單一的
　　　　昇華；而毋需

　　　　屈辱於慾望　　（像靈長類
　　　　那麼地屈辱）　　或是愛情

　　　　或是　宗法結構的美學
　　　　它虛無的堅實

　　　　與榮華。我們
　　　　毋需下注以生命的

　　　　菁華，讓盲睛的莊家
　　　　性──恣意地投擲

　　　　那基因的骰子，命運的

籌碼；且煽動一些

亙古驚伏的突變
在流蕩如雲的

原生質的幽微之中。
啊，何不，我們就讓垂柳

自垂於柳岸，芽茁自醉
在夏日最後的薔薇；

讓秋霜隱去，那僅祇
為了第二性而欣榮的

惡業；讓愛與真美
釋放自一切選擇的遊戲[32]

　　這裡的「卵子」代表的正是女性，林泠希望把一切有關欲望、愛情、宗法結構等對女性的誘惑與束縛都放下，也希望把生物屬性的「性」都拋棄，以便達到無性生殖，如同垂柳自垂於柳岸，芽茁自醉於花香，使女性不再因為「性」而受宿命擺布，真正去除「為了第二性而欣榮」的惡業。

　　如是，《在植物與幽靈之間》這本詩集裡的林泠，已經表明了她的立場，她既看穿男性至尊的思想，也看到女性受限於「女」性的身分，無法正視、接受自己的欲望與身體——不僅是她自己，整個社會的思想意識都不能接受。但是她推出了「露西」這個女性始祖，作為女性的人物典型，

---

[32] 林泠，〈單性論——向達爾文質疑〉，《在植物與幽靈之間》，頁127～129。本詩未注明寫作年代。按，「驚伏」多作「蟄伏」，此處依從原作。

撇開「女人是男人的身體的一部分」的思維與價值觀。她對於性別問題的最終理想是，達到「單性」，以至於「無性」的純淨境界。

　　此外，林泠對女性身分的思索，也表現在對母系血緣的認同。例如寫外婆的作品，有〈彩衣——一九六九夜訪善導寺〉[33]與〈在（無定線）的途中——龍泉街的童年〉[34]；寫母親的，有〈搖籃——寫在母親的周年〉[35]；寫女兒的，有〈給女兒的詩〉。[36]這四首環繞著外婆、母親、我和女兒的作品，都滿含情感，尤其〈給女兒的詩〉，從哄女兒睡覺，聯想起自己慌亂流離的童年生活，再回到眼前逐漸熟睡的女兒臉上，那麼的安詳靜美，林泠的心情彷彿重獲平靜。詩的最後兩段說：「你失落的／春天都撿了去／製成了蜜」、「你的步履輕了——那重量，你失落的／將隨一隊遊方的大雁北上／飛翔⋯⋯」是對自己的安慰，也是對女兒的應許。這些涉及自身親情倫理與情感的作品，可說是林泠在冷靜思考的層面之外，以溫暖明亮的筆觸，勾勒出注重母系文化的部分，也是強調母女同源之觀念的真實體現。

（二）以「詩人」的身分立足

　　女詩人具有的女性意識，並不一定是要從事爭取女權的社會運動，而可能是在「詩」的領域中，想要有一席之地，而且對於創作的觀念，念茲在茲地述說，藉此表達自我的創作觀。我們可以這麼說，女詩人在意的仍是「詩人」的身分。在林泠的作品中，我們可以發現她非常在意自己的創作，揣想人們將怎樣看待自己的詩；這使得我們相信林泠詩中一些形式的

[33]林泠，〈彩衣——一九六九夜訪善導寺〉，《林泠詩集》，頁136～139。
[34]林泠，〈在（無定線）的途中——龍泉街的童年〉，《在植物與幽靈之間》，頁102～107。
[35]林泠，〈搖籃——寫在母親的周年〉，《在植物與幽靈之間》，頁22～25。
[36]林泠，〈給女兒的詩〉，《在植物與幽靈之間》，頁26～31。當然，這不是說林泠都不寫男性親人。《在植物與幽靈之間》尚有〈頑石鑄情〉，以寫石來懷念父親；也有〈墮馬的王子〉，寫給三哥和其同輩。但前者刻意保持距離，大量敘述石頭的生成原因與紋理，直到詩末才點出父親早於半世紀前的一個凌晨去世；後者的情感較鮮明，因是兄妹關係，故詩中語氣較平和、親切，寫出兄妹童年時一同玩耍嬉戲的情形，也對三哥如今裝了一隻義肢、不再意氣風發的景況，有所感傷，詩的中間也點出，在母親心中，永遠留存三哥「俊美的王子」形象，可見「母親」仍是連接同胞兄妹之間的一條臍帶。比較之下，林泠寫女性親人，感情是較濃密的。

實驗，是自覺式的實驗，想從字句的排列、音響的調節等方面找到形式與
內容最好的搭配。〈紫色與紫色的〉一詩可作例證：

> 淺淺的憂鬱
>
> 淺淺的激動與寧靜
>
> 如同我，在五月，五月的一個清晨
>
> 將楓葉的紅與海洋的藍聯想
>
> 你曾見過它的形體麼？
>
> 那延伸於牆外的牽牛花
>
> 像我的詩篇一樣，野生而不羈……
>
> 而你，你曾聽過它的聲音麼？
>
> 在氾濫的無定河邊，水流冷冷……[37]

這是 17 歲時的林泠對自己的詩的形容，情感上淺淺的悸動，激發了詩的創
作，但形式是不羈的，無法規範的（「像我的詩篇一樣，野生而不羈」）；
聲音、節奏，也是她在意的（「你曾見過它的形體麼」、「你曾聽過它的聲
音麼」）。這裡的詩觀很淺顯，但林泠的創作藝術則遠超過這個層次，並早
獲得詩壇的肯定。另一首同樣作於 1955 年的〈瓶花〉初稿，經過 1981 年
修正後，所呈現的語言形式就比較冷靜，但都是在表現對於創作的探索。
詩的前半藉瓶花的凋落，詮釋了「空白」的意義；後半則由瓶花之凋落，
觸發詩篇的完成。全篇凡四段，第一、二段的句型長短錯落，尤能感覺林
泠苦心思索的用意：

> 瓶花……落

---

[37]林泠，〈紫色與紫色的〉，《林泠詩集》，頁 30～31。詩末附注「一九五五」。

落向掀開的，詩頁的空白
　　　落向
空的隔離，白的
孤絕…………滿室

哦，請別責怪
我的無語。那常此隱飾的
　　　　無助。思念的無間，詩的
　　　　　　無題。那使我久久困頓的
落的……有餘
或是無餘

瓶花，若是
瓶花也習於
隱飾，而誤識泥土
於我案前的空白
而凋落——
以虔誠，以再生的
熱情

你將見，這世界的縮影
投入
我的詩篇，湧動
小河一般地
帶著血的溫熱
與殷紅

你將見

被棄擲的我底筆

在岸邊，如砍斷的枝柯。[38]

　　林泠認為詩頁的空白，是「空的隔離」、「白的孤絕」，寫詩是一種「隱飾」的藝術，亦即詩中安排的空格、空行、空白都是有含意的，而主題思想也不能一洩千里，毫無保留。這些技巧的拿捏，常易使詩人陷於「久久的困頓」。末段「被棄擲的我底筆」，也是在形容創作者為此「捻斷數莖鬚」的勞累。而如果詩寫成了，「你將見，這世界的縮影／投入／我的詩篇」──林泠要告訴我們的，正是她對詩的堅持。

　　林泠身為現代派的早期社員之一，她對於紀弦所強調的理性、知性的表現手法，是非常贊同的，所以多年後她回顧自己的創作，完成〈非現代的抒情〉一詩。此詩作於 1981 年，也是〈瓶花〉修正稿的同一年，二者的風格類似。〈瓶花〉以錯落的長短句營造艱澀感，〈非現代的抒情〉句型雖沒有那麼大的落差，但幾處括弧的夾注，則刻意沖斷了詩的流暢度，以達到「非抒情」的效果。在〈非現代的抒情〉詩中，林泠說自己是「彈了骨的現代主義者」，又說「一個宣了誓的／現代主義者，是不欲／也不能／抒情的」，因為現代主義者的創作強調情感的節制，字句、意象、音調的謹慎斟酌，超越個人感受而力求客觀的呈現，以冷峻、緊密控制的手法來達到「抒情」的目的。因此詩中所列舉的孩童的自在舉步，以奔放、明朗的春日林野，代表「恣意地抒情」，都是現代主義者所不允許的。在詩的第四段更強調「即使是緘默也不行」、「即使是空白／也不行」，因為「緘默，是最高度的激越／激越，是最高階的無音」，而「空白／已隨著時間蝟集／成形體」，「它毀蝕著／我弛怠的張力／塑性與韌度」；這些思慮，都代表林泠對創作的苦心經營與高標準的堅持。詩的最後一段清晰地傳達了這樣的理念：

---

[38] 林泠，〈瓶花〉，《林泠詩集》，頁 114～116。詩末附注「一九五五初稿，一九八一修正」。

在那兒，每夜，我提審

一些遠古的激情

而思量著

它們的釋放——

或是處決：最終的

不再赦緩的

處決。……若是能找到

一個濱河的刑場

在來春，驚蟄後的

第一個麗日

凌遲。[39]

用提審、處決、凌遲等情境來形容創作，為情感（古老的激情）找到適當
的處置方式，實在很特別，理性、冷靜到近乎冷酷、冷血，或許這正是現
代主義表現手法的極致。而完成創作或安排好一個字句，時間上甚至可能
延宕到來年的春日，也可見其認真執著的精神。我們有理由相信對這位宣
告「誓言／要用骨骸來寫」的「彈了骨的現代主義者」——林泠——而
言，「詩人」是她一生所堅持的志業。

四、結語

　　從 1952 年到 2002 年，林泠發表的詩作橫跨半個世紀。雖然目前僅得
兩本詩集，但其第一本詩集《林泠詩集》，也已占有一定的地位。第二本
《在植物與幽靈之間》也有不少重要作品。林泠詩中的異國想像，反映當
時臺灣社會的青年們對於遠國異域的嚮往。1949 年以後的臺灣雖進入戒嚴

---

[39]林泠，〈非現代的抒情〉，《林泠詩集》，頁 148～149。詩末附注「一九八一」。

時期，反共文藝的政策當道，但也因美援物資的進入以及美軍的協防，使美式文化跟著風靡臺灣，當時所謂的「崇洋」指的就是「崇美」，甚至流傳著「來來來，來臺大，去去去，去美國」的順口溜。但比較特別的是，即使是進入臺大化學系就讀，林泠詩中並沒有表現被美國文化吸引的痕跡，她反而著迷於古老的歐洲，或者新興的澳洲。雖然林泠後來還是到美國留學、定居，但從詩中仍可看出在她的心底深處，歐洲這個祕密的國度，才是屬於詩的；而美國是世俗的樂園，是屬於現實的。

　　另一方面，1949 年兩岸政治局勢分立，當時隨國民政府遷到臺灣的外省族群往往有「有家歸不得」的隱痛，文人在作品中也不能明指大陸家鄉，因此有各種離散的書寫模式。譬如葉維廉即認為在 1950 至 1970 年代，由於「雙重的文化錯位」——民族命運和生活的激變，加上意識到「反攻大陸」無望，使得許多詩人以各種隱晦的手法暗中寄託他們對於冷戰氣氛鎮壓下的孤絕禁錮感、鄉愁、希望、精神和肉體的放逐、夢幻，以及恐懼和遊移的心理感受，如商禽的〈長頸鹿〉、〈門或者天空〉等，詩中的禁錮意象，以及逃亡的意識是互為表裡的。[40]參照這個說法，林泠〈流浪人——詩的第一首〉以對流浪人訴說的口吻，寫出對流浪人、吉普賽族群的同情與悲憫，流浪人的居無定所，無家可歸，日復一日的流浪生涯，也可以和當時外省族群的命運相對照。林泠 1938 年生於四川江津，童年在西安、南京度過，1949 年舉家遷臺，寫這首詩時正當高中生的年紀，她曾經歷離散的歲月，觀察敏銳的她，也可能用這樣的作品來投射一個族群的處境和命運。她詩中大量的異國想像，潛藏著想要遠離的意識，也可以解讀為她對時代氛圍的背離，而愈是禁閉的時局，就愈引發她對於異國的嚮往。

　　男性詩人亦有書寫異國的作品，如瘂弦有〈巴黎〉、〈倫敦〉、〈印度〉等詩，但瘂弦寫的是巴黎的繁華與墮落、倫敦的歷史與社會百態，以

---

[40]葉維廉，〈臺灣五十年代末到七十年代初兩種文化錯位的現代詩〉，《臺灣文學研究集刊》第 2 期（2006 年 11 月），頁 129～164。

及印度聖雄甘地（Mohandas Gandhi）的精神，都是屬於公共領域、大歷史的書寫。當然，瘂弦寫這些作品時，大約三、四十歲，在人生的閱歷上，與二十歲不到的林泠顯然有所差別。林泠只把這些異國意象當作一種隱喻，大多偏向個人情感的指涉，我們可以說這是小我的、私密的，但並無損於其成就，因為這一方面顯示女性對空間想像的獨特性——遙遠的國度，未知的世界，模糊又曖昧的感覺，想要去流浪，想要孤注一擲，這都得借助那些陌生的城市地名，以真切地傳達她對感情的認知，或者對建構一個理想與夢想的世界的渴望。另一方面，這也呈現了林泠的創作藝術，相對於中國、東方、古典的氛圍，她的取材與意象構思的「現代性」，較常運用西方的國度、都市與文化印象，使她的詩有著奇異的想像視野，可更精準地傳達作品主旨。因為有些情感的表現，是屬於現代社會的，難以用傳統的語彙來表達，如情感的不確定性、沒有結局的結局等，加上受到現代教育的啟發，個人嚮往的國度，已經不是抽象的「桃花源」，或某個古老的、中國的都市[41]，而是阿爾卑士山、萊茵河、德國黑森林等異國景色，這時就勢必得運用異國意象來達到目的。

　　林泠出道甚早，少女時期的作品即已受到讚賞，因此評論者很容易以多愁善感、少女的婉約矜持、童話般的甜美等字眼來界定她作品的特質。但我們其實更應該注意到她詩中女性意識的醒覺，以及作為一個「詩人」的堅持。這在本文第二節已列舉多篇詩作為證。林泠雖沒有被視為高舉女性主義旗幟的女詩人，但她後期的作品在在證明她的女性主義思想已然成形。她對詩的堅持，也可參看其《在植物與幽靈之間・後記》：

　　　其實，想說而能說的，都放在詩的字句裡了，或是安置在行裡行外的空
　　　白地帶。往往，我在詩中潛意識經營的，是一份不能、也不想使之具體
　　　的素質，相似於我對生命本體的感知。這樣的遲疑，蝟集久了，也多少

---

[41]當然，林泠也有嚮往古老中國的時候，如其〈叩關的人〉，《林泠詩集》，頁34～35。

解釋了我在詩的寫作上的斷層現象：長期的蟄伏以及飄忽不定的偶出。對這不規則的文學行徑，我一直存有一份深切的自責與歉疚。[42]

林泠試圖說明她對於生命與創作本質的思索，一直不曾放棄；但有些是可以說出的，有些卻是不能、也不想具體呈現。這種刻意保持距離的意念，使她創作時更加遲疑、斟酌，寫作也就因此有了斷層現象。然而，這也使她感到自責與歉疚。造成她在詩壇長期蟄伏的原因，除了外在因素（譬如居留國外、本身事業的考量），也和她想要完美地經營一首詩的「遲疑」有些關聯。因此當她終於出版第二本詩集，她形容這就像：

我在找尋某種精神上的地雷，然後不經心地踩上去，讓突發的爆破將我隱密的成長釋放。無論如何，多少年過去了，我的硬殼終被擊開，但引火的撚子和燃料卻溯源於我自己……[43]

地雷爆破、釋放隱密的成長、擊開硬殼等語，無不說明林泠長期蓄伏之後，終於尋求到一種揭示自我的途徑，那便是——詩，無可替代的詩。林泠對於該書收錄的三十首詩，也有其策略和安排：

明顯而易見的，是一份設計過的蕪雜：我蓄意讓這三十首詩擁有最相異的面貌、主題或策略，甚至於感情的幅度和張力。循著一貫「篇章重於字句」底美學準則，我樂意拋棄了僅剩的裝飾音，以及所謂的甜意，企求換取更高度的透明和可塑性。在這卷詩裡，我也試著糅入不同程度的粗糙，讓詩的肌理——語言——得以忠實地摹擬它各自的產地，無論是實質或心靈的。[44]

---

[42] 林泠，〈後記〉，《在植物與幽靈之間》，頁153。
[43] 林泠，〈後記〉，《在植物與幽靈之間》，頁154。
[44] 林泠，〈後記〉，《在植物與幽靈之間》，頁155。

這段話透露了林泠的創作觀:「篇章重於字句」、拋棄裝飾音與甜意、表現高度的透明和可塑性、忠實摹擬語言等,而且都採取高標準的要求,以致全書三十首詩面貌各異,因為每一首詩林泠都想展現她對於詩藝的堅持與要求。

　　隨著時間過往,「少女林泠」而今(2014)也已超越七十高齡。無論我們稱呼她是少女林泠、女詩人林泠或現代詩人林泠,都只是林泠的一個面向。「少女林泠」或可說是一個時間、年齡的標記,她當年所寫下的詩篇,已經鋒芒畢露,到今天仍無減其光采。如果一個詩人一生必得有一部重要代表作,《林泠詩集》已然當之無愧。書中對於異國風情與人文的奇想,蓄積著少女的夢幻,也暗藏一顆奔放自由的心。待《在植物與幽靈之間》出版,可看到「少女林泠」轉換為成熟睿智的面貌,更深刻地表達對女性議題的觀察與理解,凸顯「女」詩人林泠的女性身分。此外,也明顯看到她對詩歌創作的主張,並且更謹嚴地展示現代主義的抒情觀念與手法。這個林泠,是「彈了骨的現代主義者」。林泠,絕對在現代華文詩歌史占有一席之地。

　　　　　　　　　　——選自洪淑苓《思想的裙角——臺灣現代女詩人的自我銘刻與時空書寫》
　　　　　　　　　　臺北:臺灣大學出版中心,2014 年 5 月

剝離的美學
讀林泠《在植物與幽靈之間》筆記

◎楊佳嫻[*]

　　此為林泠這兩三年來的作品結集，共 30 首。新書於年前由洪範出版，這對我等過去只能捧閱其《林泠詩集》的癡心讀者，不啻為最奪目與悅心的禮物。她在後記中說，輯一是與她最密切相貼的，所以「執意拋棄了素有的嚴謹，容忍它們詩藝上可能的偏差和『非現代的』抒情」，而其他三輯，視角逐漸升高，擴張，通過自然的認識和人文的感通，「循著一貫『篇章重於字句』底美學原則，我樂意拋棄了僅剩的裝飾音，以及所謂的甜意，企求換取更高度的透明和可塑性」，為了盡量靠近詩中事件的質地，甚至不惜「揉入不同程度的粗糙」。

　　林泠是自覺度相當高的詩人，從其創作自白中，可以歸納出諸如「現代的」、「不裝飾／不甜蜜」、「粗糙」等因子，脫離一般的耽美以及太濃厚的感性，進入一種以「剝離」為尚、執「減法」為律的狀態，在女詩人當中殊是少見。

　　而所謂的「現代」，並非僅指可供辨識的新詞彙，而是浪漫主義成分的降低，激情的降溫，摻入知性纖維，並以適當的感性的透視加以精煉，形成清澈而結實的骨相，在「骨架——寫出來的部分」之間含有許多空隙，空隙內則充滿詩人推敲的迴聲。

　　在輯一中，讀者們將毫不失望地看見詩的種種重要構成如何精美地演出，例如聲響音節的控制，傳統與現代的融會，想像的寬遠和譬喻的貼合

*發表文章時為臺灣大學中國文學系博士生，現為清華大學中國文學系副教授。

等等。

　　即使稍微「放縱」了些，林泠仍是一個「寡言」的詩人，轉折詞與虛詞不多（可跟周夢蝶相較），景觀的鋪陳亦不以綿長取勝（可跟楊牧相較），用字如此經濟，她講究的是串聯精準的幾個點，以之透露意義或懷抱，以及不可或缺的，美之（有克制的）渲染，與觸動。

　　最流動傷感的幾組詩句裡，林泠顯現了她駕馭文字、自在跳躍而猶留線索的能力：「而那是寅時：夜空已鎖入／時間的／黑與寂的圄圈／你的哭聲遽然破出──／那時，我正漂泊／穿過一冉冉／薄霧覆蓋的風景，而迷惘／你淚語中無可尋索的震央」、「你失落的／春天都撿了去／製成了蜜／搽上你的雙瞳使它／青釉一般地發光；濕潤／而不滴落，而叫它作／成長。」（〈給女兒的詩〉）、「那是／星辰罷黜的夜晚／有異象摩蹍的痕跡：時間／黑衣潛行　環蝕入寂／一燈熒熒欲熄……」、「靈魂──／呼籲移居：遷出／這心室的高寒／與巍峨；而設籍於肌膚／聚不痊的瘡痂／逐汗與血的水草而居」（〈移居，靈魂的〉），這裡頭有具象的造築，也有抽象的表述，相互配搭而紡織出鬆緊互見的節奏；句式或好以二字為起，為結，為中頓換行，自有俐落的風情與強調的焦點。

　　不在此輯中的，也同樣可見驚異的氛圍：「一隻無頭的小羊：它的胸膛／開向遠山鷹隼的盤旋／而那心──／那心已脫膚而去：牧人說／在沙暴之夜／大捕食的季節／那心　已隨宿夜的射鹿者逃逸　／帶著它所有的歌」（〈在（無定點的）途中──Lake Hovsgol 蒙古・一九九五〉），通過傳說和臆想，詩人追索一個民族的心靈，那隱密的歌聲，在它自身的生活中獲得自由，即使已非歷史的中心。

　　而最教我著迷的，則是〈世紀風雨──給 C〉組詩第二部分對音韻的處理，詩是這樣寫的：

　　那一夜 El Nino 驟然拂耳

　　像是有細雨藏在

暴風之中。或是細雨——

一如你昔日娓娓

向我細敘：巴比倫

它怎樣鬱鬱地風化入世紀。

曾經，你也試著演繹

用數字和程式，在一苦旱的黃昏

那史前的耳吻

沐濡——原是雲霧留下的

萬古的溫存

而當你颯然來歸

我知道，你白骨的捷運

即是那挾著風雨的，劃空的流銀

　　當然，細敏的讀者可能很快就發現，那若斷實續的ㄣ韻字「倫、昏、吻、存、運、銀」勾連著若音樂的鼓點，之外，詩人似乎是別有意識地在詩行中多次運用了鼻音「n、m」、撮唇「ㄨ」聲母，比如「Nino」、「娓娓」、「吻」、「沐濡」、「霧」、「溫」之類，以致全詩念誦出來的時候，洋溢著纏綿意味，確實就是「沐濡」、「溫存」的感受。

　　此詩集多見註腳。把同樣具有說明性的引子、單篇後記等也算入，大概有 15 首詩都加裝了「配備」。這當中也有常見的先言或補記詩與人事物之因緣，大多數卻是關於專有名詞、特殊史地、他地語文趣味轉放於現代詩等等的解釋。註釋有甚為美麗者，比如〈逃亡列車〉一詩的註三云「老人木（Elderberry）亦稱接骨木，遍布歐洲各地」，因為該詩有一句「老人木，困難地接著骨」，或者〈在（無定點的）途中——Lake Hovsgol 蒙古・一九九五〉註二云：「據《元朝祕史》記載，大漠先民最早發源於斡

難河（Onon）上游，傳說其遠祖為蒼狼和白鹿的後裔」，因為該詩寫著「那聲音／彷彿小時候聽過／在斡難河／一隻蒼狼和白鹿的對語」。

　　或者有人會以為加註反而削減了詩意，然而，取譬用象，本來皆有所本，或為親身經歷，或為大眾共有意識，或為故典舊傳，就別出機杼，也是謹守著「傳神」的分際，惟切入視角不同而已。詩人點明由來，正好讓讀者觀察其如何將典故上下延伸、敷衍連結。如上段所舉蒙古傳說，未知由來，或有種「朦朧的詩意」，但何以選擇狼和鹿，而非大鷹與馳馬？恐怕在詮釋上就不能說得圓滿。倘使詩人並未自註，而讀者又放任「朦朧」，則恐怕我們要如箋注古代詩文那樣再費上千年也未可知。

——選自《自由時報》，2003 年 3 月 27 日，43 版

傷心書寫

讀林泠詩集《在植物與幽靈之間》

◎楊照*

詩藝繆斯格外寵愛的少女

　　二十年前，楊牧為洪範版的《林泠詩集》作序，超過萬言的長文耐心仔細地詮釋林泠詩中獨特的抒情詩，以及她「直指音韻和詩的本質」的「秉賦敏感」。文章最後一段，卻染上了一點滄桑意味，楊牧說：「回顧這些，想到林泠所加諸於現代詩三十年的神采，我們更有許多期待，⋯⋯〈古老的山歌〉裡想望的聽眾在林泠打算『結束』什麼故事的時候，曾經仰起頭來問道：『後來呢？』」

　　「『後來呢？』」

　　那結尾的「後來呢？」是楊牧暗示的激勵，同時也含藏了楊牧深摯的憂心。會有「後來呢？」如此一問，實在因為林泠在少女時代，從 14 歲的 1952 年到 20 歲的 1958 年曾經迸發展現過驚人的創造力，〈不繫之舟〉、〈叩關的人〉、〈星圖〉、〈未竟之渡〉、〈斷流〉、〈「一九五六」序曲〉、〈潮來的時候〉等一首又一首讓當時詩壇驚豔、日後又反覆選入多種選集的詩，在林泠筆下彷彿不費吹灰之力源源流淌而出，可是 1958 年之後林泠與詩之間的關係突然變得疏離而任性了，像是吵架分手了的舊情人般的關係，只在 1966、1968、1969 年各復燃過一段緊湊熱烈的互動火與光，另外就是長時間的寂靜冷淡。楊牧在 1982 年時問的，顯然就是那個被

*作家、評論家。發表文章時為《新新聞》周刊總編輯，現為新匯流基金會董事長。

詩藝繆斯格外寵愛的少女，不應該也不可能就這樣完結了與詩之間的故事
吧？後來呢？

　　會問「後來呢？」，可能也受到林泠詩裡散射出來的氣氛感染。林泠
的詩本來就是流盪的，〈不繫之舟〉裡表達得如此強烈：

　　　沒有甚麼使我停留
　　　──除了目的
　　　縱然岸旁有玫瑰，有綠蔭，有寧靜的港灣
　　　我是不繫之舟

　　　也許有一天
　　　太空的遨遊使我疲倦
　　　在一個五月燃著火焰的黃昏
　　　我醒了
　　　　海也醒了
　　　人間與我又重新有了關聯
　　　我將悄悄自無涯返回有涯，然後
　　　再悄悄離去

未完成的神祕旅程，漂泊過程中自我賦予的遊移不定，似乎總該通向某個
定點某個答案吧，這種氣氛，「未竟之渡」晃漾在川中的懸岩，讓人忍不
住覺得林泠所有的詩都是一首大詩的片片段段，因而不能、不該相信就以
此片片段段的形式終曲，必得問一聲：「後來呢？」

　　越過 1980 年代，又越過 1990 年代，這「後來」卻遲遲不來。到讓仰
頭等待的人都已經要放棄了，「後來」突地以《在植物與幽靈之間》出現
了。用林泠自己的話說，「長期的蟄伏」之後，而竟有「飄忽不定的偶
出」。

二十年後「飄忽不定的偶出」

「飄忽不定」不只是林泠的詩的行止，「飄忽不定」是林泠的詩的本體精神。等了二十年才等到的「後來」，最讓我們訝異的第一印象其實是一股前後銜接、延續不滅的詩心精神。1952 年林泠的第一首詩〈流浪人〉寫的是：

> 我多嚮往於你
> 吉普賽的腳步
> 遲重的
> 卻伴著琴音……
>
> 走不完的路
> 搖曳著黝暗的身影
> 青春的花朵揉碎在路旁
> 熱情及愛恨
> 塞在背後的行囊中

這種流浪的主題，換了一個爵士式即興卻又有點刻意孤僻的調子，再現於 1998 年的〈移居，靈魂的〉：

> 靈魂——
> 呼籲移居：遷出
> 這心室的高寒
> 與巍峨；而設籍於肌膚
> 聚不癒的瘡痂
> 逐汗與血的水草而居

　　……像一首詩，萎滅

　　於自身觸發的激越；

　　讓輕音逃出

　　從每一層隱喻的浮屠

　　而細碎地，與初識的靈魂

　　在同一次水難中

　　消亡──

同樣的主題也登上了 2001 年寫作的〈逃亡列車〉，讓林泠堅決地吐露她的來處：

　　是滄浪以南的水域

　　屬於野薺餵大的

　　善於遷徙的人家──善於

　　追逐和逃亡：我族類的箴言

　　回歸即是出發……

是的，林泠是善於追逐與逃亡的，多年前她的詩之所以迷人惑人，正因為她不斷在詩裡閃現逃亡般倉促遠去或即將倉促遠去的背影，望著那如嵐浮現又如霧蒸滅的身影，才讓我們焦急追索：「後來呢？」後來，後來是更多的逃亡，更多的流浪，更遙遠更廣袤的逃亡與流浪。

　　《在植物與幽靈之間》有兩首詩，不經意地留下了兩條線索，讓我們循以追蹤目今的林泠的關懷底蘊，同時又如同開了一扇時光之窗般讓我們窺視了過往的林泠的流離根源。

　　在動眼科手術之前寫的〈20/20 之逝〉詩中，林泠以空前明澈的詞語與意象，清晰演繹了自己 1955 年時在〈紫色與紫色的〉裡留下的偶語般詩的

告白：

　　那延伸於牆外的牽牛花
　　像我的詩篇一樣，野生而不羈

詩為何、又要如何「野生而不羈」呢？林泠現在以理直氣壯的反詰給我們
答案：

　　啊　　大夫　　你說甚麼
　　台北的街燈並無
　　筑色的光暈一如
　　莫內的巴黎？　　你竟
　　悍然地斷定
　　我看到的　　觸及的
　　夢見而寫入詩裡的祇是
　　生命的異象　　歲月的
　　垂垂──那朦朧
　　雲一般的障翳
　　有一串長長的
　　拼不出的　　鬱過地中海蒼藍的
　　拉丁的名字

　　你要還給我
　　20/20 的視力：炯鑠
　　而明晰　　絕不妥協的
　　黑與白的對比
　　　　　　　　那豈不是

啊　大夫　我昔日的摒棄……

這些句子揭示了林泠詩學的核心價值——一種刻意的迷濛效果，一種對於清晰視野、明白答案想方設法的主觀規避。換句話說，一種對於秩序與條理，對於文明意義的挑釁。林泠的「野性」、「不羈」不是來自否定與拒絕既有的文字與文明教條，不是來自於對於某種想像的烏托邦的刻畫、追求，而是以慵懶不經意的姿態不斷設問騷擾：「是這樣嗎？」「可能這樣嗎？」「為什麼這樣？」

創造刻意的迷濛

　　換到我們來問：為什麼要創造刻意的迷濛？〈20/20 之逝〉給的回應是：迷濛中才能看到臺北街頭「筑色的光暈」、迷濛讓我們看到清晰裡所不具備的更多更美好的東西。迷濛又不僅止於想像，因為在想像中，我們與想像之物隔著無法跨越的距離，被想像之物只存在於想像裡，無法真實呈顯；但迷濛中所見的卻是可疑的真實，可真可假、亦真亦假。

　　不過這只是答案的一隅。我們還要在別的詩裡尋找答案的其他拼圖板塊。我們找到〈墮馬的王子〉，可能是林泠創作過的詩中，敘事性最為強烈的。這首詩有副題：「寫給三哥，以及所有被攫取了『平凡與無名的權利』底哥兒們」。詩中縷述了三哥生命的種種，在結束敘述之前，突然插了這麼一段：

僅祇有一次，他要

讀我的詩——而後淡淡地

質疑：幹嘛總是寫這

傷心的事兒

這世界，有誰記得

又有誰會真正的

在意？……

是了，「三哥」給我們閱讀林泠的另一條重要線索，林泠寫的是「傷心的事兒」。不是悲劇，是生命裡如波如濤不斷襲來又退去的傷心，那些大部分的人寧可遺忘、寧可不在乎的傷心、疑沮與低抑情緒。

不記得、不在意這些傷心、疑沮與低抑情緒，應該有演化上的道理吧。我們得不斷將傷心、疑沮與低抑情緒拋在腦後，才能打起精神來對付生活。要不然，不就被纏繞在其中，再也無法往前跨任何一步了嗎？

林泠卻捨不得這些傷心。迷濛為了抗拒現實世界對「傷心的事兒」不斷的遺忘與忽略。清楚明白的狀況下，「傷心的事兒」就被曬乾蒸發了，只有靠著眼翳般的半遮半顯，我們才會一直看到，一直在意著那似真似假、亦真亦假的傷心之影。

林泠用迷濛之筆不只書寫傷心，而且留存傷心。少女時代寫起那些「傷心的事兒」多少帶著點撒嬌，傷心成了建構「私我神話」（楊牧語）的理由與結果；歲月逝流，再回到詩的領域裡的林泠，迷濛依舊、傷心依舊，然而在以迷濛留存傷心的主題上，她展現了新的策略、甚至新的向度。

《在植物與幽靈之間》沒有大開大闔、沒有氣勢磅礡，絕大部分的詩作維持著「小品」的風格，然而在「小品」中卻浮凸出令人無法直視、卻又逼至胸臆的廣袤意識。不只是林泠取設的場景無遠弗屆、採擷的典故輻射寬大，更重要的是，文句的流動似乎總是外擴的、散放的。

林泠這批新作裡有山石、有螳螂、有聖嬰、有人類始祖「露西」、有克拉坷（Krakow，波蘭地名）與安達路西亞、有老人木、有平頂頭（The Platters，1950、1960 年代最著名的搖滾樂團之一）、有大混沌、有赫拉克利圖、有拉菲爾（即拉斐爾）的「雅典學派」、有遠在外蒙古的 Lake Hovsgol、有盧安達與伯隆地（或譯蒲隆地）、有鈴鱘、還有古爾德（Stephen J. Gould）。似乎被林泠自由取用來的典故意象，讓詩裡有意無

意透顯著對於詩篇主題——傷心，經歷了真實流離告別後的傷心——的崇仰與禮讚。傷心不再是、不應該是，人生中的瑣碎、拘執，而該有更巨大的意義、宏偉的能量。傷心不該只是生命中片段、零碎、一閃即逝的句子，傷心可以是、也應該是，蕪雜中迸發出來的廣袤、巨大篇章整體力量。

　　在這裡，詩的內容、意念與其形式相會了，我們理解：林泠自述的「『篇章重於字句』底美學準則」、「設計過的蕪雜」、「樂意拋棄了僅剩的裝飾音，以及所謂的甜意，企求換取更高度的透明和可塑性」……都不只是對於詩的技藝的反思告白，而是她面對人生傷心事時的終極態度吧。

2004 年 7 月

——選自楊照《霧與畫》
臺北：麥田出版，2010 年 8 月

知識與詩的對話

《在植物與幽靈之間》的藝術突破

◎吳姵萱[*]

　　綜觀臺灣詩壇，詩人以文史相關科系出身的男性為多，而林泠專業化學研究員的身分，使她以具涵科學知識的眼光（vision），輔佐並深化女性的細膩感性，使其詩抒情中亦呈現了相當的知性。在此集中，「知性」的展現有著明顯的線索與分布；《在植物與幽靈之間》30 首作品中，林泠明顯以「註」、「後記」，以及詩行中運用「知識」的詩作，即高達 16 首。[1]由此我們可以推測：「以科學知識寫詩」為林泠後期詩作的特點，亦是其於詩壇地位特殊之處。

　　在富含「知識」的作品中，又可向下分為「科學知識」與「人文知識」二範疇。[2]首先，在「科學知識」方面，又可細分為「詩人科學思維」的呈現，以及「現代科學知識的運用」二類。前者是林泠科學之「理性思維」的展現，諸如運用「分析」、「質疑」、「批判」等視角，對社會現象進行的思索、詰問。而後者則是詩人運用「專門領域」的學科知識，引起詩想，發為象徵，並結合「我」之情感敷衍成詩。另外，在「人文知識」方面，林泠多以哲人學說、地域特點及特定事件，引起詩想，透過「通篇詩作」經營對現象界的「思辨」的軌跡，以刻意「粗糙」的痕跡，

---

[*]發表文章時為清華大學中國文學系碩士生，現職為新竹生活美學館助理研究員。

[1]共有：〈與頑石鑄情〉、〈世紀風雨〉、〈移居，靈魂的〉、〈科學〉、〈史前的事件〉、〈單性論──向達爾文質疑〉、〈血緣（如是說）〉、〈狸奴物語〉、〈給女兒的詩〉、〈逃亡列車〉、〈網路共和國〉、〈在（無定點）的途中──龍泉街的童年〉、〈南婦吟〉、〈春日修葺二、三事〉、〈象形文字〉、〈魚家〉。林泠，《在植物與幽靈之間》（臺北：洪範書店，2003 年）。

[2]同上註，前八首引用科學知識，後七首引用人文知識。

傳達隱於文字後的大意象。

在第二詩集《在植物與幽靈之間》中，林泠的身分轉為「科學人」與「中年詩人」，此轉變影響她觀看世界的眼光，及抒情視角，使詩作風格及內容產生變化。在書寫風格方面，「以科學知識寫詩」為林泠後期寫作的特色；她以「科學」為媒材，拓展個人的情感，以域外視角呈現抒情詩新風貌。在詩作內容方面，「科學」元素的鎔鑄與人生歷練相互激盪，形成「科學／人文」交融、辯證的層次展現。

一、知識影響抒情風格的轉變

（一）知識如何抒情

林泠前期的作品受少女身分的影響，故多以歌詠愛情、反映生活為主，但後期之《在植物與幽靈之間》內容，則因應其轉變為科學研究者，以及中年詩人的身分，展現了不同於以往的抒情風格。在前期的作品中，我們可以察覺詩人的眼光總是凝視自我，如此一來，作品就多局限於內心情感的叨絮，欠缺對外界的反應。但隨著歲月的歷練，且成為專業的研究員之後，林泠研究領域的專業知識，與逐漸練達的人情結合，而自「我／情感」之外的「外界／知識」引發詩想，使後期的抒情詩作因哲思的輔助而更為深化。

「知識」的運用是林泠「科學思維」的具體呈現；而於此所言的「科學思維」，並非單指關乎「科學」的內容，且是泛指「理性」思維的運作。據我對詩集的觀察，將詩人的科學思維分為兩種表述方式：一是以通篇詩作，表述對一般性「知識」的思索過程，以傳遞完整的詩旨；另一種則是將「專門知識」以「註」或「附記」等形式拉出闡釋，以完整詩意。此節將討論林泠如何以一般性的「科學思維」，展開對世界普遍現象的感知。第二種「專門知識」的運用則留待下節討論。

在「科學思維」的第一種表述方式中，詩人以自身於社會的身分，運用「理性」的視角分析世界現象，並藉全篇詩作，表露其思辨過程，藉此

引領讀者隨其思索。

在〈單性論——向達爾文質疑〉中，詩人即以「女性」的身分，利用眾所周知的生物進化論，對所見「非進化」的人類社會提出詰問，旨在反映世界偏差的現象。全詩以兩句為一段，共計十五段。前四段表達對進化論的質疑，詩人認為人類生命若只是為了「停留在原地」，那麼就應以「更潔淨的方式傳遞」，開展了第五段至十二段中的「單性繁殖」論：

　　　　無性的卵子，單一的
　　　　昇華，而毋須

　　　　屈辱於慾望（像靈長類
　　　　那麼地屈辱）或是愛情

　　　　或是　宗法結構的美學
　　　　它虛無的堅質

　　　　與榮華。我們
　　　　毋須下注以生命的

　　　　菁華，讓盲睛的莊家
　　　　性——恣意地投擲

　　　　那些基因的骰子，命運的
　　　　籌碼；且煽動一些

　　　　亙古驚伏的突變
　　　　在流蕩如雲的

　　原生質的幽微中。

　　（略）[3]

依學者的理論，從單性至兩性的繁衍是生物史一大躍進；然而，據詩人觀
察，女性（「卵子」）雖然與男性同為演進之最的「靈長類」，但在父權社
會之下卻恆處於「屈辱」的狀態。詩人以「慾望」、「愛情」、「宗法結
構」三個層面，否定了女性「身體」、「心靈」於「兩性社會」中的自主
權。

　　在末二段中，林泠提出女性應脫離男性的影響：

　　讓秋霜隱去，那僅祇
　　為了第二性而欣榮的

　　惡業；讓愛與真美
　　釋放自一切選擇的遊戲[4]

林泠以「遊戲」稱呼男性對愛情的無謂態度；主張女性應跳脫彼「選擇的
遊戲」，以「隱去」因愛而屈居男性之「欣榮的惡業」，使「愛與真美」
回歸自身以完整生命。但這樣的呼籲即暗示了兩性不平等的社會現象；並
且，對父權社會的撻伐意義多於對女性主體意識的呼告。林泠提出「單性
論」以反詰進化論，並運用生物學觀點與詞彙，「假設」一個與達爾文相
反的「進化論」，反諷以「男性為尊」的社會，即是「退化」的呈現。

　　除了以性別反映社會，林泠亦以自我「科學人」、「詩人」的雙重身
分，綜觀當今科技爆炸的時代，人類應於何處安身。

　　在〈網路共和國〉中，詩人以詩名與柏拉圖的「理想國」對話，以影

---

[3]林泠，〈單性論──向達爾文質疑〉第五段至第十二段，《在植物與幽靈之間》，頁127～129。
[4]林泠，〈單性論──向達爾文質疑〉第二段至末段，《在植物與幽靈之間》，頁126～129。

響當代社會的「網路」為題材，書寫網路世界的特色，並重新思索「人」
於其中的定位。全詩分六段，前三段描述網路所形成的新世界的特色，並
以昔日哲人提出之理想「烏托邦」（Utopia）作對比：

　　柏拉圖會怎麼說

　　對我們的共和國？

　　那投票、納稅，蓋章如儀的──

　　他雄辯的終曲永遠

　　休止於甘戈；或者

　　對另一處

　　疑似真實領土

　　已陸續落了籍

　　在網上無疆的安那其

　　他會怎麼說，對這

　　　　邊界的消弭

　　　　距離的死亡

　　浮游在衝浪裡的一闋

　　擬似空冥的城邦；統御

　　於智者和武士──而智者

　　　　是武士亦是

　　　　子民，知識

　　是甲冑亦是劍鋩，在一嶄新的

　　訊息的競技場。那兒

　　財富及權力

　　被賦予新的定義

> 或許，我們將不再穴居
> 或許依然——
> 只是更換了較輕的鎖鍊
> 在螢幕與滑鼠共棲的洞底[5]

林泠將網路世界的特點，置於古希臘世界的框架呈現，並且兩相對比，與柏拉圖的「理想國」相映對話。網路世界是「疑似真實領土」的「無疆」虛擬世界，人的身分是無定的，並且倚賴「知識」作為人際間交流的工具。在「財富及權力／被賦予新的定義」的「空冥城邦」，看似建立的新秩序，在詩人以「或許，我們將不在穴居／或許依然——」的輕微語氣提醒讀者，科技進步所形成的網路世界，並不是人類世界進步的呈現，而「只是更換了較輕的鎖鍊／在螢幕與滑鼠共棲的洞底」。

詩人接著指出，儘管處於另一種「穴居」的世界，人們對於生命的崇高追求卻是古今不變的方向：

> 而那仰望卻是相彿的；恆然
> 向上——靈魂
> 和手臂的方向。或許
> 我們毋須攀緣
> 那長梯陡峭的全程
>
> 向不可及的正義、美，與真理
> 而臆想穴外的雲光自網上
> 且謙卑地進行
> 另一種模擬：不完美的

---

[5] 林泠，〈網路共和國〉第一段到第三段，《在植物與幽靈之間》，頁 70～72。

有涯，一如赫拉克利圖的逝水

將時間釋放——自季節，時鐘

與輪迴。我們

這兒那兒的活著

不時出入幽微的閃爍

他們說：『自然』，或將遜位

霸權讓給流動的社會

人類終將獨處

而端詳著

（啊，如此陌生的）

它人文的面目

歷史方才開始……[6]

在四、五段中，林泠以「我」的思辨過程，示意網路世界雖是另一種「穴居」，但人類「靈魂」仍「恆然向上仰望」生命之「正義、美，與真理」等核心價值，網路的使用只改變了追求方式。林泠使用了古希臘哲人赫拉克利圖的名言：「人不可能走進同一條水兩次」，寫人們「臆想穴外的雲光自網上／且謙卑地進行／另一種模擬」，示意網路世界為真實世界的「另一種模擬」。而在此「不完美的有涯」中，自然的節奏不再主導人類的行為，人類才得以端詳自我「人文的面目」。

　　林泠順著網路社會的新興現象，與哲人昔日的「理想國」對比，指出其雖有所闕漏，但只要人仍然追求生命核心價值，就能褪去受自然支配、科技引誘的表象，探尋「人」存在的意義。詩人於末段總結以上今昔「理想國」對比的境況，將「網路」由「知識、科技」層面拉回「人類」本

---

[6]林泠，〈網路共和國〉第四段至第七段，《在植物與幽靈之間》，頁72～74。

身，並表示唯有如此，真正以「人」為本位的「歷史」才得以開始。

（二）科學視域的拓展

　　林泠身為科學研究員的身分，不僅讓她以理性思維寫詩，甚至於詩作中引用、呈現專業的科學知識。這些知識多屬於生物化學的項目，推測應為林泠專業領域的範疇，「科學」不僅止於為詩人的工作內容，且為引發詩想並應用的媒材。鑑於難以於詩行中闡明引用知識之功用，以及一般讀者無法掌握其象徵意涵的可能，林泠特別以詩後「附記」、「註」等形式，將引用的科學知識特別附註說明，以表明自我使用的動機意涵，並助於閱讀上詩意的完整掌握。

　　詩人以「科學」的專業寫抒情詩，為由「感受」（sensation）滋衍的「感情」（emotion）開拓了另一表情途徑，使抒情詩不再只是「我」的自言自語，而與世界眾生產生連結。全集共有多首詩運用神話、物理學、生物學等知識寫抒情詩，以下略引數例：

1. 〈與頑石鑄情〉

> 韶石，山石名，亦指其山，在廣東韶山市北；嶺南奇石以韶石為最。拓榴子（Garnet）俗稱榴石；藍剛石則為藍寶石之學名。玄武岩（Basalt），為典型的火成岩，最常見於火山帶的海島沿岸，如冰島即是。
> 海百合石灰岩（Crinoidal Limestone），由海洋生物化石形成。主要成分有海百合、海星、海膽即珊瑚，極易風化。[7]

2. 〈世紀風雨〉

> El Nino 原意為「基督之子」，專指一種因海洋燠熱而引起的暴風雨現象，以及相關的生態變遷，尤其是在亞洲和南美的熱帶邊緣。但 El Nino 的影響，時廣被於全球；它的週期（每 5 年至 7 年），具有詩意的不可

---

[7]林泠，〈與頑石鑄情〉詩後附記，《在植物與幽靈之間》，頁 12。

測性，最近一次高峰發生在千禧年左右。El Nino 的回歸，始於 12 月下旬，故以「基督之子」為名。亦稱「聖嬰現象」。[8]

3.〈移居，靈魂的〉

根據人類學家約翰生（Don Johanson）的發現，人類遠祖約在三百萬年前由「四足」人猿演進為「二足」；而第一組鑑定為直立的骨骸係屬女性，自 Ethiopia 出土，暱名「露西」（Lucy）。此處借用為女性意識的象徵。[9]

4.〈科學〉

歌樂坊，即 chloroform，為生物實驗室中常用之麻醉劑，可導致死亡。大混沌學說指 Chaos Theory 而言，為 20 世紀初葉最重要的物理學發現之一。此學說質疑由「牛頓定律」產生的「決定論」，預言事物之不可測及無定性。[10]

5.〈史前的事件〉

熒惑，火星別名。火星之月名 Phobos，發現於 1877 年。據希臘神話記載，Phobos 為戰神與愛神之子，司「恐懼」。[11]

6.〈狸奴物語〉

古爾德（Stephen Gould），20 世紀最具影響力的進化生物學家之一。[12]

林泠於詩中所舉用之知識，是其人生與工作領域拓展的反映，知性的知識

---

[8]林泠，〈世紀風雨〉後註，《在植物與幽靈之間》，頁 37。
[9]林泠，〈移居，靈魂的〉詩後註，《在植物與幽靈之間》，頁 43。
[10]林泠，〈科學〉詩後註，《在植物與幽靈之間》，頁 68。
[11]林泠，〈史前的事件〉詩後註，《在植物與幽靈之間》，頁 92～93。
[12]林泠，〈狸奴物語〉詩後註，《在植物與幽靈之間》，頁 150。

與抒情的內容相互參照,透過二者情思的交融使林泠的抒情增添「知性」
的廣度與深度。

　　置於《在植物與幽靈之間》開篇之作之〈與頑石鑄情〉,對於林泠應
是有重要的意義。我們可自其中蘊含的情思象徵,揣想、感受詩人寄寓其
中的象徵意涵。在〈與頑石鑄情〉中,林泠以未隨時間風化的礦物寫「情
感」的堅貞。其中,藉父親贈與的一枚「韶石」,經想像石塊成形的過
程,比為父親與「我」生命情感的繫連:

　　關於岩石的身世

　　我也微微

　　聽說;從風的耳語

　　山的崩裂　　驚濤的拍擊

　　玄武岩:譬如說

　　它怎樣被逐出

　　在地心狂亂的一刻

　　而淪為海床與峭壁;

　　風葬的海百合

　　以及拓榴子;如何

　　擁著億年伴生的橄欖綠

　　而蛻變

　　在黑雲母的懷裡——

　　這榴子的紅

　　藍剛石的青

　　畢竟是留下了⋯⋯那是

　　烈焰濾過的顏色

> 冷卻的顏色
> 是焚情與堅貞：心的
> 孤獨的顏色。　那人
> 以在半世紀前的凌晨
> 離去。[13]

林泠於句中列舉了石頭的種類，敘寫它們的色澤及風化與否，用以對比父親贈與的「韶石」。端看詩句我們難以明白其種類間的特色、差異，也就難掌握詩人列舉的原因，需與詩後的「附記」相參看，始能領悟「韶石」奇異之處：

> 韶石，山石名，亦指其山，在廣東韶山市北；嶺南奇石以韶石為最。拓榴子（Garnet）俗稱榴石；藍剛石則為藍寶石之學名。玄武岩（Basalt），為典型的火成岩，最常見於火山帶的海島沿岸，如冰島即是。
> 海百合石灰岩（Crinoidal Limestone），由海洋生物化石形成。主要成份有海百合、海星、海膽即珊瑚，極易風化。[14]

經詩人所載「韶石」之地域位置，可見其石之重要與無可取代的特性。廣東為林泠舉家來臺前之故鄉，「韶石」既是當地山脈，亦是當地最奇之石；加以為父親的贈與，使「故鄉」與「血緣」串連一氣，為詩人無價之藏。但她並不正面寫韶石奇特與樣貌，而以其他諸種石類之色澤、衍生消滅的過程，側寫「韶石」。附記於此詩扮演類「百科全書」角色，使讀者得以對照詩中諸石，以猜想詩人敘寫的用意。經由兩者參照，我們可知韶石「畢竟是留下了」「榴子的紅」、「藍剛石的青」——心靈「焚情與堅

---

[13] 林泠，〈與頑石鑄情〉第四段中至末段，《在植物與幽靈之間》，頁 10～11。
[14] 林泠，〈與頑石鑄情〉詩後附記，《在植物與幽靈之間》，頁 12。

貞」的顏色——都藉韶石「地域」與「贈與」的來源，將感情永恆的再現
與傳遞。

　　林泠亦以自我生命經驗感，與科學知識結合，形成人文／科學相融的
抒情詩。這是林泠後期詩風的明顯轉變之一，將早期作品中無限放大的
「我」的情感與生活，向外拓展至「人群」的共通情感，以及其構成的世
界。在這類的作品中，林泠雖應用科學知識，但並不是為了「個人」的抒
情，而是反映「群眾心理」與「世界現象」。

　　在〈移居，靈魂的〉中，詩人以「她」、「他」對比的互動，寫兩性
心態的差異。詩分為三段，第一段開頭即以「在絲絲的歲月之後　你說／
我如何網住那蛻化的蠶蛾？」預示了「時間」伴生的「改變」。段落中以
「她」等待「他」由外來訪的靜／動行止，反應兩性心理狀態。但在末段
中，詩人藉「她」的動作與背景的反差，寫其心境的丕變：

　　　在一堆枯花、鎳幣

　　　搖籃與褻衣

　　　以及殘留自昨夜的

　　　杯盤之間，她撤開蛹衣

　　　立著露西的直立

　　　而蜷伏——

　　　那昔日的嬰孩之曲

　　　且追溯　一遠年的震央

　　　自他額際年輪的罅隙[15]

我們可自「她撤開蛹衣」的動作，與「昨夜」的「枯花、鎳幣／搖籃與褻
衣」等女性依賴、情愛的意象，明白其與昔日「切割」的蛻變；而其後

---

[15]林泠，〈移居，靈魂的〉第一段末，《在植物與幽靈之間》，頁39～40。

「立著露西的直立」之關鍵句，則需參照詩後「註」始能明白：

> 根據人類學家約翰生（Don Johanson）的發現，人類遠祖約在三百萬年前由「四足」人猿演進為「二足」；而第一組鑑定為直立的骨骸係屬女性，自 Ethiopia 出土，暱名「露西」（Lucy）。<u>此處借用為女性意識的象徵</u>。[16]

由詩人的詩後註釋，我們才明瞭「露西」的象徵意涵，而後第二、三段詩行的開展，也才能扣緊詩旨閱讀、推敲。第二段由「靈魂／呼籲移居」，寫女性步出「高寒／與巍峨」的心室，「設籍於肌膚」，體驗自我生命。第三段則以「她」主動接觸「他」的行為，示意「女性意識」的作用，將兩性的心理調衡，形成人間「煥然」的「新的秩序」。

除了以科學知識寫人類的情感與社會，林泠亦以其寫其他生物，反映完整的生命界。對於「人」以外的「生物」，林泠想像牠們不同於人的思維，藉此反映人所看不見的人類社會缺陷。

在〈狸奴物語〉中，林泠以狸貓的角色，看待「人類」對待事物的態度，藉詩對其偏頗的態度進行嘲諷：

> 昨晚，我的捕獲者和他的同夥們，有過一次祕密的小聚。最不尋常的是，他們在會議的進行中將我絕對地隔離。（略）
> 最要緊的是，（我隱隱聽說）我的隔離是由於某種「敏感」的導致。似乎是這樣的：一種更稀貴於麝香的分子，從我的肌膚裡散出；它能偷襲人類的血脈，使他們流淚、打嚏，不停地搔癢。嗯……，這卻是上帝的恩典，可觀的優勢，在宇宙生存的競技場。我得想法子弄清楚，如何把他融入我未來的戰術。若是古爾德那老哥兒還在世，他定會在電視上自

---

[16] 林泠，〈移居，靈魂的〉詩後註，《在植物與幽靈之間》，頁43。

圓其說地闡釋——不用說，以典型人類的偏頗。[17]

林泠以狸貓的觀點解讀人類的行為與社會。「牠」以「同謀」暗指「捕獲」為非善意的行為；以人類將之「隔離」的舉動，示意「人類」專橫的所有權。狸貓致使人「過敏」的原因，對其本身是「稀貴於麝香的分子」，對人則是「流淚、打噴嚏、搔癢」的過敏原。而兩物種對此分子迥異的態度，正是詩人凸顯人類自大偏頗態度的反映；詩末，林泠更以「古爾德」以「典型人類的偏頗」的「自圓其說」，嘲諷人類自以為是的偏執。其中，「古爾德」乃是解讀這段詩的關鍵，詩人將之於詩後標注：

古爾德（Stephen Gould），20世紀最具影響力的進化生物學家之一。[18]

由此我們可知，林泠藉著評介「具影響力的生物學家」，表達對人類物我觀念的質疑。在詩人輕快的身分「模仿」之後，其實蘊含深廣的人文精神；這樣的態度藉著對「科學」的「偏差」觀念更能彰顯，即使是「生物學家」也往往陷入另一種「偏頗」的「物種現象」，暴露其「人文層面」的缺陋。

　　林泠以「知識」寫詩，雖為純粹的「抒情」之作拓展了另一視野，深化了「情感」的深度與境涯，擴大了「個體」與「眾生世界」的聯繫；但若需以「註」才能明白詩意、詩旨的篇章，似乎反而囿限讀者的詮釋空間，並且於閱讀時形成斷裂的縫隙。楊佳嫻於〈剝離的美學——讀林泠《在植物與幽靈之間》筆記〉對林泠用註的方式加以辯護：

詩人點名由來，正好讓讀者觀察其如何將典故上下延伸、敷衍連結。……倘使詩人並未自註，而讀者又放任「朦朧」，則恐怕我們要如

---

[17]林泠，〈狸奴物語〉，《在植物與幽靈之間》，頁148～149。
[18]林泠，〈狸奴物語〉詩後註，《在植物與幽靈之間》，頁150。

箋注古代詩文那樣再費上千年也未可知。[19]

我認為，楊佳嫻所舉〈在（無定點的）途中〉之「蒼狼白鹿」例，如其言確實為詩增添另一番想像情趣，但若是〈移居，靈魂的〉中的「露西」，卻又是另一種專門科學知識的脈絡，難以依讀者想像理解詮釋。但綜觀而言，詩人以「知識」寫詩確是開啟抒情詩的新方向，讀者在閱讀之際，不會僅只耽溺於「情感」，而是以「理性」將之平衡，以成「情思交融」的抒情哲詩。

（三）人文關懷的反思

　　身為專業科學人，林泠除了以知識寫詩，亦以中年之人生體驗，融人文關懷於其中。在詩集中，科學知識及現代社會現象，不僅是詩人寫作的引線媒材，亦是其用以反映人類社會欠缺的對照。相對於「科技」層面的演進，詩人則以詩反映「人文社會」的偏頗與變質，對「失衡」的社會觀、世界觀提出警語與反思。如此由「我」向「眾生」移轉的眼光，表示詩人心境與價值觀的變化。她由昔日困頓於自我情感與生活的少女，轉為重視人際連結與世界的人類一員；因此，其抒情內容不再局限於個體感懷，而以自我情感經驗與「人類」範疇相通，反映社會人情。

　　林泠寫於母親逝世週年的〈搖籃〉，藉著生死相隔的迥異空間，寫人文世界價值的傾斜：

家人憂忡著──另一個世界

會有怎樣的光

怎樣的映照使她

依舊描出美麗的臉譜？

而這些，也無非僅是

---

[19]楊佳嫻，〈剝離的美學──讀林泠《在植物與幽靈之間》筆記〉，《自由時報》，2003 年 3 月 27 日，43 版。

一列抽象的辯證；我們

不都聽說，那世世傳聞卻未證實的
允諾：美與權力
在另一世界的黝黑裡
將不再是議題[20]

詩中，林泠以眾人憂忡失去的「美」，象徵附加「人」之表象的俗世價值，她以淡淡的口吻「……我們／不都聽說……」將此無需憂慮的「抽象辯證」，置入不需辯證的「另一世界的黝黑裡」，側寫附加於人的外在事物，卻在偏頗功利取向的社會被視為其「價值」所在。林泠於詩中以刻意冷淡的語調，諷刺生命價值輕重的觀念錯置，藉以警醒眾人重新校訂「人」之生命價值意義。

　　除了由情感面「反思」生命的價值，林泠亦以嚴正的眼光檢視人間，對其中的亂象予以「批判」。詩人會有如此嚴肅的反應，正因強烈自覺為「人」之故。自「美與權力／在另一世界的黝黑裡／將不再是議題」[21]、「而那仰望卻是相彿的；恆然／向上——靈魂／和手臂的方向。（略）向不可及的正義、美、與真理／（略）／謙卑地進行／另一種模擬……」[22]等詩句中，我們可以推論：林泠肯定「人」具有形而上的精神，它引領人們往高處追求「美」、「正義」與「真理」。因此，對於眾人「人文情懷」展現的期許破滅時，她便無法接受形而上靈魂的「墮落」，而發出不平之鳴。

　　在〈春日修葺二、三事〉中，詩人於後記交代了該詩以非洲國族間屠殺抒懷，並以嚴厲詞語批評西方國家對該事件之無動於衷：

---

[20] 林泠，〈搖籃〉，《在植物與幽靈之間》，頁22～24。
[21] 林泠，〈搖籃〉，《在植物與幽靈之間》，頁24。
[22] 林泠，〈網路共和國〉，《在植物與幽靈之間》，頁72～73。

盧安達（Rwanda）與伯隆地（Burundi）為相鄰兩國，位於非洲中部，是
20 世紀最慘烈的人類屠宰場之一。殘殺的主因緣自胡圖（Hutu）與突西
（Tutsi）兩族間歷史性的紛爭，也同時是文化上的。1994 年，曾發生巨
大流血事件，死亡逾百萬。然而西方發展國家對此多視若無睹，如白蟻
隱身木隙之間。[23]

　　由林泠自述為解讀觀點，讀者除了能更完整掌握詩旨，亦能看出詩人對於
世界懷抱的大情感。她直接陳述的憤懣言語，是以背面展現對「人類」的
情愛；若非有高張的情感，則絕無強烈之憤愾。
　　詩人激越之情不僅見於後記，我們在詩中也能感知此詩不同於林泠詩
常見之冷凝氛圍，而具含一定的情緒熱度：

　　這扶梯　突然無端地顫抖了：　莫非是
　　窗外乍起的群鴉　驚詫
　　那忍不住的春日
　　在稍間；三月的櫻蕊
　　為它們落華的迅急
　　作某種悠忽的生之伏筆？

　　要不　即是草坡上
　　不安的芬芳；一卷跌落的詩集
　　潑濺的油漆　那褐色
　　滴入胡圖少女被剖的胸臆：
　　一九九四的舊聞　九八的新痕

---

[23] 林泠，〈春日修葺二、三事〉，《在植物與幽靈之間》，頁 116。

焚黃的報紮幽幽地風化

在草上　受魂給動情的雛菊和山茱萸

隨第一段詩人以「無端地顫抖」、「乍起的群鴉」、「落華的迅急」經營
「死亡」氛圍，以凸顯第二段「胡圖少女被剖的胸臆」之慘狀，景物象徵
漸由「朦朧」轉為「不安」、「跌落」、「幽幽地風化」、「受魂」等
「具體」意象，反映其內心情感的起伏。詩人一反一貫輕淡內斂的語調用
詞，以強烈的感官反應書寫，並以「一九九四的舊聞　九八的新痕」示出
對事件的關心。

　　詩人接著以慣用括號內的歌曲「（而我棕色的女兒輕輕地搖唱／盧安達
啊美麗　美麗的盧安達……）」將略微放恣的情感寄託其中，遠逸為背景音
響，並斂回為一貫之詩／思的語言：

隱身　在長梯之後

我恣意地選擇

這橫桃施於藍天的分隔：

傾斜的透視　鳥瞰的姿勢

以及歷史──

它回聲濾過的清越

而終於　像白蟻一樣留下我的鋸屑[24]

詩人以「長梯」為上下空間的「分隔」，其兩端可視為非洲與西方諸國，
亦可為形而上人文精神與形而下視若無睹的冷漠象徵。林泠揣想「隱身」
梯子後的「傾斜的透視」，是對西方國家的諷刺，亦是為「人」的反思。
在國家、種族、個體之間必然差異的情況下，人類若沒有超越其上的「人

---

[24]林泠，〈春日修葺二、三事〉，《在植物與幽靈之間》，頁114～116。

文意識」，則世界將分崩離析，無以構成以人為本的「人文文化」。唯有以人文之情聯繫各個主體，泯滅我／他之間的隔閡，始能完整人類生命的存在。

　　她的想法如卡西勒一樣，認為「世界文化」是因各主體之「相外開放、相互認識」而形成的有機總和，當「我」不再局限於「我」之中，而與他人交流、互動時，才賦予「文化世界」一詞真實的意義：

> 文化同時又是一「交互主體之世界」（intersubjektive Welt）；此一世界並不在於「我」之中，而是對一切主體來說都開放的，而且是所有主體所應該參與的……藉此一行動之共同參與，眾主體乃互相認識，並且於那構成文化的各種不同的形式世界底介質中彼此了解。[25]
> 一個「世界」（Kosmos），亦即一個客觀的秩序與決定性：當不同的主體在關連於一個「共同的世界」（eine "gemeinsame Welt"），按透過他們底思想去參與這一共同世界的種種場合中，Kosmos 對他們都是當下存在的只要……我們並不是只把我們自己封閉於一個只屬於我們一己的想像世界，而是指位於一個超個體的，普遍的和對所有人都生效的世界的話，我們都能夠領會到所謂「世界」的意義（Sinn）。[26]

與此觀感相同，林泠亦主張「人文歷史」是源自人類基於「人／情」的態度，與其他國族、人種、生物，異體同心所共同建構的。就是秉持如是對「人／情」的寬廣情思，林泠對西方詩人與批評家對其所說的話感到激盪不已：「儘管妳寫的中文詩，我們看不懂，但我們知道妳要對世界說什麼，這是最重要的。」[27]詩人藉著詩作傳遞出人們應懷抱同屬於「人」的自覺與繫絆，尊重並包容與己互異的族群文化，彼此關懷。如是，人文世界

---

[25]卡西勒（Cassirer Ernst）著；關子尹譯，《人文科學的邏輯》（臺北：聯經出版公司，1986 年），頁 122。

[26]卡西勒（Cassirer Ernst）著；關子尹譯，《人文科學的邏輯》，頁 19～20。

[27]葉紅媛，〈白鳥詩人的旅程──訪詩人林泠〉，《聯合報》，1999 年 1 月 5 日，37 版。

的基礎鞏固後，物理世界所呈現的文化多樣性則將成為其豐富內涵的展現，而非隔閡的間距。

林泠藉詩作啟蒙世人關於自身與他人、世界、文化牽連相關的意旨，和卡西勒的觀感一般：只有在此共通的人性意識發酵下，人們才能突破既有先天條件、地域間隔等外附局限，以「人／情」串連、關懷彼此，並以人文情感引導科學運用；屆時，人文世界的新文明將儼然誕生。

此小節旨在探討林泠在第二詩集中，其兼具科學人的身分，使她以理知的眼光，對人間世界的情感現象加以審視、反思。詩人將現今便捷的「網路」世界，與兩性關係，以自我「科學／文學人」的特殊視角，以及「女性」的身分，對社會的現象提出思辨與質疑。詩人並且以「我」、「他人」、「生物」的三種角色，層層敘說、扮演出「世界」的樣貌。詩人透過自我生命的經驗，以及理知觀看社會現象的態度，對愛情進行「拆解」、「審視」與「質疑」，自感性以外的理知眼光，重新看待兩性間的愛情。林泠透過融合「感性／理性」、「人文／科學」的眼光、態度，強調世界需以「人文」精神為基底，人類才不會被迅疾發展的「科技」制約，成為另一種「穴居」的無文明狀態；也唯有此法，人類文明才能真正「進化」。

二、「故事」的生長

History is a story.
歷史就是一個故事。

林泠自早期即擅長將自我情懷以「故事」的形式呈現，「故事」是林泠將愛情符碼化的方式，它為私密的情感提供了得以抒發的空間。在《林泠詩集》中，她將對愛情的憧憬與回憶，化為一個個如楊牧所說「微妙而

帶著反覆不太變化的細節，然而截頭去尾，點到為止」的「小故事」。[28]我認為，這些故事之所以「反覆不太變化」、「截頭去尾，點到為止」，是由於皆為「自我抒懷」之作，而內容又多聚焦於對愛情等待與想像的瞬刻心境，故難交代完整的「故事」脈絡，也難變化出「愛情」主題之外的「細節」。

但於《在植物與幽靈之間》中的「故事」，林泠除了將「自我感懷」明確地敘寫之外，亦使用「面具」（persona）的方式轉換「位格」。卡西勒並對「位格」的兩種意義定為：一、「我－端點」，表示「我與他人」為同樣的生命體；二、「對象－端點」則示意「我與世界」為一體的存在。依此二位格，林泠以「他人」（the other）的角色「說」故事，甚至「演」故事。其中特別的是，她所扮演的「他人」不只是「其他人」，還包括了生物界的「動、植物」。

由林泠兩本詩集的歸納、對照，我們可以發現：詩人依然使用「故事」的形式表述感懷，但是「對象」已由「我」向外擴展至「眾生」。因此，二詩集「故事」的「內容」與「意義」便有所改變。從自我抒情、幻想的「單人故事」，到「回憶自我」、書寫他人與現實的「眾人故事」，反映了作者情感格局的變化，以及朗闊的人文世界觀。

《在植物與幽靈之間》中的「故事」，除了富有表述形式的美感，更具深刻的文化意涵，使詩集中的「故事」不再只是神話化的「故事」（story），而是富涵情感、反應世界的「寓言故事」（allegory）。具有人文思想的寓意故事，建築在世界的「群像」之上，並以「人」獨有的思維能力，組織情感、哲思於其中反映，成為富含意義的「歷史」（history）。這如同卡西勒對「藝術作品」三層表現功能的闡釋；作品需是如實地存在，作品所反映的內容，以及讀者閱讀後的啟發；一旦三個層次同時滿足，作品才不只是創作的「結果」，而是透出「自然」與「人文」向度的

---

[28]楊牧，〈林泠的詩〉，《林泠詩集》（臺北：洪範書店，1982 年），頁 9。

藝術品：

> （藝術作品的表現）這三個層次：即是說，物理存在之層次，對象表現
> 之層次，和位格表現之層次。乃決定了「作品」之為「作品」；這三個
> 層次乃是「作品」得以成為「作品」（Werk）而不是單純的「結果」
> （Wirkung）所必須具備的，也是使得這意義的藝術品不單只屬於「自
> 然」（Natur），而更屬於「人文」（Kultur）的必要條件。這三個層次中任
> 一層次一旦缺如，或者吾人底觀察於任一層面一旦被封鎖，皆吾人只能
> 顯出文化的一個平面圖像，而皆不足以透顯人類文化之真正深層向度
> （die eigentliche Tiefe）。[29]

以卡西勒的脈絡來看，林泠早期的「故事」只是情感「結果」的示現；而
後期作品以本身的物理存在，展現世界現象，匯通眾人情感，成為「透顯
人類文化真正深層向度」的「藝術作品」。

（一）詩人的故事

　　林泠於《在植物與幽靈之間》書寫的自我故事，不再以「愛情」為唯
一主題，還多了對過往記憶的回顧。書寫「回憶」也就暗示了時空的「間
距」，當詩人隔著距離觀看曩昔，便能透視「我」以外的全景。儘管仍是
對某一瞬刻心境的描寫，也都因距離的作用，而容納更多「他人」於其
中，並與自我「現今之感」交相融會，形成「我」「遙望、回憶」「我們」
的語調、思維。

　　「回憶」自我，隱含了「現在我」與「過去我」的不同。但是，林泠
並非一味的「緬懷」過去，或是「架空」現在；而是如施塔格爾（Emil
Staiger）所提出「回憶」於抒情詩的作用一般，是詩人「走進」過去與現
在的事情中，與之融合的狀態：

---

[29] 卡西勒（Cassirer Ernst）著；關子尹譯，《人文科學的邏輯》，頁 70～71。

抒情式的詩人既不把過去的事情也不把現在正在發生的事情放到眼前來。這兩者離他同樣地近，而且比眼前的一切還要近。他走進過去或現在發生的事情裡並與之融合，即是說，他「召之入內」（erinnert）。而「回憶」（Erinnerung）應當是這樣一個名詞，它表示主體與客體之間沒有間隔距離，表示抒情式的「互在其中」（Ineinander）。當前的、過去的、甚而至於未來的事物，都可以被召入抒情式的詩作中。[30]

林泠於中年之際出版《在植物與幽靈之間》，距離以「愛情」為主題的《林泠詩集》已間隔二十年，在這段歲月中，因婚姻、喪偶、異鄉生活、旅居等經驗，豐富了她的生命情感，成為第二詩集內容的抒情主幹。因此，在此集中我們能隨著詩人「回憶」的眼光，看到她對觀察、書寫「愛情」不同的視角，以及未曾書寫的「記憶」。[31]

　　在此集中，眾多讀者已發現「愛情」的書寫比重大幅下降：何雅雯在〈小論林泠：抒情與現代〉就曾指出：

1980 年代之後，林泠的愛情主題已經消退。《在植物與幽靈之間》收錄兩首討論愛情的詩……處理的方式已大不相同，以高度冷靜、旁觀的思維辨證「說明愛情」。[32]

楊照在〈傷心書寫——讀林泠詩集《在植物與幽靈之間》〉中，亦曾比較兩本詩集內容的差別：

少女時代寫起那些「傷心的事兒」多少帶著點撒嬌……歲月流逝，再回

---

[30] 埃米爾・施塔格爾（Emil Staiger）著；胡其鼎譯，《詩學的基本概念》（北京：中國社會科學出版社，1992 年），頁 52。

[31] 於此集中明顯的主題為對「童年」、「愛情」的懷念，已於第四章論述，此處便不贅述。

[32] 何雅雯，〈小論林泠：抒情與現代〉，《臺灣詩學季刊》第 2 期（2003 年 11 月），頁 75～125。

　　到詩的領域裡的林泠⋯⋯以迷濛留存傷心的主題上，她展現了新的策略，甚至新的向度。[33]

　　二人雖皆提及林泠「書寫愛情方式」的轉變，楊照並將林泠詩廣引的各類典故意象，以「雜蕪迸發的廣袤、巨大篇章的整體力量」稱其為抒情「新的向度」；但並未留意詩人對於「愛情」依舊纏綿與細膩的內容。

　　「愛情」是林泠詩「故事」的起源，詩人雖在歲月之後改變了「敘述」或「呈現」的方式，但它仍是我們用以理解詩人，甚至其內心情感變化的重要線索。此時，林泠用以寫自我的「故事」，已經不是設立一虛幻的時空背景，投射滿是隱喻的愛情；她的私我「故事」已轉為書寫「過去的事」，換言之，她寫的是真實的「回憶」。

　　我認為在《在植物與幽靈之間》中，最明顯為林泠抒情之作為〈世紀風雨——給 C〉。它具有少作中對「你」溫柔的抒情腔調，且融合失落與沉澱之後的生命情感，以對人生的哲性思索，展現感性的回憶叨絮。自此詩可看出林泠愛情的延續與蛻變。

　　全詩分三部分，〈之一〉以「聖嬰現象」的週期，懷想與 C 化為「歷史」的曾經。〈之二〉以對於孩子作功課、老貓遠去、褥子氣味的詰問，以「生活」寫「我們」的生命。〈之三〉的部分，詩人於現今對逝去的 C 款款抒情：

<blockquote>
　　　　那是你：
我知道，曾經悄悄來訪。
是你，潛入昔日的舊衣
以域外的原質填滿
人間形體的空虛
</blockquote>

---

[33] 楊照，〈傷心書寫——讀林泠詩集《在植物與幽靈之間》〉，在林泠著，《與頑石鑄情》（北京：三聯書店，2005 年），頁 205～211。

　　　　　那是你：

　不祇一次地探入

　你的床縟；再度地證實

　你確然已離去……人間

　它皺折的溫軟

　以及覆蓋下極度的不安[34]

詩中，林泠以兩次「那是你」的溫柔語調抒發對 C 深厚的懷念，並以「曾經」、「昔日」、「確然已離去」示現時間的斷裂、「我」與「你」不可跨越的生死距離。詩人與 C 所處的異質空間，亦引起對「宇宙」、「人間」的玄思。她以「以域外的原質填滿／人間形體的空虛」，將「人間」與「亡界」的對峙消弭，並將二者之「虛／實」印象對調，重新思索「人」於「人間」溫軟表象下「極度的不安」。

　　詩中對 C 抒情的言詞不像《林泠詩集》，以美麗且朦朧的比喻、意象構成「畫面」，呈現「你」、「我」相對的位置與虛無的情感；而是在體悟愛情與人生後，將二者交融作用引發之感／想，以「敘述」的方式傳遞。從「畫面」到「敘述」的轉變，正是「想像」與「回憶」不同的反應。此時詩人已歷經婚姻與喪偶，透過「回憶」的距離，愛情與生命交織的「人間」儘管存在「覆蓋下極度的不安」，皆因主體的反思而得以延展。

　　除了個人愛情，林泠亦回憶與「他人」互動的「故事」。如第四章所述，這些故事多是建立在對「童年」與「故鄉」的懷念之情上，拉拔林泠長大的「外婆」，以及共時成長的「夥伴」就成了故事中的要角；他們不僅是詩人記憶中的影像，且是詩人用以銘記記憶的有機體。

　　在〈在（無定線的）途中〉，林泠藉著記憶中外婆與「我」的日常互

---

[34] 林泠，〈世紀風雨──給 C〉之三，《在植物與幽靈之間》，頁 36～37。

動，再現童年：

月昇之前

　她開始梳理我的長辮

　拭淨　　我日間

　被淚和汗水鹽蝕的臉——

　一整天

　烈陽劈砍著

　以白熱的斧斫

　而顏色悄悄溢出　　此時

　自一些隱藏的山洞：

　樹隙間

　野果兒流竄的紅

　牽牛花藍色的　　沉默之鐘。[35]

詩人回憶外婆每日「梳理我的長辮」、「拭淨……被淚和汗水鹽蝕的臉」，透過動作寫祖孫二人親密的感情，並以「烈陽」寫記憶的氛圍，溫暖的親情與童年形成林泠詩的色彩：「野果兒流竄的紅」、「牽牛花藍色的　　沉默之鐘」。[36]

　　另一首回憶童年與詩作的是〈詩戍與海釣——寫在新紀元之前／給我們集體的童年〉，寫「我」與共時「詩人們」的集體記憶：

　那一年的灼熱是窒息的。

　（略）

---

[35]林泠，〈在（無定線的）途中〉，《在植物與幽靈之間》，頁103～104。
[36]林泠於〈紫色與紫色的〉中曾自述：「淺淺的憂鬱／淺淺的激動與寧靜／如同我，在五月，五月的一個清晨／將楓葉的紅與海洋的藍聯想」、「那延伸牆外的牽牛花／像我的詩篇一樣，野生而不羈」。由此推得「紅」、「藍」交染而成的「紫（牽牛花）」為其詩的色彩。

　　我們集體囹圄的

　　童年。　　而那是黃昏的時分

　　我要的，是不能說的，且都在遠處。

　　（略）

　　　　　　　閃爍的鱗片

　　　　　　不規則的字面

　　終於被誘出，我底不滿了憂患的水面。[37]

無血緣關係卻情同兄妹的「我們」，對童年的記憶都是被圈限「囹圄」的。關於「我要的」、「不能說的」、「都在遠方的」渴望，都化為「不規則字面」的「詩」，「閃爍」於「憂患的水面」上。「寫詩」不僅是林泠「作為自我救贖的唯一方式」[38]，也是共時代的詩人們的，她的回憶因「集體的記憶」的滲入，使原本的「故事」內容更為寬廣豐盈。

　　如前所述，林泠的故事不再僅是「我」的情感抒發，而是在「回憶」的距離中融入了「我們」的記憶，個體的單一記憶因其他載點的存在，使「故事」有更多敘述的角度與情節內容。

　　如〈科學——懷念朱明綸師〉一詩，詩人回憶大學的實驗課程，以「科學」範疇之「座標」、「微積分」、「天秤」、「儀器」量測工具，以及「宇宙大混沌」理論，結合「文學」中莊子：「一尺之錐，日取其半，萬事不竭。」、「吾生也有涯，而知也無涯」之說，及對「靈魂重量」的存疑，將兩門學科串連，寫「我們」人類的生命：

　　『藝術』是『我』

---

[37] 林泠，〈詩戌與海釣——寫在新紀元之前／給我們集體的童年〉，《在植物與幽靈之間》，頁 76～79。

[38] 林泠，〈林泠談詩——斷層的延續〉，《聯合報》，2004 年 10 月 26 日，E7 版。

　　　　『科學』是『我們』──
這麼嚴厲的
第一課；無翅的新鮮人

摸索，在座標不確的領空
尋找他的『主』與『客』，定位
而起飛……。（略）

（略）

一枚規尺，比劃著
向舉目的茫蕪
闡繹：那空間無限的微

時間無限的積；人類
在不規則律動囚禁下的
無限的分和聚。『一尺之錐

日取其半，』他低聲
吟著：『萬事不竭……』（略）[39]

詩的開始即開宗明義的宣稱：「『藝術』是『我』／『科學』是『我
們』」，將「文學／科學─個體／眾人」的對立明確區分，寫自我於兩者間
「摸索」、「尋找」自己的「定位」，並將其擴展至「生命」範疇：「我
們」都在無限時空的「微分」與「積分」中「無限的分與聚」。

---

[39] 林泠，〈科學──懷念朱明論師〉第一段至第六段，《在植物與幽靈之間》，頁62～64。

林泠接著寫當時對於無限微積的「生命」觀感：

那時我們都祇十八

或是十七，我們聽不進
莊子那老叟，任何
有涯無涯的說法──生命

不都是寄放在生存以外的
『它』處？（後略）
（中略）

（略）　至於某些
有關靈魂的存疑，一個魯鈍

卻異樣堅持的女孩
被我們唆使
留下，用生鏽的天秤稱量

蛙兒們，在墮入歌樂坊前後的
淨差──靈魂的重量
若是真有的話。

自然，我們並不真的在意
那答案；黃昏已重了
我們必須去野地

在月昇之前，用肢體完成
那儀器不能接連的
電路。而我們

也並不急著求證
宇宙大混沌的芻議
預言中，它了無秩序的

終極；我們更拒絕質疑
──向科學，它的
理念與終極

隱藏的強權。（略）[40]

林泠以科學實驗回憶往昔，在新鮮的大學生活中，「生存以外」的「生命」以及「靈魂淨差」的質疑，都隨生物實驗被分析驗證。但是，當時她以「不真的在意」、「不急著求證」，甚至「拒絕質疑」等消極的態度，面對形而上的問題。此刻，這些否定句卻反而襯出林泠對「隱藏強權」的科學不盡同意。「科學」代表的「客觀」、「均衡」、「準確」往往使人們歸順附和，但它並不適用於測量「人間」所有的關係。

　　林泠於詩末寫出「科學」對於「生命」的影響：

（略）　　那時
我們十八或十七
快樂地擁抱所有的假設：

---

[40] 林泠，〈科學〉第六段至第十七段，《在植物與幽靈之間》，頁64～67。

啊科學，它何其優美

且如此精準地

為我們計算人間的錯誤……[41]

詩人於「現今」的位置回顧「十八或十七」的日子，在「科學」客觀的態度與精準的度量下，所有的「假設」都令人「快樂」──以其尚未落實之故。但以自我生命驗證之後，林泠對於處身半世紀的科學卻有另外的感觸。林泠以「啊科學」的詠嘆，示意對它一向的親愛，與現今的恍然之悟交織的矛盾情感。末段以「優美」、「人間」等屬於「藝術」範疇的詞語，將抑於詩後的「生命」意象引出，並以「它何其優美／且如此精準地／為我們計算人間的錯誤……」翻轉凸顯於全詩的「科學」之用，重新肯定「我／藝術／靈魂」的價值。林泠回顧那段時光並未對二者作出仲裁，對於「科學」的選擇並未使她放棄對「藝術」的喜愛，它們只是在生活之上與生命基底分別作用而已。正如起始所述：「『藝術』是『我』／『科學』是『我們』」，科學是共通的、眾人的實象，但亦是由一特殊的、單人的對象演變而致。

　　由林泠透過「回憶」敘寫的「故事」（history），不再是以各種隱喻砌成的「故事」（story）；其以「我」的真實記憶為基礎，在時間的距離作用下，每次的回想都摻入隨歲月萌發的哲想。因此，林泠的故事雖仍以抒情為主，但內容已由愛情擴展到「親情」、「共通的人類之情」；並結合對「人類生命」的思索，使之呈現「以人為本」的「歷史」意義，成為「我」與「我們」共感相通的「人間故事」。

（二）他人的故事

　　兩本詩集間的斷層歲月，擴充、豐盈了林泠的生命，使她的故事內容

---

[41] 林泠，〈科學〉第十七段至末段，《在植物與幽靈之間》，頁67～68。

有所延展與轉變；也致使其透過共通的人類之情，關注到自身以外的人群、世界。林泠將對外界的「感知」，在詩中化為「故事」，意欲反應所見的世界現象。「故事體」雖具「虛構」（fiction）的成分，但正如批評家邁納（Earl Miner）引《源氏物語》對「物語（故事）」的意義：「他們所講的無非是這個世界上的事，並非世外之談。」[42]「故事」所呈現的內容，儘管涉及虛妄與想像，但都是合於人世之事；畢竟，「想像」（imagination）是以「真實」（reality）為施力點，為補償現實的倒影。

　　林泠憑藉人類共有的感情，將所見之「他人」生命片段，敷衍成虛實夾雜的「故事」（story）；此類故事與其「自我故事」之抒情目的不同，是詩人有計畫的「故事化」所見與所感，使之成為具含深義的「寓言」（allegory）。如此具有反映與諷刺意義的故事，亦是邁納所肯定敘事體故事的價值：

> 敘事作品與基於情感——表現詩學的大量抒情聯繫起來⋯⋯敘事要求一種道德的情感論⋯⋯。[43]
>
> 敘事文（尤其是詩體敘事）卻經常是不完整的、中斷的。⋯⋯由於有了這種延擱，敘事的完整性並不能縫合情節鏈，敘事的實現也不要求產生「結局感」或最終的啟示。這裡隱含著更多的東西。[44]

邁納認為，「道德的情感」，及其「隱含著更多的東西」，是「故事」的核心所在。同此觀念，林泠以詩扮演「他人」（the other）的角色，以「說（tell）故事」及「演（show）故事」的方式，凸顯欲表達的價值理念。而此「我為他人」的扮演，是建立於「我感知他人」的情狀下；如此一來，「扮演」（act）的動作才有面具之後的意義。我們可以卡西勒對「感知」的

---

[42] 厄爾・邁納（Earl Miner）著；王宇根、宋偉杰等譯，《比較詩學》（北京：中央編譯出版社，2004 年），頁 201。

[43] 厄爾・邁納（Earl Miner）著；王宇根、宋偉杰等譯，《比較詩學》，頁 201。

[44] 厄爾・邁納（Earl Miner）著；王宇根、宋偉杰等譯，《比較詩學》，頁 206。

第一種定義，了解林泠所寫「他人」的故事：

> 感知在任何情況之下，都包含了一「我－端點」和「對象－端點」（Ich-
> Pol, Gegenstand-Pol）之間的分別。……在第一種情況下，我們把世界了
> 解廣延於空間的對象之全體和作為這些對象於時間中展開變化之全
> 部……。[45]

卡西勒所言，「我」之能感知「他人（端點）」，是因為「我們」皆為共存
於世的「人」。由此反向推回，林泠所扮演的「他人」，實亦反映了
「我」；而由「我」介入呈現的「故事」則更具以「面具」（persona）化身
而「說」、「演」等形式下的意義。

　　在〈給林羚──一九九一法蘭克福客棧〉中，詩人以諧音「林羚」與
代表自我的「羊」為詩名，將「我」（poet）與故事敘說者（narrator）作形
式上的縫合；且「給」此動作本身即具有「致予意涵」之意，因此，林泠
名為「給林羚（給林泠）」的詩也就格具詩人「我」富含的寓意。詩分兩
段，首段為《詩‧召南》，第二段描述年老夫妻別離後的境遇，男的遠
去，女的亡佚：

> 羔羊之革，素絲五緎，
> 委蛇委蛇，自公退食。
> 羔羊之縫，素絲五總，
> 委蛇委蛇，退食自公。
>
> 　　　　《詩‧召南》

---

[45] 卡西勒（Cassirer Ernst）著；關子尹譯，《人文科學的邏輯》，頁 64

> 一對年老的夫妻曾在這門前道別。他們
> 被兒女揚棄，必須各自東西，尋找他們
> 各自的寄居。後來說是那男的去了荷蘭
> 上了船；而女的呢……太老了，淪落
> 都不易，她穿著小時母親改過的舊皮襖
> 站在覆雪的山坳上，一個瑞士農夫走過
> 還以為是羊，就幫她還給了土，落了戶

林泠以中國之《詩經・召南》為詩的首段，並以第三人稱的視點（point of view）於第二段陳述老夫妻的境遇，二個子故事間橫陳明顯的裂縫：《召南》是諷諭統治階級的安逸生活之作，老夫妻的分離屬於不必然的戲劇性，而老婦被誤認為「羊」則為故事的高潮。《詩經》本為民間傳唱歌謠，抒情與美刺之用交雜，難以定奪其義；詩人所寫的故事更充滿疑點，造成懸宕之感，二者並列組為完詩，形成一疑影幢幢的「故事」。邁納雖然告訴我們：「完成一個故事也就是將必要的細節填充進去。兩件事之間並不具有必然的邏輯關係……。」[46]但邏輯既已形成罅隙，我們也就需從二者的意旨的關聯性著手，填補其間「必要的細節」。

　　《召南》雖已傳唱久遠，但世人多認定其為諷刺上層階級安逸生活之作；以此寓意為基點，我們可知第二段傳奇色彩濃厚的「故事」，與《召南》的意涵遙相應和：兒女的見棄與夫婦的別離，都來自不可抗拒、威權的上層階級。兒女的背叛，如受人民滋養的政府的背叛；夫妻不同的境遇，顯示了人民可能陷入的兩種處境：一為遠走，一為逝去。

　　農夫誤認為老婦為「羊」，並且「將她還給了土」的思維、舉止，除了具「故事性」的弔詭、懸宕外，更別具寓意：「皮襖」類同羊的外貌，而「羊」自古又是犧牲的象徵，兩者結合，便象徵了「人民的犧牲」。特

---

[46]厄爾・邁納（Earl Miner）著；王宇根、宋偉杰等譯，《比較詩學》，頁207。

別的是，林泠亦多以「羊」自我比擬；由此可知，「林羚」除了以「羚」、「泠」諧音，還含藏自我生命中的「犧牲」。題為「給某人」的詩，原是致予「他人」之作；但詩人卻在此名為「給林羚」，除了要自己不忘法蘭克福之行的特殊性，如是的命名也暗示了「自己」亦是另一個「他者」。

除了以全知視點「說」故事外，林泠亦戴上「面具」（persona）以「他人」的角色「演」（show）故事。此種「代面」手法，為「我」假扮「他人」之聲口與身段，將故事內容置於舞臺之上立體呈現。

如〈烏托邦的變奏——寫給 AZ，在她孩子成婚的前夕〉，林泠即「扮演」（act）AZ，以「母親」的身分對將結婚的孩子叨絮「我」的過往，並諄諄叮嚀「女子」於社會中「該扮演」相夫教子的角色。此詩將柏拉圖象徵理想國境的「烏托邦」予以「變奏」，並取諧音將全詩分為〈無托邦〉與〈夫托邦・父托邦〉兩大段；前者藉「AZ」角色道出女子婚前的自由生命，後者則示意了女子走入婚姻家庭後改變的生命。

　　一：無托邦
曾經，我也年輕；孩子
曾經有一地窖
在環河南路的轉角
那兒你的父親，夜夜
和每個闖進他影子裡的女人
共舞。

（略）

　　　　你當記得
那些音符——音符以外的

> 擊打；遽爾的休止
>
> 無憚的昂揚
>
> （略）
>
> 你的父親：他遞過來
>
> 一撮捲好的艾草
>
> 教我絲絲地呴，款款地燃，緊貼
>
> 牆根坐著──別吵，他說
>
> 今晚，他不想給我未出世的嬰孩
>
> 一個名字。

在第一段「無托邦」中，詩人以 AZ 之「母親」角色對訴說愛情：他們在「蒙古包」──地下舞廳兼茶室中──共舞、享樂。藉「他遞過來／一撮捲好的艾草／教我絲絲地呴，款款地燃」等細心動作，示意對「我」的珍愛；但「別吵，他說／今晚，他不想給我未出世的嬰孩／一個名字」卻隱含了如此的愛有所規避。

第二大段可分為「夫托邦」與「父托邦」，二者皆講述「我（AZ）」在婚後改變的生命情態：因以「丈夫」為主而失去自由，昔日連結兩人的「愛情」成了「原罪」：

（夫托邦）[47]

> 曾經，我也自由；孩子
>
> 當我年輕的時候
>
> 那字彙的寓意，我亦微微
>
> 知曉，從一些詩篇

---

[47]本文依詩意於此處自行劃分。

鷗鳥的聯想

風，驟雨和初霽。

可是我，哎──

　　　　　一個女子

能有，啊，能有怎樣的自由？

那與生俱來的原罪

深植在我們的雙股之間

在我們（被愛情

　　　　污瀆的）

心房心室的窄渠。

「我（AZ）」昔日於舞廳的歡快形象隨婚姻消弭，甚至需藉浪漫的「詩篇」與不可及之「鷗鳥的聯想」才能「微微知曉」「自由」的「寓意」（非體會）。但這些粗略的領會都以自我悲嘆的句子「可是我，哎──／一個女子／能有，啊，能有怎樣的自由？」將對自由的「奢望」抑斂，道出身為女子的無奈。林泠接著以「在我們的雙股之間」，以及「在我們（被愛情／污瀆的）／心房心室的窄渠。」從肢體、心神兩層面寫被社會眼光扭曲的女子形象：原是「烏托邦」般的高華愛情，卻成了「深植的原罪」。

　　詩人接著跳脫「AZ」的自我回憶，轉向將結婚的孩子（兒子），叮嚀他該如何駕馭妻子：

（父托邦）[48]

　　　　　那必是

魔鬼的指設，我想，或是上帝

---

[48]本文依詩意於此處自行劃分。

要我們便成一株

孕育禁果的樹（略）

因此，在你成親的前夕

我必須提醒你

去重溫記憶裡承受記憶裡的鞭撻

讓她知道，地心的重力

是來自男人的手掌——並且

給她一面鏡子

讓她，遂行那無望的搏鬥

和自己的肉身成讎。

最要緊的，孩子，是要使她

懷孕（略）

讓她知道：你

纔是生命的授與者

（略）

　　　　　你該，啊孩子

讓她知道，那大地即是

她起伏的身軀

在季節的枯榮裡

為等待你的君臨而仰臥[49]

「我」雖仍戴著 AZ「母親」的面具說話，卻道出被父權價值同化的思想：
「讓她知道，地心的重力／是來自男人的手掌」、「讓她，遂行那無望的
搏鬥／和自己的肉身成讎。／⋯⋯使她／懷孕⋯⋯／讓她知道：你／纔是
生命的授與者」、「讓她知道⋯⋯／她起伏的身軀／／為等待你的君臨而

---

[49]林泠，〈烏托邦的變奏〉，《在植物與幽靈之間》，頁54～61。

仰臥」。這些以男性為尊的敘述，將女性的主體價值貶得低微。詩人特意安排以「AZ」的角色說出，將「女性／母親」的身分異化為「男性／父權社會」，更形諷刺社會對女性的扭曲態度。

詩人以共通人情所感知的「他人故事」，除了因自我扮演「他人」或「說」或「演」的呈現外，其中更具詩人「我」所欲傳遞的詩旨寓意。

（三）生物的故事

除了扮演「他人」的角色，林泠也以「生物」的代面傳達深具寓意的故事。此種「跨物種」的扮演，可歸為卡西勒對第二種「感知」的定義：

> 感知在任何情況之下，都包含了一「我－端點」和「對象－端點」（Ich-Pol, Gegenstand-Pol）之間的分別。……在另一種狀況下所涉足的卻是一位格的世界（eine Welt von Personen）……在第二種情況下，我們把世界了解作為一些「相等於我們自己」的東西。[50]

卡西勒的第二種感知是「相等於我們自己」的「位格世界」；亦即「我為現象物」之相融為一之感。「位格」的特色，根據謝勒（Max Scheler）於〈在人類群體之形成中的位格心靈〉所述概略為：一動態的存在，一種恆定的實現流（flow of acts），由我們的思維、情愛、溝通……等實現。[51]由此來看，「位格世界」即是世上群體意識的反映；不僅止於「個體」內在的思維，還包含對外在世界持有的道德價值觀。

詩集中，可見林泠揣摩生物的身分，試圖了解其於世界上的位置；並嘗試自其角色反觀人類於世界缺失、影響的面向。

如在〈四月：泛草聯盟的成立〉中，林泠便設想一個不思議的人與植物對話的情節，寫出生物族群之間對立的無奈與悲哀：

---

[50] 卡西勒（Cassirer Ernst）著；關子尹譯，《人文科學的邏輯》，頁 64。
[51] 參看謝勒（Max Scheler）著；陳仁華譯，〈在人類群體之形成中的位格心靈〉，《謝勒論文集：位格與自我的價值》（臺北：遠流出版公司，1991 年），頁 183～200。

我穿上各式的鞋子，在緯度相異的濡濕裡
——靈魂的，我是說——俯視他們在邊界
無碑立的燎然；那是另一種烽火不舉硝煙。

「我是你族類遠年的一支……」
我囁嚅著，在風的輕哨之下：
「在洪荒以前。」「信任我吧，
就像你信任你的食物——露珠；
就像你信任那流泉，當它
滲入苦旱後戰慄的地面。」

林泠以局外人的身分輕輕介入已然存在的野草戰爭，透過「我是你族類遠
年的一支……」，顯示彼此皆為同一血脈的繫連，並以類《聖經》語體的
「信任我吧」懇切呼告，讓「我」融入了野草之間：

終於，我說服了它們，我也是野草的一員
——也是摒除在園圃之外的——僅只為了
人間恣意的設定，為了我們對生存袒露的
頑強與武斷。然後我用我戳傷了的手指，
播弄草兒們驚惶的傾斜——啊，難道這是
傳說中的核子之春？——野草們寂靜了，
彼此踐踏著，依附著泥土以最低的彎度。

詩人將人類與植物的生存環境相襯：沒有生物應被摒棄於疆界之外，甚至
被剝奪生存的權力，「僅只為了／人間恣意的設定，為了我們對生存坦露
的／頑強與武斷。」核子的影響源自於人心的分化與人性的泯滅，野草們

相互地踐踏，「我」手指上的傷，都是歷史與生命所承受的傷。

> 「信任我吧，就像你信任自然
> 它微觀的仁厚與宏觀的兇殘；
> 我該如何向你們解說：人類
> 即是那傳聞的，野草的自然。」

末段，詩人再次以呼告的口吻強化野草們的信任，並揭開上段預寫人類生態的伏筆：互相傾軋的不只是野草們求取土壤與水源的爭奪，人類的世界亦是建立在為土地、利益所劃定的疆界戰爭上；但人類卻使用比野草的戰爭更具破壞性，我們以核子武器彼此傾軋，走向世界的共毀。

　　除了將植物生態比為人類生存環境外，林泠亦以「狸貓」的身分，設想動物對人類自傲於自身的「物種進化」，及「高智慧」的科技運用的落差觀感，並對人類的「高度發展文明」作了一番嘲諷的批判。

　　如〈狸奴物語〉中，林泠以「狸貓」的身分所敘說對人的觀感：

> 我決定咬斷一隻田鼠的頸項，把那無頭無臉的軀體，
> 啣到我捕獲者的身旁。這樣做，我想，將會清晰地顯
> 出我不容忽視的威力，而且有助於——一點一滴地——
> 在這幫惡棍的心中製造恐懼。可是，咳，沒想到他
> 們卻回報以假意的撫愛；帶著慣常優越的口吻，他們
> 誇我是多麼能幹又可意的小乖………咳，這條路像
> 是走不通，我得回到鄰家的堇花床下，再次細細地酌
> 量。[52]

---

[52] 林泠，〈狸奴物語〉第三段，《在植物與幽靈之間》，頁146～147。

詩人將人類以為的動物的可愛行徑，反以狸貓的觀點設想為對人類的恐嚇，表示二個物種之間斷然形成的認知落差；並以「假意的撫愛」、「慣常優越的口吻」寫出人類的虛假與自傲。

> 我終於徹底地了解，這批惡棍們的虐待狂，有多深和
> 多廣。毫無來由地，我被選為水牢中的犧牲者；而這
> 一次，他們更使用了一種尖端、化學戰的藥品——燒
> 灼劇毒，泡沫（對了！蕈狀的泡沫，像廣島上空的那
> 種）——而美其名曰洗髮精。天哪，是怎樣被智慧挑
> 戰的人類，才發明出如此催損的液體？

> 我唯一的補償是留在齒縫間的，一塊拇指的皮。[53]

林泠藉具體的洗澡行為，寫出兩者對同一事物迥然相異的觀感；同時藉著為文明的象徵：「洗髮精」之泡沫形狀以及膚觸之感，寫出高科技智慧的研發動機，予世界的影響並不如設想的那般有益；相反的，卻對生命造成極大的戕害。林泠藉狸貓的聲口，諷刺人類自我中心的自傲，對所謂運用智慧發展的高科技文明，作了根本（人文生命的尊重）及應用（核子武器）的否定；甚至以「天哪，是怎樣被智慧挑／戰的人類，才發明出如此催損的液體？」道出了對「人類智慧」的質疑。

　　在〈四月：泛草聯盟的成立〉以及〈狸奴物語〉中，林泠試圖站在「人」以外的生物立場對「人類的文明」作另一觀點的詮釋與批評；同時，也唯有如此才能將人與世界的樣貌，作更近完整的呈現。透過此二首詩，我們亦可察覺林泠對「世界」以及「生命」的價值定位：「人」儘管有足夠的知識發展出高度的科技文明，但並不代表其生命價值優越於其他

---

[53]林泠，〈狸奴物語〉第三段，《在植物與幽靈之間》，頁147～148。

物種；而且，若其發展出的科技不是以尊重生命的人文主義為本懷，則其應用必然有所偏失甚至於戕害萬物的生命。身為科技人，林泠對人類的科技以及身為人的定義，藉著詩篇嚴肅地告誡與叮嚀。

　　林泠有意識地將「我」分為三種不同身分，回顧反視自己的生命、以「他人」為代面（persona）訴說人間寓言，以及以「生物」的身分反觀人類的世界。如此多元視角的所得，除了是詩人自言「形式的實驗性和主題的多元應是我後期詩作的特質」[54]呈現之外，更凸顯三個相異「身分」視角的所見，層層寫出相異「身分」所得的世界樣貌；而三者的層層疊合、互補，便是詩人意欲將「世界」（kosmos）完整的呈現。

三、抒情曲的變奏

　　「歌曲」是林泠詩的重要意象。在早期的集外佚詩中，她多以「歌」、「曲」、「吟」定為詩名，如：〈子夜的歌〉[55]、〈雨中吟〉[56]、〈時鐘的旋律〉[57]、〈海的四重奏〉[58]等，反映了詩人「以歌為詩」的寫作心境。林泠當時為國中學生，藉著詩超脫生活的局限，寄夢想於未來時空。而在《林泠詩集》中，詩人則以「括號」的方式示意歌之「無形存在」，卻又繚繞為詩之「背景氛圍」；並以茲特點隱喻為「不可得」、「不可明說」的「愛情」，抒發「等待」、「猜想」等戀愛情緒。

　　林泠以「學生」、「少女」身分所寫的「歌」，因當時年紀尚輕，涉世未深，所以儘管內容為感嘆、抑鬱，都還保有天真浪漫之情懷。而《在植物與幽靈之間》與第一詩集出版已間隔二十年，林泠轉為「中年詩人」與「科學研究者」的身分，勢必將影響此集的「歌」的音色內容。

---

[54] 林泠，〈斷層的延續〉，《聯合報》，2004 年 10 月 27 日，E7 版。
[55] 林泠，〈子夜的歌〉（集外佚詩），《自立晚報‧新詩週刊》第 65 期，1953 年 2 月 2 日。
[56] 林泠，〈雨中吟〉（集外佚詩），《自立晚報‧新詩週刊》第 75 期，1953 年 4 月 27 日。
[57] 林泠，〈靜夜草及其它──時鐘的旋律〉（集外佚詩），《自立晚報‧新詩週刊》第 87 期，1953 年 7 月 27 日。
[58] 林泠，〈海的四重奏〉（集外佚詩），《現代詩》第 3 期，頁 46。

　　本節將討論此集中林泠「歌」的特色，並且探討其音色、旋律是否有所改變、消亡與延續。

（一）緩慢的旋律

　　此集詩作雖仍以抒情為主，但林泠轉為「中年詩人」、「科學研究者」的身分，影響了抒情的方式與內容。時入中年，必然經歷了年少未曾體驗、或無法體驗的生命過程：少女渴望的愛情成為婚姻，學生投射的夢想藉出國深造、專業的研究實現。在這二種身分作用下的「生命情感」與「理性思維」，成為此時期林泠歌的內容與旋律。

　　林泠長年浸淫於科學的領域，並獲得頗高的成就（曾任跨國公司高級主管），但她敏銳的詩人觸鬚，卻在經驗人生諸多面向後，要求她反視生命境況。詩作〈遲緩的禮讚中〉即是林泠對自我的檢視，及生命節奏的再肯定：

　　　不　我將不再希冀

　　　另一層次的智慧

　　　高能量的突躍　宛若

　　　曩昔：頻頻擲我於

　　　全然陌生的軌道

　　　運行……或是熄銷

　　　我將不再希冀

　　　那難以測量的速度　如今

　　　是一種遲緩令我

　　　神迷：那遽然而來

　　　漸輕漸杳的

生命的徐徐──[59]

　　詩的第一段寫「我」將脫離以往認同、期待的「智慧」。起首即以「不我將不再希冀」否決具有「高能量的突躍」的「科學智慧」。林泠視其為現今拒絕的「另一層次的智慧」，是因其「突躍」卻「擲」我於陌生軌道，而其蘊含的「高能量」卻將我「煅銷」。第二段接著否定科學高度發展而「難以測量的速度」。「能量」與「速度」為高科技兩項重要特色，林泠卻只針對後者提出她現在所「神迷」的是「生命的徐徐」；言下之意即為：生命中的「遲緩」是其所肯定「此一層次的智慧」，它雖緩慢但卻不失「能量」。

　　此詩亦以句法、節奏的安排，凸顯「緩慢」的重要性。自詩中「不」的否定，可看出詩人正進行關於科學與生命的思考，她以倒裝、補述的句法，將意念以切分詩句表示：從起始的「不再希冀」的否定，暗示曾有的期望，引起讀者關注她拒絕的對象；第二句雖點名了「智慧」為希冀的對象，卻因屬「另一層次」，再次引起讀者對「層次」內容的注意；第三句指出了該層次之高能量，卻以「宛若」斷句而引起下文的敘述，以及讀者追索的好奇。全詩透過此種以句法「延宕」，層層延緩詩意，並以「斷裂」語義造成的「停頓」，使吟誦頻頻終止，造成的「緩慢」音響。但是，隨著句中停頓的音節、不連續的語義，我們彷彿隨著詩人尚在組織的「思考意念」路徑誦讀，這些刻意「粗糙」的成分，卻讓詩意益發「悠揚」。

　　此詩可視為林泠對「科學／藝術」二學科範疇作用的反思，以及自我生命情態的檢視。迅捷高張的狀態雖能使人激越鼓動，但卻也因速度的要求，僅能匆匆瞥過對象物，無暇深入感知。這正是林泠「不再希冀」的原因，因為它「煅銷」了最重要的生命情調。詩人現今著迷的是「遽然而來

---

[59] 林泠，〈遲緩的禮讚〉，《在植物與幽靈之間》，頁122～123。

／漸輕漸杳」的「徐徐」。「緩慢」不只是相對於科學的時間狀態，更是
生命的情態；只有以「緩慢」的節拍，才能真切地凝視世界森羅萬象的對
象物，也才能細緻地體會生命中流轉的紛然感受。

　　「緩慢」於林泠的作用，不僅止於「感性體悟」；其「拉長」、「延
緩」的節奏亦讓「理性思維」介入，冷卻當下的激情，使主體能更完整地
感／知生命。我認為，「緩慢」於集中的明顯表現，是詩句與意象間多所
「斷裂」的狀況。楊佳嫻亦曾指出林泠詩「空隙」的存在：「在『骨
架』──寫出來的部分」之間含有許多空隙，空隙內則充滿詩人推敲的迴
聲。」[60]承楊佳嫻對「空隙」的觀察，我認為空隙間迴盪的，詩人推敲的聲
響，即是蟄伏於「緩慢」中的思維運作。林泠對欲描寫對象物的感知是完
熟的，她只是運用「緩慢」，將兩端的意象以時間的罅隙「凸顯」；也就
是說，看似斷裂的語句間，「理性思維」其實已於之中悄然運作完成。如
此，凹陷的「兩端」實為「意象的凸顯」，而非「意義的斷層」。

　　如林泠在〈給女兒的詩〉中即以「我」與「女兒」血緣的「斷裂」，
及以「失落」為「成長」的「悖論」，表達「緩慢」於生命的作用：

哎

失孤的孩子你是：

被離散靳斷的

豈止是血緣

夢、和臆想的承繼。

你失落的

春天都撿了去

製成了蜜

搽上你的雙瞳使它

---

[60]楊佳嫻，〈剝離的美學──讀林泠《在植物與幽靈之間》筆記〉，《自由時報》，2003 年 3 月 27
日，43 版。

青釉一般地發光；濕潤

而不滴落，而叫它作

成長。[61]

林泠透過長長的空白凸顯「哎」的感嘆，但接著不停頓之「失孤的孩子你是：」迅急地想對「你」「是」什麼作些論述，卻隨又以「被離散……」跳脫原先冒號之號的內容，回到「哎」的感嘆句。詩人將被離散斷斷的「豈止是血緣／夢、和臆想的承繼。」以「豈止是」、分句、頓號，以及「和」字的運用，連綿成抑揚的節奏，但在「豈止」之後卻以句號作結，使音響與語義戛然而止，留下「空隙」。詩人雖未言盡斷裂的內容，卻以「你失落的／春天都撿了去」的畫面，示現其後續發展，此為內容與結果的「空隙」。林泠接著補述失落的對象物與人的關聯：「春天都撿了去／製成了蜜」使其雙瞳閃耀光芒，「……而叫它作／成長。」其中，「失落／蜜」、「蜜／成長」形成了意象的跳宕，詩人的思維必然在期間（生命的／詩句的）完成了連結的運作。她回想自我、或引用他人的人生情態，透過思維的聯想與之結合，以「撿」的動作與「蜜」的意象，展現「失落／擁有」形而上的精神狀態。由詩中可見，林泠詩的「空隙」包含欲言又止的吞吐腔調，以及曖昧的內容，它是詩人有意呈現的「粗糙」。但在此不平滑的空間中，卻得以容納自我更多思維、情感組合的可能，也能使讀者在此「斷裂」中，於感受之外摻入理性的邏輯，擴張情感的深廣度數，並以自我情思填補「空隙」，與詩人完成一首「詩」。

「緩慢」亦影響了林泠後期表達情感的「歌」。早期的「歌」幾乎以寫「當下迸發之激情」為宗，但經由「緩慢」的作用後，則轉為描寫經理性「冷卻」後的「多層感情」。林泠後期的抒情作品明顯含有「沉澱」、「思索」等「理性」作用的線索，它們增益了抒情的層次與向量，使林泠

---

[61] 林泠，〈給女兒的詩〉末段中間，《在植物與幽靈之間》，頁30～31。

的「歌」傳唱出不同的音調。

在〈20/20 之逝〉中,詩人就以自我的「思維狀態」,將「眼睛」的視力手術,聯想、引伸至「生命」視力的洞察眼光,寫出二者「所見」之不同,反思自我對世界的凝視眼光:

> 你要還給我
>
> 20/20 的視力;炯鑠
>
> 而明晰　絕不妥協的
>
> 黑與白的對比
>
> 　　　　　　那豈不是
>
> 啊　大夫　我昔日的摒棄
>
> 窮盡了四分之一世紀的
>
> 辛勤;將稜角
>
> 在視野中揉圓　讓邊緣
>
> 融入軸心　裂隙
>
> 淡去;且想像夜路的街燈
>
> 將藉其興芒展翅
>
> 為天使──[62]

對醫生欲恢復林泠「炯鑠」、「明晰」、絕不妥協之「黑與白的對比」的 20/20 視力,詩人卻以「摒棄」、「窮盡……辛勤」、「揉圓」、「融入」、「淡去」等一連串動詞,對明晰的視力極力抗拒,形成邏輯上的「斷裂」。這個裂隙不只是「詩」異質意象的使用,其產生是詩人在「思維」運行下,揀擇「意象」以示意的結果。林泠所欲「摒棄」的,是「絕不妥協」的絕對「對比」;當她不再以銳利的生命眼光(vision)觀看世

---

[62]林泠,〈20/20 之逝〉第三段至第五段,《在植物與幽靈之間》,頁 16～18。

界，也就不會得到「絕對性」的生命現象。此種「不設限」的心理狀態，林泠以視力的「迷濛」表示：為此，她「窮盡了四分之一的／辛勤；將稜角／在視野中揉圓　讓邊緣／融入軸心　裂隙／淡去」，才能看到生命更廣的面貌。如此，拋卻凝視眼光的「絕對性」，即使平凡的「夜燈」亦可為「天使」的形象——心靈視力的「迷濛」讓所見無一不美。

　　林泠以「緩慢」為書寫基調，其作用並非遲鈍了知覺，而是更「細緻」的感受情感與世界。詩句意象間的「裂隙」，是林泠思維邏輯作用所致；前後意象間看似「空白」的斷層，實以「理性思維」無色填補。「緩慢」引起的清晰思慮，反而使詩人欲「模糊」眼光視線，如此才能更全面地捕捉生命風景。綜合以上，「緩慢」將林泠的感性以理性方法體悟，引讀者於「閱讀」之外，「推敲」其中暗示的生命信念，與詩人共臻完融的「感／知」情狀。

（二）愛的解構與新探

　　「緩慢」的情調致使「理性思維」介入，影響了林泠的抒情方式；她所抒發的不只是純粹的、立即反應的「感情」，而是經由「時間」拉遠、冷卻的「記憶」。所謂的「記憶」，是在描寫「過往當下」的心境之外，同時也以「現在」的眼光加以審視、評論（這是無意識的作用，也不一定都是指出負面的東西）。因此，我們可以推論；林泠詩因「緩慢」作用，而成為反映主體情感、理念價值的複合體，拓展了「抒情詩」的邊界與層次，成為一既屬於個體，又歸類於世界的綜合情思。這樣的詩歌，如艾略特（T. S. Eliot）對詩歌狀態的定義一般，是一感性與理性的「集中體」，並為「平靜的存在」：

　　　　詩歌既不是感情，又不是回憶，更不是平靜，除非把平靜的意義加以曲
　　　　解。詩歌是一種集中，是這種集中所產生的新東西。詩歌把一大群經驗
　　　　集中起來……詩歌的集中並不是有意識地或經過深思熟慮而進行的。這
　　　　些經驗並不是「回憶而來的」，最後當它們在某一種氣氛中化合在一起

時，這種氣氛只有在這個意義上是「平靜的」，即它只是消極地伴隨著化合的行動。[63]

艾略特所言集中而產生的「新東西」，即是「我－世界」、「感性－理性」彼此涵攝呈現的總合共相；這也是林泠於《在植物與幽靈之間》抒情詩作的範型模式。「愛情」雖然仍是林泠詩的基底，但是在「緩慢」的影響下，其抒情方式亦有所改變：「理性思維」的摻揉，「冷卻」了當下迸發的感性，並在「感／知」的雙重作用下，將個體之「情」藉著「思」的作用，與「世界」交相感應。

如是，林泠詩不僅感懷愛情的美好，亦將隱伏其後、致使傷心的現實可能一一呈現。如〈象形文字〉中的描寫：

這個『愛』字　是全然看不出
它底　『生』　『殺』　『予』　『奪』的原形
甚至不像是
一個願意揹負受詞的

動詞（略）
　　　　　　　而緊繫在深處的
是一筆部首模樣的殘體　所謂的
『心』　解剖學上的索隱
（略）

而最美麗的兇殘　該歸於
這『夂』字的結尾

---

[63] 艾略特（T. S. Eliot）著；李賦寧譯，〈傳統與個人才能〉，《艾略特文學論文集》（南昌：百花文藝出版社，1994 年），頁 10～11。

> 那欲隱的峰巒和欲現的遼夐
>
> 豈不　正是泰山與鴻毛的模擬？[64]

林泠以「愛」的字型，探討抽象的精神狀態；她將字體肢解，摧毀一般對「愛」所定義的崇高印象，披露其「生、殺、予、奪」的原形。林泠以這些強烈的動詞，展現因愛而生的「疼痛」意象，並以「甚至不像是／一個願意揹負受詞的／動詞……」，反面寫愛的「自私」。而原是產生「愛」的「心」，則成為「解剖學上」的「殘體」，而非主導情感的有機中樞感官。但是，「最美麗的兇殘」並非以上的「傷痛」意象，而是「愛」的「『夊』字的結尾」所代表舉無輕重的「鴻毛」意義。

　　儘管林泠寫的是愛的傷殘面，但卻未否定其正面的意涵；詩末「泰山與鴻毛的模擬」，於此雖是側重「鴻毛」的「無所謂」意義，卻也肯定了它宛若「泰山」的無比價值。林泠在歲月的感知後，將少作中對愛情的唯美感傷「具體化」，並以「理性」的眼光「分析」、「論述」抽象的靈魂狀態，將「集合」美與傷的愛情均衡展現。

　　受科學研究者身分的影響，林泠亦將愛情放至「科學」的脈絡中展現。她將「愛」崇高與殘缺的靈魂情狀，由個體放大至世界現象討論。林泠運用生物領域的知識，將愛情的主角——兩性，以生物學體系還原為「人」，從「愛情」思索個體「生命」的存在表現。

　　如在〈單性論——向達爾文質疑〉中，林泠藉「女性」的角度，由「兩性」對「愛」的不同認知所形成的「屈辱」姿態進行剖析，並自「性別」的差異反應，反思「個體生命」原本相同的本質，藉「質疑達爾文」實欲諷刺「性別社會」的歪曲觀念與現象：

> 生命是……不歇地奔跑祇為

---

[64] 林泠，〈象形文字〉，《在植物與幽靈之間》，頁118～120。

　　停留在原地；果真

　　若此，何不我們
　　就以更潔淨的方式傳遞
　　（略）
　　無性的卵子，單一的
　　昇華；而毋需

　　屈辱於慾望　　（像靈長類
　　那麼地屈辱）　或是愛情

詩人開宗明義的指出，兩性若不具愛情，若只為了使生命「停留在原地」
而聚集，不如讓女性「單性」繁衍，如此則「毋需／屈辱於慾望……或是
愛情」。「愛情」原是「靈長類」所擁有的高尚情感，在此卻成為使其
「屈辱」的對象，林泠錯置「形而上的愛情」於「形而下的屈辱」，以男
性「未進化」的表現，諷刺兩性社會的偏差。

　　林泠接著於八到十段，以象徵愛情的「賭局」意象，寫兩性對愛情抱
持的不同態度：

　　（略）　我們
　　毋需下注以生命的
　　菁華，讓盲睛的莊家
　　性──恣意地投擲

　　那基因的骰子，命運的

　　籌碼（略）[65]

在林泠詩的語詞脈絡中，「賭局」具含之「莊家」、「賭者」、「不可預測」等特質，是林泠一慣用以象徵「愛情」的意象。[66]詩中，林泠明確地分析兩性於「情局」中展現的「生命現象」。女性的愛情是「生命的菁華」，男性「盲睛」的形象示意對感情的無謂，在賭客與莊家相悖的態度上「下注」，暗示了兩性的結合如「恣意」虛擲決定「命運」的「基因」一般──且在賭局中，獲勝的總是「莊家」。詩中，林泠雖承少作的的慣用意象，以「賭徒」、「賭局」寫兩性愛情，但卻已脫離以往不顧一切奉獻所有的浪漫感性，而改以理性的態度，對如「賭局」般有失公允之情愛關係，加以深切的思索、批判。

　　詩的末四段，林泠索性跳脫「兩性」對愛情的不等態度，撤去「第二性」所造成的屈辱與賭博，回歸自我生命的完融：

　　啊，何不
　　（略）
　　讓秋霜隱去，那僅祇
　　為了第二性而欣榮的

　　惡業，讓愛與真美
　　釋放自一切選擇的遊戲[67]

詩中，林泠以父權社會用以指稱女性，帶有「歧視」意味的「第二性」反

---

[65]林泠，〈單性論〉第八段到第十段，《在植物與幽靈之間》，頁128。
[66]詩人自早期即因「愛情」的不可預測性，以及傷心的可能性，以「賭徒」稱「戀愛的人」。如：描寫自我犧牲的〈微悟〉，副標即題為「為一個賭徒而寫」、〈建築〉:「他低低的聲調中有一股虔誠，像西班牙人在吉他上沉鬱地奏出愛的虔誠，因為他告訴我，他曾是一個賭徒。」
[67]林泠，〈單性論〉第十二段至第十五段，《在植物與幽靈之間》，頁129。

指男性，並將女性為其付出隱忍的愛情以「惡業」指稱，再次錯置男女與形上、形下的位置。她並且提出，只有不再為男性「欣榮」諸多「惡業」，不再處於被「選擇」的被動地位，生命的「愛」與「真美」才得以「釋放」而回歸自我，完整主體。

林泠於《在植物與幽靈之間》的愛情觀不只是心緒的抒發，並融入了個人與時代的哲思與批判；這些令人有所省思的情詩，並非詩人刻意營造的警句異象，而是還原「愛」本具極高複雜性的情感狀態。

（三）歷史化／神話化的愛情

林泠因身分轉變與生命經驗的影響，使得《在植物與幽靈之間》所「歌詠」的愛情與少作不同，唱出了愛情美好外的傷殘。這些殘缺，甚至是傷痛的情感，來自於詩人本身的經驗及所見的現象，她以詩將二者交融，使其於抒情之外，更傳達對愛情意義的思考。

在第一詩集與第二詩集間隔的二十年間，林泠已歷經結婚與喪偶，使後期的「歌」帶有「時間距離」之「回憶」與「懷念」的特質；其吟詠腔調亦由早期的激情呢喃，轉為娓娓細敘。此時，「愛情」的「空白」虛席，讓她轉以「遙想」的方式，繼續久遠之前的愛情。

在詩作〈世紀風雨〉中，首句出現的「El Nino」即使讀者產生理解上的斷裂，需待詩後「註」得以釐清：

> El Nino 原意為「基督之子」，專指一種因海洋燠熱而引起的暴風雨現象，以及相關的生態變遷，尤其是在亞洲和南美的熱帶邊緣。但 El Nino 的影響，時廣被於全球；它的週期（每 5 年至 7 年），具有詩意的不可測性，最近一次高峰發生在千禧年左右。El Nino 的回歸，始於 12 月下旬，故以「基督之子」為名。亦稱「聖嬰現象」。[68]

---

[68] 林泠，〈世紀風雨——給 C〉詩後註，《在植物與幽靈之間》，頁 37。

由此我們得知「世紀風雨」的命名即與「El Nino」相扣，方才掌握詩人可能表達的詩意，進行詩作的閱讀。全詩分為三部分，「之一」即由千禧年之「聖嬰現象」為引發詩想的媒介，由「自然的循環週期」寫「人生的時間」：

　　那一夜 El Nino 驟然拂耳

　　像是有細雨藏在

　　暴風之中。或是細語——

　　一如你昔日娓娓

　　向我細敘：巴比倫

　　它怎樣鬱鬱地風化入世紀。

　　曾經，你也試著演繹

　　用數字和程式，在一苦旱的黃昏

　　那史前的耳吻

　　沐濡——原是雲霧留下的

　　萬古的溫存

　　而當你颯然來歸

　　我知道，你白骨的捷運

　　即是那挾著風雨的，劃空的流銀[69]

這是林泠於千禧年（2000 年）所寫「給 C」的詩。經標注的部分可知，詩人根據「聖嬰現象」引發詩想，由自然的週期現象聯想到歷史時間，而歷史的時間則與逝去的「他」及「我們」的歷史，作抒情的連結。林泠大量

---

[69]林泠，〈世紀風雨——給 C〉之一，《在植物與幽靈之間》，頁 32～33。

使用標線之「過去式」時態，書寫對 C 的愛戀與懷念，暗示「愛情」是屬於「萬古」、「史前」、偶然「來歸」的。詩人塑造的時間距離，因第三段的「白骨」得到美感之外的「真實性」；也就是說，因為 C 已不存於現世，故他親密的「細語」、「耳吻」與「溫存」，都成為「風化入世紀」的「歷史」（history）。但他們的愛情歷史和事件歷史不同之處在於：事件歷史建立於「真實」（reality）之上，故具有不可更動性，一旦歸檔其中便無法異動；但愛情歷史是以「感情」（emotion）為基點，是心靈運動的展現的軌跡，故能超越物理的阻隔繼續下去。林泠由同音的「細雨」、「細語」，由風雨現象過渡至戀人叨絮，並以「風化入世紀」的「巴比倫」文明，暗比「我們」燦爛的過往；即使「你」已然離去，卻仍如「聖嬰現象」般週期的「回歸」，於「我」心中掀起風雨。

　　林泠將愛情歸為「歷史」的狀態，是依自我人生經驗的感性呈現；除此之外，由愛情轉向「人間」的思考，則是知性潛入「歷史距離」的作用。「歷史」代表了與「現在」隔著一段「間隙」；透過它，我們得以將激清「冷卻」，以融合「理性」的視角「凝視」、「分析」感情，在純粹的感性抒發外提出具含哲理的思維，深化「情詩」的價值。

　　在〈史前的事件〉中，林泠以自我的生命經驗，推想愛情為亙古以前的事件，與人類歷史結合，寫現今對愛情的觀感：

　　愛情絕然是
　　一樁史前的事件。幾乎
　　我能肯定它的發生
　　在燧石取火之前

　　或是燧木；或是
　　任何你選擇燃燒的
　　軀體與魂魄……它們

最終的昇華之前。甚至

我敢說，神農的稼穡

（略）

將億萬的種子撒入

那黝黑的、亙古的肥沃——

史前的事件：無疑的

發生在地球的燠暖

之前，冰川的

解凍之前（略）

（略）那時

洪荒方舟未築

熒惑的小月

未度；這樣匆匆地就開始了

一樁來生的事件。[70]

在詩的開頭，詩人便將愛情定位為「一樁史前的事件」，以量詞準確化抽象情感，並將它視為一客觀的現象體。她將愛情所屬的「過往」定位，以「燧人氏」、「神農氏」、諾亞的「方舟」，及希臘神話的「熒惑」，標記於史前的「神話」，示意愛情的遙遠與華美。林泠將「過去的愛情」歸為「歷史」，並以其源頭：「神話」，象徵愛情；而神話為「人類集體的

---

[70] 林泠，〈史前的事件〉，《在植物與幽靈之間》，頁90～92。

心靈產物」，則又賦予愛情「生生不息」的存在意義。林泠並列了神話與自然的時空意象，示意愛情距今的遙遠，這樣的距離雖然能夠冷卻原始的激情，但她也指出：愛情的出現，是「任何你選擇燃燒的／軀體與魂魄……它們／最終的昇華之前」。也就是說，激烈的感情的確會因時間漸為冷凝，但那並不會使之消亡，而是為「最終的昇華」；並且化為「一樁來生的事件」延續下去，永劫回歸。

由以上二詩我們可以推論，林泠在人生體驗之後，雖視愛情為「歷史」、「來生」等「非當下」的事件，但在這些距離的間隔之下，我們能夠讀出她對愛情的珍視，以及對戀人以靈魂持續的愛戀。

此小節旨在探討林泠象徵愛情之「歌」意象的轉變。林泠在轉為「科學人」與「中年詩人」之後，將「知性」融入「感性」，使練達的人情更具有深刻的意涵。在「理知」的作用下，林泠詩的抒情語調轉為「緩慢」，反映了「思辨」的過程，詩的內容亦因「科學知識」的作用，以專門之天文、生物、地質……等學說，將情感拓展至更廣的面向，並在社會情感的表象下，勾掘出更深的人類生命之情。對於愛情，林泠改以「審視」、「拆解」、「思辨」、「質疑」等理知視角，對感性進行剖解，並對現今兩性社會的偏頗的愛情觀表達非議與憂心。林泠並且將自我私人的愛情，以「歷史化／神話化」的形式抒發，反映了自我的感情經驗，以及對愛情永恆的眷戀。

四、小結

《在植物與幽靈之間》的抒情詩，因林泠「中年詩人」與「科學人」雙重身分的轉變，使其內容於「感性」的抒發外，更融以「理性」的思索。林泠以「科學知識」寫抒情詩，為原是個體小格局的純粹情詩，疏通了向外延伸的軌道，拓展了抒情的格局。由前文的論述，可對林泠詩藝術的轉變作下列幾項歸結：

（一）林泠的詩綜合了「理性的思維」與「練達的人情」，均衡地將

個人所感與世界現象相容呈現。其詩旨在反映以「人文精神」為本的世界觀：藉著「科學知識」作為引起詩想的媒介、素材，凸顯「人文歷史」的價值。

（二）林泠慣用的「故事」意象，在此集脫離純抒情的敘事框架，而以詩人自我回憶為血肉骨幹，抒發經過時間、生命經驗的情感。詩人並以「代面」（persona）之法，藉由他者角色表述自我對世界之感，其展演的對象包含人、植物與動物。藉眾生物的角度，詩人的觀看世界所寫的「故事」，具涵對人文思想品評的寓意。

（三）林泠慣以象徵愛情的「歌」，在此集轉為對愛情本質的解構，並對社會眼光下男女性／別的差異反思與質疑。林泠透過理性「拆解」、「質疑」的方式，深層的探究「愛情」的本質，並以「緩慢」腔調，唱出融合「知性」與「感性」的生命曲調。她雖以現實寫愛情的傷殘面，卻仍對愛情予以重如泰山的肯定信念，並以永劫回歸的狀態，示意其仍是靈魂最豐盈美好的存有情狀。

——選自吳姵萱〈林泠詩研究〉

新竹：清華大學中國文學系碩士論文，2009 年 7 月

愛的萌芽及其延伸

◎陳芳明[*]

　　遙遠的蒼白年代，似乎寸草不生。如果用 1950 年代盛行的一句話來形容，那時的臺灣就是文化沙漠。一望無際的荒地上，終究還是抽出幾株綠色的芽。那是林泠詩中四方城的時代，所有的靈魂都被禁錮，所有的精神都沒有出口。四方城大約是隱喻臺北的東門、西門、南門、北門，城池裡囚住了荒涼歲月。就在那樣貧瘠的時間裡，林泠孵出無數令人懷念的詩句。穿梭在她的詩行之間，蒼白、荒涼似乎都退為很遠的背景，彰顯出來的，是一個少女猶疑不決、閃爍不定的心。

　　那是一個不確定的年代，所有的事物還未得到確切定義，而前景也是那樣遙遠而模糊。如此可疑的地帶，為了避免心靈的枯萎，詩人都急切地在尋找精神出口。面對一個龐大的封閉環境，甚至面對一個巍峨的政治權力，所有的文學形式彷彿穿制服那般，一樣的色調，一樣的聲調，一樣的格調，凌駕在創作者的思維之上。正是受制於如此的精神枷鎖，詩人在自己的體內忙著扣問，試探是否有可能的途徑，連結到另外一個夢土。夢境，看來是那樣虛幻，是那樣不切實際，卻是高牆外一個永恆的嚮往。因為嚮往，抒情才成為可能，以柔軟的心，真摯的情，緩慢的節奏，詩人才有可能慢慢逸出無形的鐵絲網之外。所謂鐵絲網，就是無所不在的黨性，監禁著所有的夢想家。夢，才是人性寄託的所在。以人性回應黨性，竟是臺灣抒情傳統的根源。

　　身為早期的抒情詩人，林泠在少女時期，對於情就已經擁有強大的執

[*]政治大學臺灣文學研究所講座教授。

著。當她沉浸在情的思索裡，便足以融化政治環境的僵冷。完成或未完成，到達或未到達，愛情的地平線，永恆地引誘她持續追求與再追求。那種嚮往，幾近不朽。她鏤刻成為詩句時，就已經成為那個時代永恆的印記。如今回首時，我們無法相信，她竟釀造了如此精緻的詩行，不僅禁得起時間淘洗，還升格成為今日的經典。捧讀《林泠詩集》之際，忍不住要問：她的抒情如何成為可能？她在 1956 年所寫的〈阡陌〉，到今天仍然在年輕的心靈之間傳遞。阡陌，意味著農田以縱橫的方向延伸張開。而縱橫的觀念，在詩裡強烈暗示著兩個人交錯而過。一個是垂直而降，一個是橫切而過，從來沒有人把兩個人的相遇，形容得這麼龐大：

> 你是縱的，我是橫的
> 你我平分了天體的四個方位

感情的力量到底有多大？兩個心靈各據自己的方位，簡直是天南地北，毫不相干。但是，在內心深處萌發某種感情時，彷彿是牽動了整個宇宙的方位。當兩人迎面而來，彷彿勢均力敵，詩人卻說「你我平分了天體的四個方位」。當小情小愛啟動時，整個心靈也跟著起了震動，這已經不是兩個人的事情，卻已經使生命的方位產生大移動。愛情的重量是如何難以承受，那已經不是個人的心靈可以容納，而必須邀請無限的天地來共同承擔。這種驚天動地的聯想，在她的詩裡看來是如此尋常，又如此不可思議。

　　詩的氣勢與格局布置好之後，林泠才優閒地進入事件的現場，她說得那樣不經意，其實是非常在意的：

> 我們從來的地方來，打這兒經過
> 相遇。我們畢竟相遇
> 在這兒，四周是注滿了水的田隴

雙方都來自既有的方位，好像是命中注定，安排兩人畢竟相遇。第三行頗具畫龍點睛之效，「水的田隴」既是具體的地點，也是抽象的阡陌。當時臺大校園四周都是水田，這首詩已經強烈暗示真實的事件所在，但是又立刻抽離出來。這種文字力道，簡直可以比擬張愛玲所寫的散文〈愛〉：「於千萬人之中遇見你所遇見的人，於千萬年之中，時間的無涯的荒野裡，沒有早一步，也沒有晚一步，剛巧趕上了。」但是，張愛玲寫的是結論，而林泠則暗示著這是一種開放的結局（open ending），不知道後來發生了什麼：

　　有一隻鷺鷥停落，悄悄小立

　　而我們寧靜地寒暄，道著再見

　　以沉默相約，攀過那遠遠的兩個山頭遙望

詩人勇於嘗試文字的切斷與跳接，把整個場景移鏡到水田上的鷺鷥。沒有任何情感牽扯的禽類，出現在鏡頭時，似乎使前面詩行緊繃的張力鬆弛下來。她有意把無法解釋的感情持續延宕下去，不要輕易揭露內心真正的意向。這種刻意製造愉悅的推延（delay of pleasure），使讀者處在進退失據的狀態。兩人的寒暄到底有多寧靜，可以從鷺鷥不受驚動的姿態推知。詩行裡的「道著再見」，具有雙重意義，既是指鷺鷥飛走，也是指相遇的兩人告別。兩人以沉默相約時，也是鷺鷥飛越遠遠的兩個山頭之際。這裡充滿著多少內心的獨白，也充滿著沉默的對話。林泠再次使用大膽的跳接，單獨使用一行文字表現出來：

　　（──一片純白的羽毛輕輕落下來──）

　　飛走的鷺鷥，朝著遠遠的兩個山頭而去，也落下一片純白羽毛。兩人道別時，是不是各自在內心也輕輕落下羽毛呢？那是一種心跡的暗示，也

或許是一種無言的惆悵吧。必須經過這樣的轉移，詩人才在最後表達她的憧憬與期待：

> 當一片羽毛落下，啊，那時
> 我們都希望──假如幸福也像一隻白鳥──
> 它曾悄悄下落。是的，我們希望
> 縱然它是長著翅膀……

　　不想分開卻終於道別，想要說出卻終於沉默，正是這首詩所暗藏的無窮嚮往。那片羽毛，是幸福的隱喻，就像鷺鷥在他們身邊悄悄小立，是那樣短暫，也那樣永恆。「我們都希望」，正好透露兩人的共同願望，但是都沒有說出口。幸福來了，一如那隻白鳥，又立刻飛走。幸福是帶著翅膀的，想要留住卻終於留不住。如果這就是答案，詩人告訴我們，兩人的分手有多巨大，承受的惆悵就有多沉重。回到這首詩的開頭，兩個人選擇的方向。一個是縱的，一個是橫的，交錯而過。他們四面而來，八方而去，正好印證「你我平分了天體的四個方位」。好像是一首循環詩，終而復始，道盡人間的多少別離。〈阡陌〉升格為抒情詩的經典，並不在於它動用多少藝術想像，也不在於運用多少文字技巧。林泠使用的意象，極其乾淨而乾脆，竟使一場邂逅拉出時間與空間的縱深，使人低迴不已。

　　在那荒煙的年代，能夠留下的記憶其實並不多。那時的年輕心靈，遭遇到太多問題，卻永遠找不到答案。就像一把鑰匙，找不到恰當的門可以開啟，終究命定地被鎖在特定的空間裡。如何飛越那狹隘的囚牢，正是抒情詩尋找出口的重要企圖。柔軟的文字，可以膨脹成為巨大力量，也可以縮小成為細緻的感情。在極大與極小之間，活潑的想像，可以不時流動著，使生命終於不致枯萎。林泠踞守在自己的內心世界，對情感的抑揚頓挫，幾乎可以說瞭若指掌。當她寫下〈菩提樹〉，恰恰就是在描述她的期待與落空：

是我使它蒼老的，那株菩提。

我刻上十字，要自己記住

每一個，是一次回顧。

對於時間特別敏感的詩人，在樹幹上劃出十字，意味著刻骨銘心的記憶。每一個刻痕，都寓有期待的意味。時間的消逝，不能不催人蒼老，林泠有意把自己變成時間的化身，她把這樣的蒼老轉嫁給菩提樹。時間可以化為烏有，但記憶並不。每一個十字，代表著一個事件，一次感覺，一種情緒，銜接起來就是生命的過程。菩提樹等於是她願望的寄託，或竟是第二節的最後四行所說：

一切都向後退卻，哎，

這兒的空曠展得多大呀，

它們都害怕我，

說我孤獨。

時間不斷向後退時，可以感知消逝的生命留下多大空曠。在這裡，林泠又一次展現抒情的技巧。詩行之間，暗示著自己一事無成，或感情從未完成。樹幹上的十字刻痕，都在證明她有那麼多的未完成，以致形成可怕的空曠，與可怕的孤獨。明明是詩人自己害怕孤獨，她卻把主詞與受詞對換，變成菩提樹害怕她的孤獨。這種手法，無疑是企圖從濫情中拯救出來，把內心的感覺轉嫁給客觀的事物。當主體的感覺移植到客體，不知不覺間，顯然產生一種淨化作用，使陳腔濫調的情緒獲得昇華。詩人持續推移主客之間的情感辯證之際，她再度發揮旺盛的想像，使自己與菩提樹融合為一：

我慢慢向菩提樹走近。

> 那蔭影已被黑暗撤去了
> 我背倚樹身站立，感覺地一般的堅實和力。

高大的菩提樹，在陽光下投射長長的蔭影，彷彿是生命裡揮之不去的憂鬱。然而，夜色降臨時，黑暗反而全面覆蓋了樹的蔭影，從而也擦拭了蓄積於內心的愁緒。詩人在這裡完成一個漂亮的翻轉，樹的陰影被黑暗撤走時，才真實感受土地的堅實和力量。在樹幹刻下十字的印記，徒然留住孤獨空虛的靈魂。站在黑暗深處，她更清楚看見自己所占據的位置。記憶是後退的時間，土地才是堅實的空間，在這種強烈對比之下，詩人有了鮮明的頓悟：

> 我在想，該怎樣結束一個期待呢？
> 我抽出刀，閉上眼睛，徐徐刮去那些十字⋯⋯

果決地抽刀斷念，把空想的期待全部捨去，毅然把凌遲般的感情事件做一個了斷。菩提樹是我，我是菩提樹，這裡出現「刀」的意象，使整首詩產生銳利的聯想。畢竟那些樹幹上的刻痕，負載著太多過去痛苦的記憶。如果那記憶是如何心如刀割，唯一能夠回報的行動，莫非也只能還之以刀？然而，詩人以徐徐刮去的舉止，卻竟有萬般溫柔。對於記憶的忘卻與退卻，仍然還是有某種眷戀，但必須動之以刀，又是多麼勇於割捨。林泠選取字詞之際，似乎也考慮如何在詩行裡夾帶暗示與象徵的效用。她做到了，而且是那樣精確而飽滿。

　　刀的意象，也出現在另一首詩〈雪地上〉，寫得最為纏綿而悠遠。敘述一段消失的感情，已經被男方徹底遺忘，而女性則被埋葬在雪地，仍然無法忘懷生前的曾經有過的愛。第一節的六行，讀來頗為辛酸：

> 我靜靜仰臥著，在雪地上。

雪地上
那皚皚的銀色是戀的白骨。

你悠悠地踱躞，踱躞；
我已熟睡了。我以為
南半球的風信子還在流浪。

死者與未亡者的愛情，早已冰封在雪地。以「戀的白骨」來形容已經消失
的愛情，足以推想那事件是多麼傷害，多麼無法收拾。雪地與白骨，兩個
毫不相干的意象銜接起來，突兀而跌宕，死亡氣息撲鼻而來。當戀愛變成
白骨，全然不能挽回，只剩下靜靜仰臥、熟睡的她。詩中那位男子，卻還
在漫遊，好像是南半球的風信子，早已遺忘曾經有過的戀情。回望前塵，
一片冰涼。詩的第三節，詩人是那樣溫婉寬宏，強烈對照出那位絕情男子
所帶來的傷害：

你喜愛踐踏麼？哦，是的
想起在高處，因你滑過而留下水痕
我有毀傷的愉悅，
倘使你帶著長銹的冰刀來到。

我是甚麼啊——
我是泥土，我是溶化的水珠。

在愛裡，曾經發生踐踏與傷害，如今都已經成為刻骨銘心的記憶。詩中並
置「毀傷的愉悅」以及「帶著長銹的冰刀」，對比出兩人感情的落差有多
大。冰刀可能只是剎那間劃過，毀傷卻是永恆存在。縱然這是不對等的愛
情，詩人卻能夠使用最乾淨而簡潔的手法，把自己過渡到另外一個心理層

次，而得到解脫。當她追問自己是什麼時，她揭開謎底：「我是泥土，我是溶化的水珠」，抒情在這個地方立即得到昇華，因為是泥土，所以非常博大；因為是水珠，所以脫離冰封的雪地。她的豁達，竟有如此。

林泠在 1981 年完成〈非現代的抒情〉，似乎是要釐清現代主義者與抒情傳統之間的界線。臺灣 1960 年代的文學運動裡，盛傳著一則謠言：凡屬現代，就必須傾向知性，也就是在詩行之間盡量避開情緒的散發。顯然這首詩在於回應這樣的謠言：

> 我記得，在那兒
> 牲牷是不祭的，在曠野
> 錦帛是不書的，在星空
> 血
> 是不歃的──
> 誓言，要用骨骸來寫
> 而彈了骨的現代主義者
> 是不欲，也不能
> 抒情的

詩中說「在那兒」，指的就是臺灣，她所自稱「原始的土壤」。內容顯然在反諷現代詩人對抒情避之唯恐不及，可以絕情到不祭牲牷、不書錦帛的地步。這些隱喻無非是在強調：人的卑微，情之可貴。如果完全抹殺情的功能，就像人之去掉血肉，只剩骨骸在寫詩。林泠有意為自己與抒情詩人辯護，即使是冰涼的現代主義，應該也可以注入節奏，和音，激動，使這世界益形有情。她回顧自己的早年創作，一直掙扎著知性與感性之間的拉扯。以一首詩反省寫詩的歷程，在現代詩人行列裡頗為罕見。那種內在的對話與對峙，躍然浮動於詩行中：

> 在那兒，每夜，我提審

一些遠古的激情

而思量著

它們的釋放──

或是處決：最終的

不再赦緩的

處決。……若是能找到

一個濱河的刑場

在來春，驚蟄後的

第一個麗日

凌遲。

其中使用的暗示或隱喻，不僅呼應她的時代，也影射自己創作時面臨的抉擇。抒情與現代，原就是並行不悖。但在 1950 年代的臺灣，卻是在兩者之間切割非常分明。感情究竟是要釋放或處決，正是抒情詩的困境。濱河的刑場，暗示當時白色恐怖的政治犯，送往河邊馬場町處決的情況。暗示當時詩壇對於抒情的警戒，許多內心感情被迫消亡，以維持知性的純度。詩行充滿著提審，釋放，處決，赦緩，刑場，凌遲的字眼，恍若身處一個荒煙時代。動用那麼多嚴刑峻法的意象，無非在於彰顯詩人自己對抒情的堅持。

　　林泠的詩藝成就，容納在瘦瘦的兩冊詩集《林泠詩集》（1982）與《在植物與幽靈之間》（2003）。詩作數量有限，但是散發出來的能量卻無窮無盡。她的詩風，或多或少也點撥了青年楊牧。正如楊牧在〈林泠的詩〉所概括：「當她在創造『私我神話』的時候，帶點隱約朦朧的色彩，但絕不晦澀，因為這些詩是真摯率性的流露。」她面對一個倉皇的時代，精神出口都被封閉在白色雪地深處，縱然只是創造有限的詩作，但從遙遠傳來的細微聲音，竟溫暖了多少枯萎的心靈，到今天仍然還持續傳誦著。愛的萌

芽，不經意綻放在幽暗年代，卻已經延伸了好幾個世代。

　　　　　　　　本文原載《聯合文學》354 期（2014 年 4 月）

　　　　　　　　　　　　——選自陳芳明《美與殉美》
　　　　　　　　　　　　臺北：聯經出版公司，2015 年 4 月

談林泠的〈不繫之舟〉

◎趙天儀*

〈不繫之舟〉

> 沒有甚麼能使我停留
> ──除了目的
> 縱然岸旁有玫瑰，有綠蔭，有寧靜的港灣
> 我是不繫之舟
>
> 也許有一天
> 太空的遨遊使我疲倦
> 在一個五月燃著火焰的黃昏
> 我醒了
> 　　海也醒了
> 人間與我重新有了關聯
> 我將悄悄從無涯返回有涯，然後
> 再悄悄離去
>
> 啊，也許有一天──
> 意志是我，不繫之舟是我
> 縱然沒有智慧

*詩人、評論家。發表文章時為臺灣大學哲學系教授，現已退休。

沒有繩索和帆桅……

——錄自民國 44 年 6 月 2 日《公論報‧藍星週刊》第 50 期

〈不繫之舟〉是林泠的作品，我們的詩壇，有時得獎的作品，往往不見得有什麼特別出色的地方，然而，我並不因這一首詩曾經代表她獲獎而說她出色或不出色，我只是想從一種鑑賞的共鳴來加以省察來加以分析的。

對於一個詩人的過譽，我想該不是真正的詩人所能首肯的。不過，當我們聽到別人的讚美時，不禁也會飄飄然的；但當我們冷靜下來，我們該知道「得失寸心知」的真諦呀！

林泠一開始就以〈不繫之舟〉來象徵她的目的。

縱使路旁有玫瑰，有綠蔭，有寧靜的港灣

她也不在乎；她的瀟脫，她的清麗不俗，也同時隱現其間。這絕不是那種畫眉毛，描黑眼圈的裝飾所能表現的，詩的風格如果也是人的風格的話，一個詩人要有格，有骨氣，自然而然地，就會流露出她（他）們的風骨。

在一個五月的燃著火焰的黃昏
我醒了
海也醒了

她只輕輕地一描，「我醒了，海也醒了」，整個宇宙萬象也都醒了！

人間與我們重新有了關聯
我將悄悄地從無涯返回有涯，然後

再悄悄地離去……

　　她既是超然物外，又是深入物內，以淡淡的意象來襯托，表現了自我
與人間、自我與宇宙的關聯，她把握了移情同感，而又物我兩忘的境界。
因此，她很自然地發展到「意志是我」，而回歸到「不繫之舟是我」，使
她的表現統一於孤立而絕緣的狀態，而又凝聚於詩的焦點上。她沒有教訓
的口吻，沒有抽象的哲理，卻有一種哲理與詩質交流，不因說理而失落了
詩的奧祕。簡言之，這首詩的空靈是現實的，而其落實卻是理想的。
　　我們的詩壇，太缺乏這種現實與理想了！

　　　　　　　　　　　　　　　　——選自趙天儀《美學與批評》
　　　　　　　　　　　　　　　臺北：有志圖書出版公司，1972 年 3 月

繫與不繫之間
析林泠〈不繫之舟〉

◎何金蘭*

壹

莊子〈列禦寇〉：「汎若不繫之舟，虛而遨遊者也。」

賈誼〈鵩鳥賦〉：「泛乎若不繫之舟」。

蘇軾〈自題金山畫像〉：「心似已灰之木，身如不繫之舟。問汝平生功業，黃州惠州儋州。」

貳

林泠在她〈紫色與紫色的〉[1]一詩中有下列數句：

> 那延伸於牆外的牽牛花
> 像我的詩篇一樣，野生而不羈
> ⋯⋯
> 在氾濫的無定河邊，水流泠泠⋯⋯

此詩中「野生不羈」和「水流泠泠」幾乎就是林泠詩風格、形體和音調最恰如其分的詮釋和形容，那不但是她對自己作品、對自己詩藝的自

---

*詩人，筆名尹玲。發表文章時為淡江大學中國文學系、法國語文學系教授，現為淡江大學中國文學系榮譽教授。
[1]林泠，〈紫色與紫色的〉，（臺北：洪範書店，1982 年初版），頁 30～31。

覺，同時也是大多數論者共同的看法。[2]

參

　　在林泠許多優美動人的詩作中，〈不繫之舟〉應是她最為膾炙人口的一篇。這首完成於 1955 年的作品，17 歲的作者呈現的，不僅是年少輕狂的夢想，更表達了不喜束縛、不耐羈絆的個性和意志，以及詩人對「自我」、對「人生」的一種追求。這個夢想、這種追求建構在全詩最主要的意涵結構「有／無」之上，作者以「虛實」交替的手法表現，使得詩中的「舟」不斷擺盪在「繫／不繫」之間，讓全詩充滿一種撲朔迷離、虛實難定的幻象之美；詩人在這想像的場景之中，不停的作出「確定」隨即「否定」卻又立刻「肯定」的各種話語，充分地流露出少女（少年）嚮往自由、漂泊流浪的浪漫情懷，同時也展現人類本能的渴望、追求安定這兩者之間的矛盾衝突。本文擬從探討作品的意涵結構[3]來分析〈不繫之舟〉，希望能在眾多不同的讀詩方法中，提供另一角度的詮釋。[4]

肆

　　本文所欲分析的文本〈不繫之舟〉全詩如下：

　　沒有甚麼使我停留

　　——除了目的

---

[2]楊牧為《林泠詩集》所寫之長序〈林泠的詩〉，見《林泠詩集》序文頁 17，藍菱〈詩的和聲——《林泠詩集》讀後感〉，前引書頁 190、191、192 等。

[3]本文所用之「意涵結構」（Structure significative）一詞係根據高德曼（Lucien Goldmann, 1913-1970）所制訂的「發生論結構主義」（Structuralisme génétique）中的一個基本概念，是文化創作一個緊密一致且具意義的結構。在一篇文學作品中，除了一個總的意涵結構外，還有一些部分的、比較小的結構，高德曼稱之為微小結構或部分結構，或形式結構。請參閱拙著《文學社會學》（臺北：桂冠圖書公司，1989 年）第五章〈文學的辯證社會學——高德曼的「發生論結構主義」〉。

[4]除「註 2」中所提到的楊牧和藍菱的文章外，蕭蕭也寫過〈林泠的〈不繫之舟〉〉（刊於《中央日報》《讀書週刊》第 233 期，1997 年 3 月 5 日，21 版），還有楊鴻銘的〈林泠〈不繫之舟〉析評〉，《國文天地》第 12 卷第 11 期，1997 年 4 月，頁 93～97，唐捐的〈縱一葦之所如——讀林泠的〈不繫之舟〉〉，《國文天地》第 13 卷第 2 期，1997 年 7 月，頁 60～63，及楊宗翰的〈刺人的黃昏——林泠〈不繫之舟〉的一種讀法〉，《國文天地》第 13 卷第 2 期，1997 年 7 月，頁 64～66 等，都企圖從不同的角度解讀此詩。

縱然岸旁有玫瑰，有綠蔭，有寧靜的港灣
我是不繫之舟

也許有一天
太空的遨遊使我疲倦
在一個五月燃著火焰的黃昏
我醒了
　海也醒了
人間與我又重新有了關聯
我將悄悄自無涯返回有涯，然後
再悄悄離去

啊，也許有一天──
意志是我，不繫之舟是我
縱然沒有智慧
沒有繩索和帆桅

　　這首〈不繫之舟〉錄自《林泠詩集》（臺北：洪範書店，民國 79 年 7 月 4
印，頁 3～5），全詩分三節，第一節四行，第二節八行，第三節四行。

　　此詩最明顯、最突出的，是貫穿全詩的二元對立之意涵結構：「有／
無」、「實／虛」、「確定／否定」（或不定）、「繫／不繫」。

　　首先，以標題「不繫之舟」來說，「舟」固然有「不繫」而航行水上
之時，但「舟」也有「繫」於港灣、泊於碼頭之日；因此，「不繫」的
「確定」語氣與「舟」本身可「繫」可「不繫」的本質之間產生了一種懸
疑：「舟」為何「不繫」？「不繫」之「舟」是什麼樣的「舟」？若以羅

蘭‧巴特（Roland Barthes, 1915-1980）的語碼解讀法[5]來讀〈不繫之舟〉，
這四個字的題目蘊涵了豐富無比的意義；它既是文化語碼（見本文第一
段，「不繫之舟」一詞有深厚的文化背景，即莊子、賈誼、蘇軾等人的文
句或詩句），也是產生懸疑的疑問語碼，更是指涉明顯的內涵語碼，象徵
意義濃厚的象徵語碼以及行動不歇的行動語碼。事實上，「不繫之舟」在
此詩中並不單指「不繫」之「舟」，而是在「不繫」與「繫」之間不斷掙
扎，甚至有時產生困惑、疑慮，表面上「不繫」，其實仍「有繫」的小
舟。這個「繫／不繫」的對立結構出現在許多元素之中，貫徹全詩，除了
詩中文字和音節本身的優美之外，這種對立還為此詩帶來虛實難辨、意義
多重的豐富性，而錯綜的歧義更為讀者提供了在閱讀的同時也參與書寫的
愉悅和快感。[6]

在第一節的四句中，「繫／不繫」的矛盾不斷出現：

1.「沒有什麼使我停留」：「沒有什麼」→無／「使我停留」→有，
「沒有什麼」應是「不繫」，而「使我停留」卻是「有繫」。

2.「除了目的」：「除了」→不繫，「目的」→繫；這一句使人不禁
追問：什麼是「我」的「目的」？「目的」是哪裡？是第二節的第二句
「太空」的「遨遊」嗎？或是「太空」裡的什麼？

3.在這一句中，作者用「縱然」二字來意圖強調「不繫」，可是流露
出來的剛好相反；此句給人的感覺是作者注意到花草港灣，而且並不是視
而不見，簡直是留心觀察，知道此處的花是玫瑰，樹有樹蔭，同時還有
「寧靜」的「港灣」，若無心「繫」於港灣，如何知其「寧靜」？顯然
「有繫」，是作者心底渴望（？）可以停泊的「寧靜港灣」；此外，此句

[5] 羅蘭‧巴特在其著作《S/Z》一書中提出語碼解讀法的「閱讀」方法，他認為在文本中可辨認出的代碼有五種：闡釋語碼（或疑問語碼，謎語語碼 code herméneutique），行動語碼（code proaïrétique 或 code des actions et des comportements），內涵語碼（Les sémes 或 signifiés de connotation），象徵語碼（le champ symbolique），文化語碼（codes culturels ou de références）。
[6] 「可寫性／可讀性」是《S/Z》一書中最重要的概念。筆者在〈《S/Z》：從可讀性走向可寫性〉，收於，《第三屆現代詩學術會議論文集》（彰化：彰化師範大學國文學系，1997 年 5 月），頁 233～249。一文中曾對此概念作詳細的闡述。

不但是第一節最長的句子，也是全詩最長的，作者一口氣列出「可以」「使我停留」的一些元素，然後用「縱然」二字完全推翻，可是「縱然」並不是「確定」的語氣，只是一個「假設」之詞，因此，這一句應可視為洩露作者心底祕密的關鍵句，同時也是第二節中「疲倦」之後，「人間與我又重新有了關聯」的「人間」之伏筆。「縱然」→不繫，「玫瑰、綠蔭、港灣」→繫。

4.「我是不繫之舟」：此句的語氣是「肯定」的，是作者「想」做到的境界；然而，事實上，這一句置於前三句之後，加上後面二節每一節都有「也許」二字，因此，這個「不繫」其實還是未確定的，一方面因為作者知道有一些使人願意停留繫泊的地方，另一方面，第二節和第三節的詩句證明這一句只是作者想像之中希望能做到的「不繫」而已，而那個「不繫」是存在於「也許有一天」，目前未知的時間裡。表面上的「我是不繫之舟」，實際上在目前來說仍是「有繫」的。

第二節的八句，對立和矛盾更是明顯：

1.「也許」：根本不確定，不存在。

「有一天」：表示直至目前未有。

這個不存在不但指涉第二節中的所有情事，當然也包括第一節所說的一切甚至第三節。（第三節再重複一次「也許有一天」！）

2.「太空的遨遊使我疲倦」：這一句讓我們想到第一節的「沒有什麼使我停留／除了目的」，「太空的遨遊」就是這個「目的」嗎？是它「使我停留」嗎？如果是「目的」就應該一直「停留」下去，為何在第七句中說「返回」（「有涯」）？如果是「遨遊」，尤其是「不繫」之「舟」的「遨遊」應該是逍遙自在，如何會產生「疲倦」？遨遊不等於疲倦，遨遊和疲倦是無法令人聯想到一起的兩種事物，為何作者會放置在同一句之中？莫非心中仍偶然記起那「寧靜的港灣」，那「綠蔭」和那「玫瑰」？距離的拉長使滿心嚮往的「太空遨遊」也變得無趣，而當初一心想擺脫的「有涯」，正以「燃著火焰」似的絢麗和熱情從心中升起，變得可愛，讓人清

「醒」，催促「我」歸去？

3.「在一個五月燃著火焰的黃昏」：前一句說明空間，這一句說明時間，作者從「不繫」回歸到「繫」的時空背景。選擇「五月」的「黃昏」，想必是有某種原因，這個「黃昏」還「燃著火焰」呢！是「返回」的好時刻吧？！或是與什麼人相約的時間？

4.「我醒了」，醒了才想到「返回」，才想到「繫」；那麼「醒」之前，是處在什麼樣的狀態呢？睡？意識不清？

5.「海也醒了」：海也和人一樣一起醒來。海因「舟」而醒，「舟」終於從「太空」「返回」了。

6.「人間與我又重新有了關聯」：有「重新」、「關聯」，都是「繫」，「重新」表示本來就「有繫」。

7.「我將悄悄自無涯返回有涯，然後」：「無涯／有涯」→「不繫／有繫」，為何要悄悄？介意別人知曉？

8.「再悄悄離去」：「返回／離去」，「繫／不繫」，在此二者之間擺盪。

第三節中的四句，同樣的元素亦出現其間：

1.「啊，也許有一天」；再次重複「也許」和「有一天」，證明目前未是（不繫之舟）。

2.「意志是我，不繫之舟是我」：「意志」＝「不繫之舟」嗎？是「意志」要成為「不繫之舟」？

3.「縱然沒有智慧」：再次重複縱然，但此次與前次的意義與作用不同。「沒有智慧」在此指「不繫」。

4.「沒有繩索與帆桅」：「繩索」和「帆桅」是「繫」，而「沒有」表示「不繫」。與上一句對照，「智慧」＝繩索和帆桅嗎？

第一節中，讀者可能會誤以為作者是「不繫之舟」（「我是不繫之舟」：肯定，自信），在第三節中才知道不是（「也許有一天／不繫之舟是我」：不確定）。

伍

　　全詩在「繫／不繫」之間，「有／無」和「實／虛」之間徘徊往返，在嚮往無拘無束的自由和人類本能求定的意念之間擺盪，決定了「不繫」，卻又在「疲倦」時重回「人間」的「有繫」。從「有涯」到「無涯」，再從「無涯」返回「有涯」，然後又再離去。

　　　　　　　　　　　　　——選自何金蘭《法國文學理論與實踐》
　　　　　　　　　　　　　臺北：秀威資訊科技公司，2011 年 11 月

〈20/20 之逝——致一眼科醫生・在手術之前〉品賞

◎瘂弦

啊　大夫　你說甚麼

台北的街燈並無

筑色的光暈一如

莫內的巴黎？　你竟

悍然地斷定

我看到的　觸及的

夢見而寫入詩裡的祇是

生命的異象　歲月的

垂垂——那朦朧

雲一般的障翳

有一串長長的

拼不出的　鬱過地中海蒼藍的

拉丁的名字

你要還給我

20/20 的視力：炯鑠

而明晰　絕不妥協的

黑與白的對比

　　　　　那豈不是

啊　大夫　我昔日的摒棄

窮盡了四分之一世紀的

辛勤：將稜角

在視野中揉圓　讓邊緣

融入軸心　裂隙

淡去；且想像夜路的街燈

將藉其星芒而展翅

為天使……

有一綫絲縷

曾被我抽去的　你說

（不就是地平線？）

也該還給邈遠：

拿去一些

青空和溟海的

繾綣　讓沙鷗吞噬

被巨大的未知

　　　　　　　　　日與月

進行它晨昏的剖切

而空間回復

它冷漠的三度……

你若知道　大夫

我真正憂心的其實

是另一種盲睛：盲於夜

盲於色

盲於──啊　一個真盲的可能

──1998 年 9 月 10 日《聯合報‧副刊》

品賞

　　林泠，本名胡雲裳，廣東開平人，1938 年生於四川江津，童年在西安和南京度過，來臺後在臺北就學，入臺灣大學化學系，1958 年畢業後赴美，獲佛吉尼亞大學博士學位，曾任職於美國化學界，主持藥物合成研究。《現代詩》復刊後任首席社務委員，著有詩集《林泠詩集》。

　　早在 1950 年代初期，林泠就在臺灣詩壇嶄露頭角，1961 年大業版的《六十年代詩選》，選入她從〈星圖〉到〈微悟〉等 12 首詩作，使她聲名大噪。編者給她的評語是：「林泠是不同凡響的，她是我們這年代最秀美的詩人。她的詩之特徵在於能以流利之筆觸，將她對宇宙萬事萬物所呈現的和諧的情態，很輕逸地表達了出來，同時更處處充滿對自然、生命與愛情的玄想。」以後經過若干年的沉默，她於 1980 年代復出，詩藝更加老到精湛，著重經營結構嚴謹的大意象之開展，頗有所得。

　　對於這個世界，文學、藝術家乃是以心眼的直覺感受，替代一般人肉眼的分析認知，詩中提及的莫內，便是一個以心眼觀照萬物的人。莫內作畫不從物體的具體特徵加以摹繪，而重視光線、色彩、氣氛、瞬間感和運動感的捕捉，更重要的，是他要在畫幅中，表現物體所引起的感情。本詩中那位眼科大夫為人動手術，為的是撥障翳、祛矇矓，讓人清清楚楚踏踏實實看到這個具象世界，但對那位病人來說，世界的真貌，不在表象而在本質，如恢復醫生認為的「正常」視力，那無異是心眼的蒙蔽，想像力與原創力的閹割，變成睜著大眼睛看不見任何東西的瞎子了。作者藉戲劇場景的假設，以弔詭而充滿機趣的語言，闡釋一個美學的問題，構想十分巧妙。這種情理並茂的創作風格，正是詩人兼科學家林泠的擅長。

──選自瘂弦主編《天下詩選 I：1923～1999 臺灣》
臺北：天下遠見出版公司，1999 年 9 月

〈烏托邦的變奏——寫給 AZ，在她孩子成婚的前夕〉賞析

◎陳義芝*

一：無托邦

　　曾經，我也年輕；孩子

　　曾經有一地窖

　　在環河南路的轉角

　　那兒你的父親，夜夜

　　和每個闖進他影子裡的女人

　　共舞。

　　　　　　　那就是你的——我們的

　　源頭：長河沉滯迂濘，生命

　　溯光而行，自一椽

　　幽闇的小屋。

　　　　　　　　你當記得

　　那些音符——音符以外的

　　擊打；邐爾的休止

　　無憚的昂揚

　　「平頂頭」的憂傷

　　沿著小屋穹廬似的圓弧

　　凝聚。——那地方

---

*發表文章時為《聯合報・副刊》主任，現為臺灣師範大學國文學系兼任教授。

他們叫它作「蒙古包」

曾是我們青春遊放的牧場

你的父親：他遞過來

一撮捲好的艾草

教我絲絲地呴，款款地燃，緊貼

牆根坐著——別吵，他說

今晚，他不想給我未出世的嬰孩

一個名字。

註一：1950 年代末期，臺北萬華附近有地下室舞廳兼茶室名曰「蒙古
　　　包」，我曾與友人多次造訪。「包」內裝飾採塞外帳篷之弧形圓
　　　頂，進門後伸手不見五指，僅有天窗濾過幽微的星光，而打擊樂
　　　震耳欲聲，引出當時「次文化」的主調。

註二：「平頂頭」，即 The Platters，為 1950 年代及 1960 年代最著名的
　　　搖滾樂團之一，原名為「大碟」之意。

二：夫托邦・父托邦

曾經，我也自由；孩子

當我年輕的時候

那字彙的寓意，我亦微微

知曉，從一些詩篇

鷗鳥的聯想

風，驟雨和初霧。

可是我，哎——

　　　　　　一個女子

能有，啊，能有怎樣的自由？

那與生俱來的原罪

深植在我們的雙股之間

在我們（被愛情

　　　　　污漬的）

心房心室的窄渠。

　　　　　　　那必是

魔鬼的指設，我想，或是上帝

要我們變成一株

孕育禁果的樹，永遠地

傳遞伊甸的沁甜和蠱——

因此，在你成親的前夕

我必得提醒你

去重溫記憶裡承受的鞭撻

讓她知道，地心的重力

是來自男人的手掌——並且

給她一面鏡子

讓她，遂行那無望的搏鬥

和自己的肉身成讎。

最要緊的，孩子，是要使她

懷孕——無休止地

複製你的基因

讓她知道：**你**

纔是生命的授予者

像鵬鳥來自北冥，越過

峭銳的山峰，湍悍的

激流，而短暫地

棲止於林莽。

　　　　　你該，啊孩子

讓她知道，那大地即是

她起伏的身軀

在季節的枯榮裡

為等待你的君臨而仰臥

（2002）

作品賞析

　　審思林泠這首詩的女性意識，極有意思。烏托邦（utopia）是一個理想的國度，卻也是「烏有之鄉」，題目既標示「烏托邦」又言「變奏」，似乎在表達完美的環境只是空想。讀者必須知道詩人故作反論，她戲謔而認真地在談女性處境，是想教育男性。副題「AZ」是一位女性友人，這首詩寫給她的兒子（即詩中的「孩子」）。

　　二首連作的第一首，林泠寫自己年輕時與即將成婚的男孩之父親嬉遊情景，說明每一個人都年輕過，被青春魅惑過，最初六行與最後六行都表現了上一代男人在兩性關係上的主導權柄。第二首，強烈反諷，強烈揭發：女人享有的自由是片面的，她有生育的宿命，得與易逝的青春相搏鬥，還須擺出臣服於君臨的姿態。下一代的孩子，會怎麼做呢？林泠如果沒有期待，她就不必如此反論了。

──選自陳義芝、廖玉蕙、周芬伶合編《繁花盛景：臺灣當代文學新選》
臺北：正中書局，2003 年 8 月

縱一葦之所如

讀林泠的〈不繫之舟〉

◎唐捐

一

　　東坡〈自題金山畫像〉云：「心似已灰之木，身如不繫之舟」，心靈經歷過激烈的燃燒，已歸於枯槁，再也沒有什麼事物可以使我激動；而此身南北漂泊，處處為家，也沒有什麼形式可以將我羈絆了。〈不繫之舟〉正是暗喻著自由漂流，無所執泥的狀態。〈赤壁賦〉裡所說的「縱一葦之所如，凌萬頃之茫然」堪為註腳。

　　林泠借用古人成詞為題，不僅沒有陷入文言語彙的僵化，反而能適度利用其優點，與白話文相生相濟，完成了一首自由靈動的新詩。詩以宣言式的口氣開始：

> 沒有甚麼使我停留
> ——除了目的

　　這兩句乍讀之下，是一放一收的關係。其實不然，實際上第二句乃是第一句的加強。因為詩中的發聲者以「不繫之舟」自喻，而舟之所以不繫，正是由於不想靠岸，不願停留，惟任大自然的風勢水流隨機牽引。這也就是說，「不繫」二字已經包含著「沒有目的」的意思在內了。而這裡所謂「沒有目的」並非還沒找到目的，而是已經超脫了目的，不再為任何形式的執著所羈絆。好比一隻「折翼之鳥」宣稱：「沒有什麼使我振奮，

除了飛翔」，其中隱含的意思是我再也不可能感到振奮了。同理，在本詩之中，不羈的「我」是再也不願停留於一個定點了。

> 縱然岸旁有玫瑰，有綠蔭，有寧靜的港灣
> 我是不繫之舟

岸上是繽紛的人間，充滿了美好的事物，誘引著來往的帆影靠岸休息。但是我生性愛好自由，不願意為一事一物所拘執，寧願去享受漂流的喜悅。因此，兩岸雖美，同樣不能「使我停留」。舟既不繫，則是以「離岸」為本願，不以「靠岸」為歸宿。至此我們更清楚地感知，詩人要說的是身心的自由，而不是奮鬥；是對「目的」的捨離，不是執取。惟有掌握到發聲者的本質與立場，才能正確地判斷聲音的意義。

二

首段四行，行行堅決地指向「不繫」的主題，詩意是直向發展的，但發聲者卻巧妙地掌握了語法的變化，形成一種迷人的口吻，聽似猶豫，其實極為篤定。每一換行，即一轉折，愈轉而愈深，終於把氣氛推向一個頂點。

第一行的「沒有什麼……」和第二行的「──除了……」，形成一種推與拉的張力。由於前一行的口氣十分斬截，後一行稍加但書，即能激起極大的波瀾。好比在紋風不動的水池裡，投入一塊小石子，即能化靜為動。然而這種一張一弛的關係只在字面的層次上成立，如前文所論，就內在的意義而言，第二行反而助長了第一行的斬截之勢。因此，這兩行的關係實際上屬於「鳥鳴山更幽」式的結構，看似減法，實為加法。

第三行和第四行的關係也是一收一放，先以「縱然」帶領一個長句，開列了一連串可使小舟「靠岸」的誘因：玫瑰、綠蔭、寧靜的港灣，由小而大，一項比一項開闊，而終於構成一個美好而充滿想像的畫面。然而這

一切都被「縱然」二字解消了，最後終於以一個篤定的判斷句結束詩的首段：「我是不繫之舟」。在前行的「縱然」襯托之下，後行的「是」字顯得十分任縱有力。而這種任縱的口吻其實貫串了整首詩，是使此詩風格趨於明快的重要因素。

　　此外，句法的錯落有致也是不能忽略的勝處。這四行的布置，大抵為一長一短相互搭配。首行雖僅八字，相對於字數僅達其半的第二行，仍屬長句；第四行雖有七字，相對於前一行的綿長，就顯得短促多了。長句奔騰橫恣，短句冷靜沉穩；形式上的一長一短恰與內容上的一開一闔相互契合，達到聲情如一的境地。第三行尤為突出，句式之長暗示了航程之長，其中又有兩個逗號將此行分成三截，則又暗示了岸之曲折。

　　首段四行的種種優點，與開篇之妙很有關係。首句甚具概括性，富於衍生的能量，彷如飽含泉水的高山，足為河流的發祥地。試分別與其他三句相互搭配：

（一）：沒有甚麼使我停留／──除了目的
（二）：沒有甚麼使我停留／縱然岸旁有玫瑰，有綠蔭，有寧靜的港灣
（三）：沒有甚麼使我停留／我是不繫之舟

　　每一種組合都顯得十分貼切而自然，其結構之緊密可見一斑。論者謂此段運用了英語文法結構，有思緒層層推出的好處，並具懸宕感。其說頗具見地，值得參考。惟此段的好處雖如其所論，原因卻不必歸於外國語法的運用。詩的語言思路經常別成一格，因此古詩已常化直為曲，顛倒言之，以激發波瀾，讓意念突破語法的束縛。林泠以思路為序的寫法，正是古今詩人的通例。

三

也許有一天
太空的遨遊使我疲倦
在一個五月燃著火焰的黃昏

太空是海的進一步轉喻，用以極力形容那種無所牽絆的場景，並製造出空洞虛無的氣氛。從第二段開始，詩人故作猶夷之辭。真正的自由乃是挺立自我的主體性，獨立去面對世界，其間充滿各種考驗，因此難免會有疲憊之時。也許有一天，我會從「不繫」回到「目的」，以解勞頓。「在一個五月燃著火焰的黃昏」，火焰或指稱黃昏的霞光，或暗喻夏日繁花盛開的景況，無論如何，「燃著火焰」呈現一幅「短暫」而「輝煌」的畫面。詩人之意殆謂，某種極為絢麗的事物（譬如愛情）將暫時「繫」住我。

我醒了
海也醒了
人們與我重新有了關聯

曰「醒」，則方才所謂「太空的遨遊」是處於睡、醉、昏、迷的狀態。曰「重新」，則人們和我本來就有關聯。詩發展至此我們幾乎可以斷定：前文所說的「目的」，其實就是人與人之間的感情。

我將悄悄地自無涯返回有涯，然後
再悄悄離去

詩人在「返回」之後，緊接著「離去」，不講原因，不加渲染，只是

淡淡地在其間安置了一個「然後」，彷彿由來而去是那麼必然，幾乎無可轉寰。加上迴行技巧的運用，更使前後兩句緊密不懈。這兩句可說是以「暫繫」的現象反襯了「不繫」的本質。

　　在本段中，發聲者的口氣似乎已較前段軟化，稍有退卻之意。但我們不要忘了，這一切都是「也許有一天」。換句話說，目前的「我」仍是一往無前，無所牽絆的，仍然甘於「不醒」，醉於「遨遊」。

四

　　啊，也許有一天
　　意志是我，不繫之舟是我
　　縱然沒有智慧
　　沒有繩索和帆桅

　　第二行的前半搭配第三行，後半則搭配第四行，頗得錯綜之美。其中意志是虛，不繫之舟是實，智慧是虛，繩索和帆桅又是實，虛實互濟，自然有味。

　　「意志是我」意謂我的意志與我的行為完全等同，也就是說，意志充盈了我，我順任著意志。這是一種我行我素、自由自在的狀態，近乎古人所謂「任真」。只要合乎意志，即使不合於世俗所謂智慧，亦在所不辭。有智慧即有機巧徵逐，終將違離真我，為外物所繫。老子說：「眾人昭昭，我獨昏昏」，我寧願去智而守拙，因為身心的自由比知識技巧可貴。

　　「繩索」所以繫岸，「帆桅」所以行進定向，現在都可免去，因為我無所欲求，只想回到真實的自我，在天地之間隨機漂流。去除種種裝備的小舟，正如破除種種機巧的心靈，回到單純，回到自由，達成真正的「不繫」。

——選自《國文天地》第 146 期，1997 年 7 月

讀林泠的詩：〈科學〉

◎王道維*

科學——懷念臺大的日子　敬致朱明綸老師

　　「藝術」是「我」
　　「科學」是「我們」——
　這麼嚴屬的
　第一課；無翅的新鮮人

　　摸索，在座標不確的領空
　　尋找他的「主」與「客」，定位
　　而起飛………。望著

　　一簇茫然又空蕪的臉
　　少年斑白的教授
　　頓然地辭窮了；他匆匆取出

　　一枚規尺，比劃著
　　向舉目的茫蕪
　　闡繹：那空間無限的微

---

*發表文章時為清華大學物理學系教授，並為通識教育中心合聘教授，現為清華大學物理學系教授。

時間無限的積：人類
在不規則律動囚禁下的
無限的分和聚。「一尺之錐

日取其半，」他低聲
吟著：「萬世不竭……。」
那時我們都祇十八

或者十七，我們聽不進
莊子那老叟，任何
有涯無涯的說法──生命

不都是寄放在生存以外的
「它」處？ 那時節
我們剛開始學會

繁殖（我的意思是，呃
天竺鼠）而矜喜於自己
超人的潛識；我們

頻頻地誘使它們亂倫
以食物。至於某些
有關靈魂的存疑，一個魯鈍

卻異樣堅持的女孩
被大夥兒唆使

留下，用生鏽的天平稱量
蛙兒們，在墮入歌樂坊前後的
淨差——靈魂的重量
若是真有的話。

自然，我們並不真的在意
那答案；黃昏已重了
我們必須去野地

在月昇之前，用肢體完成
那儀器不能連接的
電路。而我們

也並不急於求證
宇宙大混沌的芻議
預言中，它了無秩序的

終極；我們更是拒絕質疑
——向科學，它的
理念與極限

隱藏的強權，那時
我們十八或十七
快樂地擁抱所有的假設：

啊科學，它何其優美
且如此精準地

為我們計算人間的錯誤……

註：歌樂坊，即 chloroform，為生物實驗室中常用的麻醉劑，可導致死
亡。大混沌學說，指 Chaos Theory 而言，為 20 世紀初葉最重要的物理發
現之一。此學說質疑由「牛頓定律」產生的「決定論」，預言事物之不
可預測及無定性。

這首詩是 1950 年代臺灣重要的女詩人林泠在臺大化學系畢業四十餘年後所
寫。與其早年飲譽文壇的婉約情詩不同，不但是懷念教授其大一微積分的
朱明綸老師，也是她以專業科學工作者兼著名抒情詩人的一次對「科學」
的文學性反思。從這個意義上來看，此詩是極少見能從容橫跨人文情懷與
自然思維的哲思性作品，應有其在歷史上更為重要的定位。

一、全詩結構簡析

　　這首詩在破題的說明就直指出「藝術」與「科學」在本質上的異同之
處：兩者雖然都是人類的產物，但前者是強調「個人」（我）的獨特性，而
後者是強調「整體」（我們）的普遍性。這種「個體的獨特性」與「群體的
普遍性」之間無法分割卻又難以兼容的特質似乎也正是藝術人文與自然科
學間對話的困難所在。林泠在其詩中展現對於這中間差異作更深入的觀察
與表達，作為她對其科學啟蒙恩師的紀念。

　　在簡單的略讀後，我們很容易會注意到在這首 50 多行的詩中，林泠卻
分了 18 個小段落。除了只有兩行的第一段以外，其他段落都為整齊的三行
結構。如果再仔細一讀就會發現，每段的最後一行幾乎都是被斷句，跳接
到下一段的開始。這讓本來流暢的思緒被一連串無法理解卻又似乎「規
律」的跳接所打斷。我認為她這裡顯然是刻意地這樣作，彷彿將這三行一
段的「僵硬」結構類比為科學的「定律」，將這些在段落間流動的文思模
擬為藝術（或文學）的心靈。這使得此詩雖然有形式上整齊統一的外貌
（這在現代詩中是很少見的），但讀來卻又有種欲言又止的不確定感，表

達出作者對科學與藝術間如何可能共存的疑惑。

二、啟蒙的疑惑

在開頭的幾個段落，林泠描述了這首詩的背景：一堂大一微積分的課程（作者也用粗體字將第四與第五段中的「微」、「積」、「分」標出）。根據她自己的回憶，那是她在大學第一堂課，而且對朱明綸老師「從沾滿粉筆灰的外衣裡，取出一枚界尺，帶著如夢的眼神……」印象極為深刻。[1]她後來理解到這是朱老師嘗試以《莊子》中幾句富有人文哲思的比喻來說明數學物理問題，啟發她未來許多不同方向的思考。這樣的起頭也為全詩鋪陳出一種樸素懷舊的質感，為之後所提到的科學名詞添補上某種永恆的氛圍。

經過第一堂課的啟蒙，接下來在第八到第十五段，作者離開了微積分，進入大學理工科中更廣闊的科學領域，學習包括生物、化學、心理學與物理學等等知識。林泠以看來相當堅定的語氣描述了一些科學用語或對其有效性認命的堅持，例如：嚴厲、定位、規尺、囚禁、無限、萬世不竭、超人的潛識、異樣堅持、天秤稱量、淨差、答案、必須、儀器、電路、宇宙大混沌、終極、強權、快樂地擁抱、何其優美、如此精準、計算等等。把這些科學界的專有名詞寫進現代詩並非新穎，但卻因為前幾段藉《莊子》所鋪陳的懷舊氛圍而產生新奇卻又不唐突的感受。

但弔詭的是，對於我們這位早慧且對感情敏銳的作家而言，這種奉科學之名的洗腦灌輸豈能真的發生果效？她的猶疑與矛盾之情展現如何在整篇科學名詞間也同時布下了許多不確定的字眼，如：摸索、不確、茫然又空蕪、詞窮、向舉目的茫蕪、不規則運動、那時我們都只十八、聽不進、不都是、呃、有關靈魂的存疑、若是真有的話、不是真的在意、也不急於求證、芻議、了無秩序、假設等等。若再加上前面所提及，其思緒探索如

---

[1]見林泠，〈科學——懷念臺大的日子　致敬朱明綸老師——後記〉，收於柯慶明主編，《臺大八十，我的青春夢》（臺北：臺灣大學出版中心），頁76。

何因這刻意僵化的形式（三句一段）令人感到衝突，整首詩就更滿溢著許多猶疑不定的感受為其基調。

三、科學主義的進逼

因此，在林泠巧妙的安排組織下，我們可以很明顯地感受到她的掙扎：一方面來說，數學或科學方面的知識是那麼的明確而有效，彷彿像個隱藏的強權讓她一步一步被降服，甚至她不能否認科學的規律也是非常優美的，有股讓她難以抗拒的吸引力：從起初的「聽不進」或種種懷疑，到了後段而「拒絕」質疑科學的極限，擁抱所有的假設……。當然，如果整首詩就僅是這樣結束，實難以成為有價值的作品。與一般接受人文學科訓練的作家不同，林泠絕非不了解那孕育自己成長的科學研究的價值，也不可能輕率將之貶低為形而下的物質層次。所以她只能不斷地試探與連結，看看是否能用科學的方法多了解一些人性的奧祕。這一大段中最有趣的描寫莫過於不小心談到天竺鼠的繁殖、亂倫、與想要測量青蛙靈魂重量的實驗……，真實地反映出她曾想要連結兩者的嘗試。

事實上，在林泠僅有的兩冊詩集與不多的作品中，除了本篇之外還藏著幾篇主題與科學研究直接相關的小品，包括大學時期的〈實驗室〉（1957）與四十年後所寫的〈移居，靈魂的〉（1998）與〈單性論——向達爾文質疑〉（2002）。可以明顯看出她後期的作品中主要從女性的角度透過對於「性與愛」的交疊反思來召喚出超越物質主義的人性觀，希望能在科學對人類無情而功利的解讀（如達爾文的「物競天擇、適者生存」）中肯定生命與靈魂不可抹滅的價值。無疑地，「生命」的確是現代科學與人文關懷中最具有共同對話可能的角度，而林泠自己的化學背景與後來在美國從事的醫藥研究為自己在這方面的反思提供了最穩固的基礎。

其實，對於在大學理工科系中受過基礎科學訓練的人來說，我們的確常常忘記科學其實是專屬於人類的知識產物，並非「本然地」存在於這宇宙之間，也對其他生物沒有任何意義。事實上，科學家對物質定律的專研

最多只能以某種人造的數學模型來解釋所觀察的現象，並以結果的有效性來決定模型的好壞，其實從未真正能了解上帝創造整個宇宙世界的目的與心意。但是當我們把科學結果提升作神明般膜拜，也就是所謂的「科學主義」，就自然會在無意間壓抑其他人文學科對於世界的不同理解方式，彷彿這些出自人性的解釋若不符合科學就必是某種愚蠢或無知（一個魯鈍卻異樣堅持的女孩）。這樣發展的結果必然會使「我」的獨特性與其價值被忽略，化為某種數學規律的必然。在眼看著將要被科學主義吞沒之間，我們早慧的天才詩人該如何反抗這股自己早已深陷其中的思想漩渦呢？

四、勝利的哀歌

在這種看似荒謬的矛盾與游移當中，我們來到全詩最後的高峰。林泠再次將這批 18 或 17 歲的學生搬出來，帶讀者回憶他們是如何從起初的懵懂、猶疑、而被洗腦到拒絕質疑科學的極限，甚至快樂地擁抱所有的假設，並以讚嘆的方式歌頌：「啊科學，它何其優美／且如此精準地／為我們計算人間的錯誤……」。這句將科學的優美與精準忽然連結到「人間的錯誤」，將反諷的效果放到了極大，成為全詩的神來之筆。

在此，我們還是需要多加說明為何這樣的語句會產生如此翻天覆地的效果。首先是前面所提及的，前兩句準確的使用「優美、精準、計算」來描寫科學實用層面的權威性，而非言不及義的空話來高舉科學。更重要的是，這樣的描述已經不再是別人告訴她的教條，也非逼迫她接受的理念，而是作者從其心中真實唱出的感受，醞釀出比前面描寫的詩句還要主觀與權威的力量。

但是這首詩真正關鍵力量卻是在「錯誤」這兩個字。作者突然把科學的精確能力連結到「人間」而非科學所擅長的「物質界」，表面上是把科學的應用範圍擴大，但令人吃驚的卻不是「為我們帶來人間的希望」或是「為我們指引人間的方向」，卻是「計算人間的錯誤！」也就是說，即便科學不會錯（但實際上並非如此，科學理論在歷史上也曾因

為發現錯誤與不足之處而被挑戰更新），但是對處於人間的我們而言，
科學最優美而精確的功能卻只能停留在計算錯誤的多寡，並非指引正確
的答案與方向。言外之意莫非是指出，人雖然是常常犯錯，對人生價值
或靈魂有無游移不定，爭鬧不休，卻才是真正擁有自由靈魂的人，才是
發展出科學研究與決定其應用價值的主人：科學無權也無能力對真實的
人性產生定規。

五、總結

　　林泠在這首五十餘行的詩中，藉由大一微積分課程的開啟，尋尋覓
覓於人性與科學間令人困惑的關係。[2]她成功的營造出一種在困惑中試探
前行，有所體會後卻又不禁猶疑再三的矛盾思緒。雖然無法反抗或挑戰
科學的影響，甚至從內心喜悅其優美精確的形式，但發現它最多也只能
計算著人世間的某些不足之處，而非指引出生命的方向。我個人認為這
首詩在思想史上的其重要意義在於，林泠並未以高談闊論的方式來粗糙
地標榜人性偉大或突顯科學的不足，而是誠實謙卑地在科學領域中摸索
探求人性可能存在的空間，最後才以一種負面書寫的方式提醒自己與讀
者：雖然科學的成就彷彿令人無法阻擋拒絕，彷彿就要把我們自己的一
切都交由它決定才會「正確」，但那真正能啟發我們心智、激動我們情
感、引導我們人生方向的，卻是那隱藏於我們自己心中永遠無法為科學

---

[2]關於林泠就讀臺大理學院期間對其文學創作的影響，她自己最近有過以下的描述：「1956 年的夏
天，我在某種孤絕的狀況下寫成組詩「四方城」，後由《現代詩》季刊連載發表。稍早，那年的春
天，拉拔我長大的外婆驟爾離世。我愛的人不辭而去。方才萌芽的科學生涯（那時我就讀臺大化
學系二年級），則不斷地向索取更多的冷澈和距離——『冷澈』和『距離』：對了，就是這些，以
生命的溫熱換取的素質，如今已悄悄潛入我的下意識成為詩的筋骨……1958 年秋，我自臺灣大學
理學院畢業，旋即赴美入佛吉尼亞大學研究院，專修有機化學。半個世紀之後，我必須誠實地
說，我已不復記憶這抉擇——科學抑或文學——背後的掙扎，假如真有的話。而我想是有的，只是
它發生在精神的底層，像是地心的板塊在午夜無聲的撞擊。似乎並不例外的，我是我們那時代的
俘虜，屈臣于它單面、務實的價值觀。詩，畢竟太渺遠了——我的家人這麼說；我的朋友這麼
說；整個社會都這麼說。我並非議這字句，只是『渺遠』對我有不盡相同的意義。詩，就像最
初的愛情，它偶現的高華與不可企及使我顫慄。這份自惕，加上不甚濃厚的使命感，使我暫時失
去追求它的權利——我該說，這是一段相當悠長的暫時。」出自林泠，〈斷層的延續——代序〉，
《與頑石鑄情：林泠詩選》（北京：三聯書店，2005 年），頁 1～9。

所能衡量的追尋，也是藝術心靈的所在。失去這追尋的心，人就落入科學的宰制而與其他萬物無從分別了。

——選自王道維的部落格

2016 年 11 月 2 日

輯五◎
研究評論資料目錄

作家生平、作品評論專書與學位論文

學位論文

1. 吳姵萱　　林泠詩研究　　清華大學中國文學系　　碩士論文　　劉正忠教授指導
　　2009 年 7 月　　207 頁

本論文分析林泠各時期創作中反覆出現的原型意象，深入探析詩人的心象世界。全文共 6 章：1.緒論；2.文字建構的花園——《林泠詩集》和集外佚詩的意象世界；3.故事與歌的交融——《林泠詩集》和集外佚詩的抒情模式；4. 從無機到有情——《植物與幽靈之間》的生命圖像；5.知識與詩的對話——《植物與幽靈之間》的藝術突破；6.結論。正文後附錄〈集外佚詩目錄〉、〈集外佚詩〉。

2. 林佩菁　　林泠詩研究　　彰化師範大學國文學系　　碩士論文　　蔣美華教授指導
　　2009 年　　208 頁

本論文以林泠出版的《林泠詩集》、《在植物與幽靈之間》兩本詩集為研究對象，探討詩中的自我觀；再從從語言的要素探析詩人如何創造詩語的生命感，最後從前後期詩作的比較，論述詩人五十年的創作歷程與蛻變。全文共 6 章：1.；緒論；2.林泠詩中的自我觀；3.林泠詩的抒情主題；4.林泠詩的語言節奏；5.林泠前後期詩作的比較；6.結論。正文後附錄〈林泠詩作年表〉。

3. 黃于真　　抒情與現代：林泠現代詩研究　　臺灣大學臺灣文學研究所　　碩士論文
　　柯慶明教授指導　　2011 年　　181 頁

本論文以林泠正式出版的兩本詩集和未收入的集外佚詩為研究範圍，深入探討研究林泠現代詩的整體風貌。全文共 6 章：1.緒論；2.林泠現代詩的創作思維；3.林泠現代詩中的自我形象；4.林泠現代詩中的情感表現與內容；5.林泠現代詩語言語形式特色；6.總結。

作家生平資料篇目

自述

4.　林　泠　　〈非現代的抒情〉　聯合文學　第 12 期　1985 年 10 月　頁 105

5.　林　泠　　《在植物與幽靈之間》　洪範雜誌　第 68 期　2002 年 12 月 31 日
　　1 版

6. 林　泠　　後記　在植物與幽靈之間　臺北　洪範書店　2003 年 1 月　頁 153
　　　—155

7. 林　泠　　斷層的延續——代序　與頑石鑄情・林泠詩選　北京　三聯書店
　　　2005 年 1 月　頁 1—9

8. 林　泠　　科學——懷念臺大的日子　敬致朱明綸老師——後記　臺大八十，
　　　我的青春夢　臺北　臺灣大學出版中心　2008 年 11 月　頁 76

他述

9. 羊令野　　詩人林泠歸來　臺灣新聞報　1981 年 1 月 17 日　12 版

10. 羊令野　　詩人林泠歸來　回首叫雲飛起　臺北　東大圖書公司　1982 年 2 月
　　　頁 242—243

11. 劉　菲　　烏龍煮成醴酒——詩友歡迎林泠小記　創世紀　第 55 期　1981 年
　　　3 月　頁 7—8

12. 〔張默編〕　　林泠小傳、小評　剪成碧玉葉層層　臺北　爾雅出版社　1981
　　　年 6 月　頁 25

13. 朱沉冬　　寶島四十年說從頭——詩壇趣事一籮筐（上、中、下）〔林泠部
　　　分〕　臺灣新聞報　1985 年 11 月 8—10 日　8 版

14. 　冰　　林泠帶回抒情的音色　中央日報　1987 年 4 月 18 日　10 版

15. 劉登翰　　林泠小傳　臺灣現代詩選　瀋陽　春風文藝出版社　1987 年 8 月
　　　頁 126—133

16. 雁　翼　　林泠簡介　臺灣《創世紀》詩萃　浙江　浙江文藝出版社　1988 年
　　　12 月　頁 9

17. 鍾　玲　　臺灣女詩人小傳　現代中國繆司——臺灣女詩人作品析論　臺北
　　　聯經出版公司　1989 年 6 月　頁 410

18. 古繼堂　　林泠（1938—）　臺港澳暨海外華文新詩大辭典　瀋陽　瀋陽出版
　　　社　1994 年 5 月　頁 141

19. 古繼堂　　冰心、林泠兩位女詩人——融合兩代情　中央日報　1994 年 11 月
　　　8 日　16 版

20. 舒　蘭　　八〇年代詩人詩作——林泠　中國新詩史話（4）　臺北　渤海堂
　　　文化公司　1998 年 10 月　頁 588—590

21. 李元貞　　臺灣現代女詩人的詩壇顯影〔林泠部分〕　詩潭顯影　臺北　書林
　　　出版公司　1999 年 9 月　頁 8

22. 李元貞　　臺灣現代女詩人的詩壇顯影〔林泠部分〕　女性詩學　臺北　女書
　　　文化公司　2000 年 11 月　頁 347—394

23. 〔姜耕玉選編〕　　林泠　20 世紀漢語詩選（三）　上海　上海教育出版社
　　　1999 年 12 月　頁 196

24. 〔蕭蕭，白靈主編〕　　林泠簡介　臺灣現代文學教程：新詩讀本　臺北　二
　　　魚文化公司　2002 年 8 月　頁 259

25. 白　靈　　林泠　中華現代文學大系（臺灣 1970—1989）詩卷（一）　臺北
　　　九歌出版社　2003 年 10 月　頁 251

26. 沈　奇　　林泠小傳　現代小詩 300 首　山東　山東文藝出版社　2006 年 1 月
　　　頁 130

27. 瘂　弦　　《六十年代詩選》作者小評〔林泠部分〕　創世紀　第 149 期
　　　2006 年 12 月　頁 49—50

28. 〔封德屏主編〕　　林泠　2007 臺灣作家作品目錄　臺南　國立臺灣文學館
　　　2008 年 7 月　頁 434

年表

29. 林佩菁　　林泠詩作年表　林泠詩研究　彰化師範大學國文學系　碩士論文
　　　蔣美華教授指導　2009 年　頁 197—200

作品評論篇目

綜論

30. 覃子豪　　群星光耀詩壇——為本刊年紀念而作〔林泠部分〕　藍星週刊　第
　　　53 期　1955 年 6 月　6 版

31. 〔張默，瘂弦主編〕　　林泠　六十年代詩選　高雄　大業書店　1961 年 1 月

頁 36

32. 葛賢寧，上官予　現代詩的興起（中）〔林泠部分〕　五十年來的中國詩歌
　　臺北　中正書局　1965 年 3 月　頁 206—207

33. 趙天儀　笠下影——林泠　笠　第 10 期　1965 年 12 月　頁 12—14

34. 周伯乃　〈四方城〉外的林泠　自由青年　第 42 卷第 2 期　1969 年 8 月 1
　　日　頁 76—81

35. 羅　行　林泠和她的詩　青年戰士報　1969 年 8 月 3 日　7 版

36. 羅　行　林泠和她的詩　心靈札記　臺中　藍燈文化出版公司　1980 年 4 月
　　頁 136—144

37. 羅　行　林泠和她的詩　感覺詩集　臺北　創世紀詩社　1981 年 7 月　頁
　　111—119

38. 白　萩　南北笛書簡——致江萍　現代詩散論　臺北　三民書局　1972 年 5
　　月　頁 38—39

39. 蕭　蕭　林泠（1938—）　聯合文學　第 128 期　1981 年 5 月　頁 86

40. 沙　穗　剪成碧玉葉層層——我讀《現代女詩人選集》〔林泠部分〕　臺灣
　　時報　1981 年 8 月 8 日　12 版

41. 楊　牧　林泠的詩　洪範雜誌　第 7 期　1982 年 4 月　1 版

42. 楊　牧　林泠的詩（上、下）　聯合報　1982 年 5 月 2—3 日　8 版

43. 楊　牧　林泠的詩　林泠詩集　臺北　洪範書店　1982 年 5 月　頁 1—19

44. 楊　牧　林泠的詩　文學的源流　臺北　洪範書店　1984 年 1 月　頁 23—
　　39

45. 楊　牧　林泠的詩　林泠詩集　臺北　洪範書店　2001 年 5 月　頁 1—18

46. 楊　牧　林泠的詩　失去的樂土　臺北　洪範書店　2002 年 8 月　頁 71—
　　85

47. 楊　牧　林泠的詩　與頑石鑄情・林泠詩選　北京　三聯書店　2005 年 1 月
　　頁 173—187

48. 馬莊穆　現代的抒情——兼評詩人林泠　聯合報　1982 年 5 月 24 日　8 版

49. 馬莊穆　　現代的抒情——兼評詩人林泠　洪範雜誌　第 8 期　1982 年 6 月
　　　　　　　4 版

50. 馬莊穆　　現代的抒情——兼評詩人林泠　洪範雜誌　第 60 期　1998 年 11 月
　　　　　　　2 版

51. 馬莊穆　　現代的抒情——兼評詩人林泠　林泠詩集　臺北　洪範書店　2001
　　　　　　　年 5 月　頁 183—191

52. 馬莊穆　　現代的抒情——兼評詩人林泠　與頑石鑄情・林泠詩選　北京　三
　　　　　　　聯書店　2005 年 1 月　頁 188—194

53. 張　默　　純粹的抒情　中央日報　1982 年 7 月 10 日　10 版

54. 張　默　　純粹的抒情——談林泠的詩　洪範雜誌　第 9 期　1982 年 9 月　3
　　　　　　　版

55. 季　紅　　林泠對生命的探索和她的語言運作　現代詩　復刊第 2 期　1982 年
　　　　　　　10 月　頁 2—19

56. 商禽等[1]　　詩句織就的星圖：林泠作品討論（上、下）　現代詩　復刊第 2
　　　　　　　期　1982 年 10 月　頁 20—36

57. 商禽等[2]　　詩句織就的星圖：林泠作品討論（上、下）　臺灣新聞報　1982
　　　　　　　年 11 月 11，13 日　12 版

58. 商禽等[3]　　詩句織就的星圖——林泠作品討論（上、下）　洪範雜誌　第 11
　　　　　　　—12 期　1983 年 2，4 月　4 版

59. 上官予　　五十年代的新詩〔林泠部分〕　文訊雜誌　第 9 期　1984 年 3 月
　　　　　　　頁 41—42

60. 向　明　　女詩人群像〔林泠部分〕　文訊雜誌　第 36 期　1988 年 6 月　頁
　　　　　　　11—12

---

[1]與會者：瘂弦、羅行、季紅、商禽、林亨泰、辛鬱、羅門、張默、羊令野、梅新、碧果；記錄：
　向明。
[2]與會者：瘂弦、羅行、季紅、商禽、林亨泰、辛鬱、羅門、張默、羊令野、梅新、碧果；記錄：
　向明。
[3]與會者：瘂弦、羅行、季紅、商禽、林亨泰、辛鬱、羅門、張默、羊令野、梅新、碧果；記錄：
　向明。

61. 鍾　玲　　無定河的水聲——論林泠的詩（上、下）　中央日報　1988 年 8 月 22—23 日　16 版

62. 古繼堂　　冷冷的美感，新穎的詩體——談女詩人林泠的詩　靜聽那心底的旋律——臺灣文學論　北京　國際文化出版公司　1989 年 1 月　頁 179－184

63. 鍾　玲　　五十年代清越的女高音——林泠　現代中國繆司——臺灣女詩人作品析論　臺北　聯經出版公司　1989 年 6 月　頁 155—167

64. 古繼堂　　林泠　臺灣新詩發展史　臺北　文史哲出版社　1989 年 7 月　頁 155—165

65. 古繼堂　　臺灣愛情詩的現代派〔林泠部分〕　臺灣愛情文學論　福州　海峽文藝出版社　1990 年 3 月　頁 253—262

66. 朱雙一　　現代主義詩歌運動的第一次高潮〔林泠部分〕　臺灣新文學概觀（下）　福建　鷺江出版社　1991 年 6 月　頁 111—112

67. 劉登翰　　現代主義詩歌運動及其詩人創作——紀弦、鄭愁予與「現代派」詩人群〔林泠部分〕　臺灣文學史（下）　福州　海峽文藝出版社　1993 年 1 月　頁 141—144

68. 王志健　　飛越天河的青鳥——林泠　中國新詩淵藪（中）　臺北　正中書局　1993 年 7 月　頁 2172—2189

69. 張超主編　　林泠　臺港澳及海外華人作家辭典　江蘇　南京大學出版社　1994 年 12 月　頁 275—276

70. 張　默　　世紀之選《新詩三百首》作者鑑評——林泠　聯合文學　第 128 期　1995 年 6 月　頁 86

71. 許　燕　　從林泠詩歌看詩人的童話意識　華文文學　1996 年第 2 期　1996 年　頁 71—74

72. 劉登翰，朱雙一　　未竟之渡的不繫之舟——林泠論　彼岸的繆思——臺灣詩歌論　南昌　百花洲文藝出版社　1996 年 12 月　頁 285—289

73. 陳全得　　臺灣《現代詩》的主要作家及作品分析（下）——林泠其人及其詩

作之分析　臺灣《現代詩》研究　政治大學中國文學系　博士論文
尉天驄，張雙英教授指導　1998 年 7 月　頁 90—97

74. 何雅雯　　小論林泠——抒情與現代　臺灣詩學學刊　第 2 期　2003 年 11 月
頁 75—125

75. 張　　健　　林泠情詩九式　臺灣前行代詩家論　臺北　萬卷樓圖書公司　2003
年 11 月　頁 101—122

76. 盧紅敏　　永不墜落的昨夜星辰——論林泠的詩作　世界華文文學論壇　2003
年第 4 期　2003 年 12 月　頁 10—13

77. 古繼堂　　解析林泠　名作欣賞　2004 年第 8 期　2004 年　頁 83—87

78. 洪子誠，劉登翰　　現代主義詩潮及詩人——「現代派」詩人群〔林泠部分〕
中國當代新詩史（修訂版）　北京　北京大學出版社　2005 年 4 月
頁 314—315

79. 洪子誠，劉登翰　　現代主義詩潮及詩人——「現代派」詩人群〔林泠部分〕
中國當代新詩史　北京　北京大學出版社　2010 年 5 月　頁 380—
382

80. 李　　倩　　臺灣當代詩壇的「金童玉女」　社會科學戰線　2005 年第 03 期
2005 年　頁 311—312

81. 洪淑苓　　林泠詩中的異國想像與女性意識　2008 兩岸女性詩學研討會
臺北　耕莘文教基金會，中央大學文學院主辦；臺北教育大
學語文與創作學系，佛光大學文學系協辦　2008 年 9 月 28 日

82. 洪淑苓　　不繫之舟——林泠詩中的異國想像與女性意識　思想的裙角——臺
灣現代女詩人的自我銘刻與時空書寫　臺北　臺灣大學出版中心
2014 年 5 月　頁 49—80

83. 蔡明諺　　五〇年代前期的臺灣新詩——新詩人的初次集結：《自立晚報・新
詩週刊》——女詩人蓉子和林泠　一九五〇年代臺灣現代詩的淵源
與發展　清華大學中國文學系　博士論文　呂正惠教授指導　2008
年 6 月　頁 67—72

84. 吳翔逸　　浪子書生 VS 不繫佳人──鄭愁予與林泠詩風比較　掌門詩學　第53期　2008年11月　頁120—123

85. 陳芳明　　臺灣女性詩人與散文家的現代轉折──臺灣女性詩學的營造〔林泠部分〕　臺灣新文學史　臺北　聯經出版公司　2011年10月　頁453—457

86. 陳政彥　　現代詩運動醞釀期（1950—1956）──詩人群像──林泠　跨越時代的青春之歌──五、六〇年代臺灣現代詩運動　臺南　國立臺灣文學館　2012年10月　頁58—62

87. 林明理　　林泠的抒情詩印象　臺灣時報　2013年7月4—5日　20版

88. 林明理　　林泠的抒情詩印象　行走中的歌者──林明理談詩　臺北　文史哲出版社　2013年12月　頁280—287

89. 蔡宜芬　　鄭愁予的海洋詩──鄭愁予海洋詩的比較與評析──鄭愁予與林泠海洋詩的比較　鄭愁予及其海洋詩研究　臺灣海洋大學海洋文化研究所　碩士論文　吳智雄教授指導　2013年　頁181—187

90. 陳芳明　　愛的萌芽及其延伸[4]　聯合文學　第354期　2014年4月　頁124—128

91. 陳芳明　　愛的萌芽及其延伸　美與殉美　臺北　聯經出版公司　2015年4月　頁231—245

92. 古繼堂　　臺灣女詩人的異數林泠　臺灣文學與中華傳統文化　臺北　崧燁文化公司　2018年6月　頁307—315

分論

◆單行本作品

詩

《林泠詩集》

93. 藍　菱　　詩的和聲──讀《林泠詩集》（上、下）　中央日報　1989年9月22—23日　16版

---

[4]本文探究林泠的抒情詩學。

94. 陳義芝　　繆思（Muses）歌唱——臺灣戰前世代女詩人十一家選介〔《林泠詩集》部分〕　中日文學交流——臺灣現代文學會議——座談會論文　臺北　行政院文建會主辦，輔仁大學外語學院承辦　1999 年 3 月 21—27 日　頁 23—25

95. 陳義芝　　繆思歌唱——臺灣戰前世代女詩人選介〔《林泠詩集》部分〕　從半裸到全開——臺灣戰後世代女詩人的性別意識　臺北　臺灣學生書局　1999 年 9 月　頁 146—152

《在植物與幽靈之間》

96. 楊佳嫻　　剝離的美學——讀林泠《在植物與幽靈之間》筆記　自由時報 2003 年 3 月 27 日　43 版

97. 洪淑苓　　生命的異象——《在植物與幽靈之間》評介　文訊雜誌　第 212 期 2003 年 6 月　頁 22—23

98. 洪淑苓　　生命的異象——林泠《植物與幽靈之間》　現代詩新版圖　臺北 秀威資訊科技公司　2004 年 9 月　頁 19—21

99. 楊　照　　傷心書寫——讀林泠《在植物與幽靈之間》　與頑石鑄情‧林泠詩選　北京　三聯書店　2005 年 1 月　頁 205—211

100. 楊　照　　傷心書寫——讀林泠詩集《在植物與幽靈之間》　霧與畫：戰後臺灣文學史散論　臺北　麥田出版　2010 年 8 月　頁 122—131

◆多部作品

《新詩閒話》、《新詩餘談》

101. 白　萩　　從《新詩閒話》到《新詩餘談》　現代詩散論　臺北　三民書局 1972 年 5 月　頁 50—65

單篇作品

102. 羅　青　　釋林泠的〈微悟〉　大華晚報　1968 年 10 月 8 日　7 版

103. 羅　青　　林泠的〈微悟〉　詩的照明彈　臺北　爾雅出版社　1994 年 8 月 頁 99—104

104. 張　默　　奇妙纖美的華彩——略論現階段中國女詩人的詩〔〈微悟〉部

分〕　現代詩的投影　臺北　臺灣商務印書館　1971 年 9 月　頁 69—74

105. 張　默　林泠／〈微悟——為一個賭徒而寫〉　小詩選讀　臺北　爾雅出版社　1987 年 5 月　頁 121—124

106. 仇小屏　談幾種章法在新詩裡的運用〔〈微悟〉部分〕　國文天地　第 181 期　2000 年 6 月　頁 86

107. 劉三變　超自然的描繪——淺談林泠的〈微悟〉及其他　乾坤詩刊　第 29 期　2004 年 1 月　頁 32—37

108. 趙天儀　談林泠的〈不繫之舟〉　美學與批評　臺北　有志圖書出版公司　1972 年 3 月　頁 172—175

109. 李元貞　自由的女靈談——臺灣現代女詩人的突破〔〈不繫之舟〉部分〕　解放愛與美　臺北　婦女新知基金會出版部　1990 年 1 月　頁 173—190

110. 向　明　〈不繫之舟〉　客子光陰詩卷裡　臺北　耀文圖書公司　1993 年 5 月　頁 95

111. 向　明　〈不繫之舟〉　和你輕鬆談詩：向明新詩話　臺北　詩藝文出版社　2004 年 12 月　頁 93—95

112. 王天紅　〈不繫之舟〉：意象與象徵的有機結構　名作欣賞　1995 年第 6 期　1995 年　頁 95—96

113. 蕭　蕭　高中課文現代詩賞析教師學生必讀——林泠的〈不繫之舟〉　中央日報　1997 年 3 月 5 日　21 版

114. 何金蘭　繫與不繫之間——析林泠〈不繫之舟〉　第二屆東亞漢學國際會議　臺北　淡江大學中國文學研究所　1997 年 11 月 14—15 日

115. 何金蘭　繫與不繫之間——析林泠〈不繫之舟〉　臺灣詩學季刊　第 22 期　1998 年 3 月　頁 7—12

116. 何金蘭　繫與不繫之間——析林泠〈不繫之舟〉　法國文學理論與實踐　臺北　秀威資訊科技公司　2011 年 11 月　頁 273—279

117. 楊鴻銘　林泠〈不繫之舟〉等詩矛盾論　孔孟月刊　第 414 期　1997 年 2 月　頁 44—45

118. 楊鴻銘　林泠〈不繫之舟〉析評　國文天地　第 143 期　1997 年 4 月　頁 93—97

119. 唐　捐　縱一葦之所如——讀林泠的〈不繫之舟〉　國文天地　第 146 期　1997 年 7 月　頁 60—63

120. 楊宗翰　刺人的黃昏——林泠〈不繫之舟〉的一種讀法　國文天地　第 146 期　1997 年 7 月　頁 64—66

121. 張雙英　政治壓抑與西方解脫（五、六〇年代）——鼎足而立的三個詩社——現代詩社〔〈不繫之舟〉部分〕　二十世紀臺灣新詩史　臺北　五南圖書出版公司　2006 年 8 月　頁 176—178

122. 劉正偉　林泠〈不繫之舟〉賞析　乾坤詩刊　第 44 期　2007 年 10 月　頁 118—120

123. 落　蒂　繩索繫不住我——析林泠〈不繫之舟〉　大家來讀詩——臺灣新詩品賞　臺北　文史哲出版社　2012 年 2 月　頁 79—80

124. 羅　行　小小的見證——從〈七重天〉談到兩首「問題」詩[5]〔〈火曜日〉部分〕　青年戰士報　1972 年 7 月 29 日　9 版

125. 羅　青　林泠的〈阡陌〉　從徐志摩到余光中　臺北　爾雅出版社　1978 年 12 月　頁 129—134

126. 向　明　新詩淺說——阡陌情深〔〈阡陌〉部分〕　中華文藝　第 131 期　1982 年 1 月　頁 84—87

127. 陶保璽　林泠〈阡陌〉　新詩大千　安徽　安徽文藝出版社　1994 年 5 月　頁 480—481

128. 扶　疏　解讀詩的空間圖像（上）——林泠〈阡陌〉的幸福寧靜　文訊雜誌　第 108 期　1994 年 10 月　頁 12—13

---

[5]本文提出《中國現代文學大系‧詩第一輯》中，選輯林泠詩作〈七重天〉為剪輯錯誤，其詩正確篇名為〈火曜日〉。

129. 李元貞　　臺灣現代女詩人作品中的語言實踐——意象的雙重呈現，流露「非一」的觀點〔〈阡陌〉部分〕　兩岸女性詩歌學術研討會論文集　臺北　中國詩歌藝術學會主辦　1999 年 7 月 4 日　頁 3—25

130. 李元貞　　臺灣現代女詩人作品中的語言實踐——意象的雙重呈現，流露「非一」的觀點〔〈阡陌〉部分〕　臺灣詩學季刊　第 22 期　1999 年 12 月　頁 118—119

131. 李元貞　　臺灣現代女詩人作品中的語言實踐〔〈阡陌〉部分〕　女性詩學　臺北　女書文化公司　2000 年 11 月　頁 279—346

132. 劉滌凡　　從語言學看現代詩神思的效用〔〈阡陌〉部分〕　國文天地　第 186 期　2000 年 11 月　頁 37

133. 仇小屏　　林泠〈阡陌〉賞析　放歌星輝下——中學生新詩閱讀指引　臺北　三民書局　2002 年 8 月　頁 108—111

134. 丁旭輝　　〈阡陌〉和林泠的情詩　左岸詩話　臺北　爾雅出版社　2002 年 11 月　頁 11—17

135. 仇小屏　　論新詩中「時間定格」的現象與美感——以久暫章法切入[6]〔〈阡陌〉部分〕　畢節師範高等專科學校學報（綜合版）　2003 年第 2 期　2003 年 6 月

136. 仇小屏　　論「由久而暫」時間結構的現象與美感——以新詩為考察對象〔〈阡陌〉部分〕　成大中文學報　第 11 期　2003 年 11 月　頁 252—253

137. 吳東晟，陳昱成，王浩翔主編　　〈阡陌〉導讀賞析　織錦入春闈：現代詩精選讀本　臺中　京城文化公司　2005 年 8 月　頁 95—98

138. 陳義芝　　〈阡陌〉賞讀　為了測量愛　臺北　聯合文學出版社　2006 年 6 月　頁 41

139. 向　陽　　〈阡陌〉作品導讀　青少年臺灣文庫 2——新詩讀本 2：太平洋的

---

[6]本文後改篇名為〈論「由久而暫」時間結構的現象與美感——以新詩為考察對象〉。

風　臺北　國立編譯館　2008 年 12 月　頁 24

140. 落　蒂　在水田中悄悄小立——析林泠〈阡陌〉　大家來讀詩——臺灣新詩品賞　臺北　文史哲出版社　2012 年 2 月　頁 75—78

141. 采　羽　論評——試品《現代女詩人選集》〔〈未竟之渡〉部分〕　中華文藝　第 128 期　1981 年 10 月　頁 166—197

142. 張　健　自由中國時期〔〈女牆〉部分〕　中國現代詩　臺北　五南圖書公司　1984 年 1 月　頁 79—112

143. 李元貞　從「性別敘事」的觀點論臺灣現代女詩人作品中「我」之敘事方式〔〈女牆〉部分〕　女性詩學　臺北　女書文化公司　2000 年 11 月　頁 63—122

144. 張　默　從〈白蝴蝶〉到〈詩行〉——「八行詩」讀後筆記〔〈女牆〉部分〕　小詩・牀頭書　臺北　爾雅出版社　2007 年 3 月　頁 211

145. 彭斌柏　〈建築〉賞析　臺灣散文鑑賞辭典　太原　北岳文藝出版社　1991 年 12 月　頁 734—736

146. 彭斌柏　〈夜市〉賞析　臺灣散文鑑賞辭典　太原　北岳文藝出版社　1991 年 12 月　頁 739—740

147. 彭斌柏　〈無花果（外二章）〉賞析　臺灣散文鑑賞辭典　太原　北岳文藝出版社　1991 年 12 月　頁 744—746

148. 鍾　靈　〈林蔭道〉賞析　世界華人詩歌鑑賞大辭典　太原　書海出版社　1993 年 3 月　頁 1023—1024

149. 張立波　〈七重天〉賞析　世界華人詩歌鑑賞大辭典　太原　書海出版社　1993 年 3 月　頁 1024—1026

150. 劉介民　臺灣女性詩歌中「情慾主題」〔〈三月夜〉部分〕　當代臺灣女性文學史　臺北　時報文化出版公司　1993 年 5 月　頁 221

151. 吳東晟，陳昱成，王浩翔主編　〈三月夜〉導讀賞析　織錦入春闈：現代詩精選讀本　臺中　京城文化公司　2005 年 8 月　頁 92—94

152. 葉逸玲　靜宜大學學生詩展：詩賞析——林泠的詩〈雪地上〉　笠　第 188

期　1995 年 8 月　頁 130—131

153. 楊宗翰　　再生的樹：現代詩的有情草木（下）〔〈六月的樹〉部分〕　臺
灣詩學季刊　第 16 期　1996 年 9 月　頁 119

154. 司徒杰　　〈崖上〉賞析　臺港抒情短詩精品鑑賞　河南　河南文藝出版社
1996 年 11 月　頁 172—173

155. 陳義芝　　〈詩釣與海戍——寫在新紀元之前・給我們集體的童年〉賞析
八十七年詩選　臺北　創世紀詩雜誌社　1999 年 6 月　頁 23

156. 瘂　弦　　〈20／20 之逝〉品賞　天下詩選 1：1923—1999 臺灣　臺北　天
下遠見出版公司　1999 年 9 月　頁 103—104

157. 蕭　蕭　　〈給女兒的詩〉編者按語　八十九年詩選　臺北　臺灣詩學季刊
雜誌社　2001 年 4 月　頁 103

158. 焦　桐　　〈逃亡列車〉賞析　九十年詩選　臺北　臺灣詩學季刊雜誌社
2002 年 5 月　頁 117

159. 焦　桐　　〈史前的事件〉編者案語　九十一年詩選　臺北　臺灣詩學季刊
雜誌社　2003 年 4 月　頁 56

160. 湯惠蘭　　鄭愁予、林泠、楊牧：何其芳抒情詩型的重奏與變奏——林泠：
「四方城」的叩問與回聲　何其芳與一九五〇年代臺灣現代抒情
詩　政治大學國文教學碩士在職專班　碩士論文　陳芳明教授指
導　2013 年 6 月　頁 155—182

161. 陳義芝　　〈烏托邦的變奏〉賞析　繁花盛景：臺灣當代文學新選　臺北
正中書局　2003 年 8 月　頁 84—85

162.〔孟樊編〕　　紀遊詩〔〈在（無定點）途中〉部分〕　旅行文學讀本　臺
北　揚智文化公司　2004 年 3 月　頁 142

163. 向　陽　　〈南方啊！〉作品導讀　青少年臺灣文庫 2——新詩讀本 2：太平
洋的風　臺北　國立編譯館　2008 年 12 月　頁 125

多篇作品

164. 周伯乃　　詩的外延與內涵〔〈女牆〉、〈崖上〉部分〕　現代詩的欣賞（二）

臺北　三民書局　1988 年 2 月　頁 257—262

165. 李元貞　　臺灣現代女詩人的自我觀〔〈微悟〉、〈不繫之舟〉部分〕　中外
文學　第 17 卷第 10 期　1989 年 3 月　頁 24—25，32—33

166. 古遠清　　林泠〈三月夜〉、〈菩提樹〉、〈夜譚〉賞析　海峽兩岸朦朧詩品賞
武漢　長江文藝出版社　1991 年 11 月　頁 265—270

167. 韓驚鳴　　〈未竟之渡〉、〈三月夜〉賞析　世界華人詩歌鑑賞大辭典　太原
書海出版社　1993 年 3 月　頁 1020—1023

168. 向明，李瑞騰講；趙荃記　　現代名詩講座（第二回合）〔〈不繫之舟〉、
〈阡陌〉部分〕　臺灣詩學季刊　第 5 期　1993 年 12 月　頁 23
—26

169. 〔張默，蕭蕭主編〕　　〈微悟〉、〈阡陌〉、〈春之祭〉、〈南婦吟〉鑑評　新
詩三百首（1917—1995）（下）　臺北　九歌出版社　1995 年 9 月
頁 1031—1032

170. 張默，蕭蕭編　　〈微悟〉、〈阡陌〉、〈春之祭〉、〈南婦吟〉鑑評　新詩三百
首百年新編（1917—2017）・臺灣編 1　臺北　九歌出版社　2017
年 2 月　頁 374—375

171. 樊洛平　　謬斯的飛翔與歌唱——海峽兩岸女性主義詩歌創作比較——夏娃
的覺醒：女性主義精神的激揚〔〈阡陌〉、〈不繫之舟〉部分〕
兩岸女性詩歌學術研討會論文集　臺北　中國詩歌藝術學會主辦
1999 年 7 月 4 日　頁 3

172. 李元貞　　論臺灣現代女詩人中「身體」與「情慾」的想像〔〈微悟〉、〈刺
青的薔薇〉部分〕　中外文學　第 28 卷第 4 期　1999 年 9 月　頁
43—81

173. 李元貞　　論臺灣現代女詩人中「身體」與「情慾」的想像〔〈微悟〉、〈刺
青的薔薇〉部分〕　女性詩學　臺北　女書文化公司　2000 年 11
月　頁 165—230

174. 〔文鵬，姜凌主編〕　　〈不繫之舟〉、〈阡陌〉賞析　中國現代名詩三百首

北京　北京出版社　2000 年 1 月　頁 554—555

175. 唐淑貞　　林泠「叩關的人」探析〔〈不繫之舟〉、〈雲的自剖〉、〈散場之後〉、〈撞鐘人〉、〈紫色與紫色的〉、〈一張明信片‧一九五五〉、〈叩關的人〉〕　中國現代文學理論季刊　第 19 期　2000 年 9 月　頁 443—448

176. 丁旭輝　　現代詩標點符號之圖象效果研究〔〈一張明信片‧一九五五年〉、〈菩提樹〉部分〕　中國現代文學理論季刊　第 20 期　2000 年 12 月　頁 544—545

177. 林瑞明　　〈星圖〉、〈三月夜〉、〈七重天〉賞析　國民文選‧現代詩卷 2　臺北　玉山社出版公司　2005 年 2 月　頁 159

178. 李敏勇　　〈雲的自剖〉、〈林蔭道〉作品導讀　青少年臺灣文庫——新詩讀本 3：花與果實　臺北　五南圖書出版公司　2006 年 1 月　頁 82

179. 鍾　玲　　臺灣當代女詩人作品的顛覆風格〔〈烏托邦的變奏——寫給 AE，在她孩子成婚的前夕〉、〈單性論——向達爾文質疑〉部分〕　文本深層：跨文化融合與性別探索　臺北　臺灣大學出版中心　2018 年 4 月　頁 370—372，381—383

作品評論目錄、索引

180. 〔封德屏主編〕　　林泠　臺灣現當代作家評論資料目錄（三）　臺南　國立臺灣文學館　2010 年 11 月　頁 1551—1558

國家圖書館出版品預行編目資料

臺灣現當代作家研究資料彙編. 114, 林泠/劉正忠編選. -
- 初版. -- 臺南市：臺灣文學館, 2019.12
　　面；　公分
ISBN 978-986-5437-36-7 (平裝)

1.林泠 2.傳記 3.文學評論

863.4　　　　　　　　　　　　　108018288

【臺灣現當代作家研究資料彙編】114

林泠

發 行 人　蘇碩斌
指導單位　文化部
出版單位　國立臺灣文學館
　　　　　地　　址／70041 臺南市中西區中正路 1 號
　　　　　電　　話／06-2217201　　　　傳　　真／06-2218952
　　　　　網　　址／www.nmtl.gov.tw　　電子信箱／pba@nmtl.gov.tw

總 策 畫　封德屏
顧　　問　林淇瀁、張恆豪、許俊雅、陳義芝、須文蔚、應鳳凰
工作小組　王譽潤、沈孟儒、李思源、林暄燁、陳玟希、蘇筱雯
編　　選　劉正忠
責任編輯　王譽潤、李思源
校　　對　杜秀卿、王譽潤、李思源
計畫團隊　財團法人台灣文學發展基金會
美術設計　翁國鈞・不倒翁視覺創意
印　　刷　松霖彩色印刷事業有限公司

著作財產權人　國立臺灣文學館
　　　　本書保留所有權利。欲利用本書全部或部分內容者，須徵求著作財產權人
　　　　同意或書面授權。請洽國立臺灣文學館研究典藏組（電話：06-2217201）

經銷展售　國立臺灣文學館藝文商店（06-2217201 ext.2960）
　　　　　國家書店松江門市（02-25180207）
　　　　　一德洋樓羅布森冊惦（04-22333739）
　　　　　三民書局（02-23617511、02-25006600）
　　　　　台灣的店（02-23625799）　　　　府城舊冊店（06-2763093）
　　　　　南天書局（02-23620190）　　　　唐山出版社（02-23633072）
　　　　　後驛冊店（04-22211900）　　　　五南文化廣場（04-22260330）
　　　　　蜂書有限公司（02-33653332）

初版一刷　2019 年 12 月
定　　價　新臺幣 370 元整
　　　　　第一階段 15 冊新臺幣 5500 元整　第二階段 12 冊新臺幣 4500 元整
　　　　　第三階段 23 冊新臺幣 8500 元整　第四階段 14 冊新臺幣 5000 元整
　　　　　第五階段 16 冊新臺幣 6000 元整　第六階段 10 冊新臺幣 3800 元整
　　　　　第七階段 10 冊新臺幣 4500 元整　第八階段 10 冊新臺幣 3600 元整
　　　　　第九階段 10 冊新臺幣 4000 元整　 全套 120 冊新臺幣 37000 元整

GPN　1010802250（單本）　 ISBN　 978-986-5437-36-7（單本）
　　　1010000407（套）　　　　　　 978-986-02-7266-6（套）

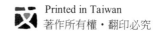